Příspěvek k dějinám radosti

对欢乐史的贡献

Radka Denemarková

[捷克] 拉德卡·德内玛尔科娃 / 著

覃方杏 / 译

图书在版编目（CIP）数据

对欢乐史的贡献 /（捷克）拉德卡·德内玛尔科娃著；
覃方杏译. -- 广州：花城出版社，2023.7
（蓝色东欧 / 高兴主编. 第7辑）
ISBN 978-7-5360-9670-7

Ⅰ.①对… Ⅱ.①拉… ②覃… Ⅲ.①长篇小说－捷克－现代 Ⅳ.①I524.45

中国国家版本馆CIP数据核字（2023）第128669号

合同版权登记号：图字19－2017－220号

Příspěvek k dějinám radosti by Radka Denemarková
Copyright © 2014 by Radka Denemarková, first published in Czech language by Host – vydavatelství, s. r. o.
Published by arrangement with PAUL & PETER FRITZ AG Zurich

出 版 人：张 懿
丛书策划：朱燕玲
出版统筹：李倩倩　夏显夫　欧阳佳子
责任编辑：许泽红　李嘉平
责任校对：梁秋华　袁君英
技术编辑：凌春梅
封面供图：子夏
装帧设计：棱角视觉 ANGULAR VISION

书　　名	对欢乐史的贡献 DUI HUANLESHI DE GONGXIAN	
出版发行	花城出版社 （广州市环市东路水荫路11号）	
经　　销	全国新华书店	
印　　刷	恒美印务（广州）有限公司 （广州南沙经济技术开发区环市大道南路334号）	
开　　本	880毫米×1230毫米　32开	
印　　张	13　2插页	
字　　数	260,000字	
版　　次	2023年7月第1版　2023年7月第1次印刷	
定　　价	59.00元	

本书中文专有出版权归花城出版社独家所有，非经本社同意不得连载、摘编或复制。
如发现印装质量问题，请直接与印刷厂联系调换。
购书热线：020-37604658　37602954
花城出版社网站：http://www.fcph.com.cn

对欢乐史的贡献

目录
CONTENTS

记忆，阅读，另一种目光（总序）／高兴 ／ 1

对欢乐史的控告（译者序） ／覃方杏 ／ 1

序章 ／ 1

脆弱的秋季和蜂鸟的不安 ／ 5

牛油铃铛 ／ 84

燕子的独立 ／ 139

俯冲狩猎 ／ 249

半个鸟巢 ／ 281

身体即战场 ／ 308

尾声 ／ 330

备注 ／ 339

选自彼吉特·史达瑟洛娃的《男性游戏》一书 ／ 342

记忆，阅读，另一种目光

（总序）

高兴

昆德拉说过："人的一生注定扎根于前十年中。"我想稍稍修改一下他的说法："人的一生注定扎根于童年和少年中。"童年和少年确定内心的基调，影响一生的基本走向。

不得不承认，二十世纪五六十年代出生的人都有着不同程度的俄罗斯情结和东欧情结。这与我们的成长有关，与我们的童年、少年和青春岁月有关。而那段岁月中，电影，尤其是露天电影又有着怎样重要的影响。那时，少有的几部外国电影便是最最好看的电影，它们大多来自东欧国家，几乎吸引了所有人的目光，看那些电影的日子是我们童年的节日。在某种意义上，甚至可以说，它们还是我们的艺术启蒙和人生启蒙，构成童年最温馨、最美好和最结实的部分。

还有电影中的台词和暗号。你怎能忘记那些台词和暗号。它们已成为我们青春的经典。最最难忘的是《瓦尔特保卫萨拉热窝》。"'空气在颤抖，仿佛天空在燃烧。''是啊，暴风雨来了。'""看，这座城市，它就是瓦尔特。"简直就是诗歌。是我们接触到的最初的诗歌。那么悲壮有力的诗歌。真正有震撼力的诗歌。诗歌，就这样和英雄主义和浪漫主义，紧紧地连接在了一起。

还有那些柔情的诗歌。裴多菲，爱明内斯库，密茨凯维奇。要知道，在二十世纪七八十年代，读到他们的诗句，绝对会有触电般的感觉。而所有这一切，似乎就浓缩成了几粒种子，在内心深处生根，发芽，成长为东欧情结之树。

然而，时过境迁，我们需要重新打量"东欧"以及"东欧文学"这一概念。严格来说，"东欧"是个政治概念，也是个历史概念。过去，它主要指波兰、捷克斯洛伐克、匈牙利、罗马尼亚、保加利亚、南斯拉夫、阿尔巴尼亚七个国家。因此，在当时，"东欧文学"也就是指上述七个国家的文学。这七个国家，加上原先的民主德国，都曾经是以苏联为首的华沙条约组织的成员。

一九八九年底，东欧发生剧变。此后，苏联解体，华沙条约组织解散，捷克和斯洛伐克分离，南斯拉夫各共和国相继独立,所有这些都在不断改变着"东欧"这一概念。而实际情况是,波兰、捷克、匈牙利、罗马尼亚等国家甚至都不再愿意被称为东欧国家,它们更愿意被称为中欧或中南欧国家。同样,不少上述国家的作家也竭力抵制和否定这一概念。在他们看来,东欧是个高度政治化、笼统化的概念,对文学定位和评判,不太有利。这是一种微妙的姿态。在这种姿态中,民族自尊心也发挥着不可估量的作用。

但在中国,"东欧"和"东欧文学"这一概念早已深入人心,有广泛的群众和读者基础,有一定的号召力和亲和力。因此,继续使用"东欧"和"东欧文学"这一概念,我觉得无可厚非,有利于研究、译介和推广这些特定国家的文学作品。事实上,欧美一些大学、研究中心也还在继续使用这一概念。只不过,今日,当我们提到这一概念,涉及的就不仅仅是七个国家,而应该包含更多的国家:摩尔多瓦等独联体国家、立陶宛,还有波黑、克罗地亚、斯洛文尼亚、塞尔维亚、黑山等从南斯拉夫联盟独立出来的国家。我们之所以还能把它们作为一个整体来谈论,是因为它们有着太多的共同点:都是欧洲弱小国家,历史上都曾不断遭受侵略、瓜分、吞并和异族统治,都曾把民族复兴当作最高目标;都是到了十九世纪末二十世纪初才相继获得独立,或得到统一,第二次世界大战后都走过一段相同或相似的社会主义道路,一九八九年后又相继走上了资本主义发展道路;之后,又几乎都把加入北约、进入欧盟当作国家政策的重中之重。这二十多年来，发展得都不太顺当，作家和文学都陷入不同程度的困境。用饱经风雨、饱经磨难来形容这些国家，十分恰当。

换一个角度，侵略，瓜分，异族统治，动荡，迁徙，这一切同时也意味着方方面面的影响和交融。甚至可以说，影响和交融，是东欧文化和文学的两个关键词。看一看布拉格吧。生长在布拉格的捷克著名小说家伊凡·克里玛，在谈到自己的城市时，有一种掩饰不住的骄傲："这是一个神秘的和令人兴奋的城市，有着数十年甚至几个世纪生活在一起的三种文化优异的和富有刺激性的混合，从而创造了一种激发人们创造的空气，即捷克、德国和犹太文化。"①

克里玛又借用被他称作"说德语的布拉格人"乌兹迪尔的笔为我们描绘了一个形象的、感性的、有声有色的布拉格。这是一个具有超民族性的神秘的世界。在这里，你很容易成为一个世界主义者。这里有幽静的小巷、热闹的夜总会、露天舞台、剧院和形形色色的小餐馆、小店铺、小咖啡屋和小酒店。还有无数学生社团和文艺沙龙。自然也有五花八门的妓院和赌场。布拉格是敞开的，是包容的，是休闲的，是艺术的，是世俗的，有时还是颓废的。

布拉格也是一个有着无数伤口的城市。战争、暴力、流

---

① 见伊凡·克里玛：《布拉格精神》，崔卫平译，作家出版社，1998年，第44页。

亡、占领、起义、颠覆、出卖和解放充满了这个城市的历史。饱经磨难和沧桑，却依然存在，且魅力不减，用克里玛的话说，那是因为它非常结实，有罕见的从灾难中重新恢复的能力，有不屈不挠同时又灵活善变的精神。如果要用一个词来形容布拉格的话，克里玛觉得就是：悖谬。悖谬是布拉格的精神。

或许悖谬恰恰是艺术的福音，是艺术的全部深刻所在。要不然从这里怎会走出如此众多的杰出人物：德沃夏克、亚那切克、斯美塔那、哈谢克、卡夫卡、布洛德、里尔克、塞弗尔特，等等。这一大串的名字就足以让我们对这座中欧古城表示敬意。

布拉格如此，萨拉热窝、华沙、布加勒斯特、克拉科夫、布达佩斯等众多东欧城市，均如此。走进这些城市，你都会看到一道道影响和交融的影子。

在影响和交融中，确立并发出自己的声音，十分重要。不少东欧作家为此做出了开拓性和创造性的贡献。我们不妨将哈谢克和贡布罗维奇当作两个案例，稍加分析。

说到捷克作家哈谢克，我们会想起他的代表作《好兵帅克》。以往，谈论这部作品，人们往往仅仅停留于政治性评价。这不够全面，也容易流于庸俗。《好兵帅克》几乎没有什么中心情节，有的只是一堆零碎的琐事，有的只是帅克闹出的一个又一个的乱子，有的只是幽默和讽刺。可以说，幽默和讽刺是哈谢克的基本语调。正是在幽默和讽刺中，战争变成了一个喜剧大舞台,帅克变成了一个喜剧大明星、一个典型的"反英雄"。看得出,哈谢克在写帅克的时候,并没有考虑什么文学的严肃性。很大程度上,他恰恰要打破文学的严肃性和神圣感。他就想让大家哈哈一笑。至于笑过之后的感悟,那就是读者自己的事情了。这种轻松的姿态反而让他彻底放开了。借用帅克这一人物,哈谢克把皇帝、奥匈帝国、密探、将军、走狗等统统给骂了。他骂得很过瘾,很解气,很痛快。读者,尤其是捷克读者,读得也很过瘾,很解气,很痛快。幽默和讽刺于是又变成了一件有力的武器,特别适用于捷克这么一个弱小的民族。哈谢克最大的贡献也正在于此:为捷克民族和捷克文学找到了一种声音,确立了一种传统。

而波兰作家贡布罗维奇与哈谢克不同,恰恰是以反传统而引起世人瞩目的。他坚决主张让文学独立自主。在二十世纪三四十年代,贡布罗维奇的作品在波兰文坛显得格外怪异、离谱,他的文字往往夸张扭曲,人物常常是漫画式的,他们随时都受到外界的侵扰和威胁,内心充满了不安和恐惧,像一群长不大的孩子。作家并不依靠完整的故事情节,而是主要通过人物荒诞怪僻的行为,表现社会的混乱、荒谬和丑恶,表现外部世界对人性的影响和摧残,表现人类的无奈和异化以及人际关系的异常和紧张。长篇小说《费尔迪杜凯》就充分体现出了他的艺术个性和创作特色。

捷克的赫拉巴尔、昆德拉、克里玛、霍朗,波兰的米沃什、赫贝特、希姆博尔斯卡,罗马尼亚的埃里亚德、索雷斯库、齐奥朗，匈牙利的凯尔泰斯、艾什特哈兹，塞尔维亚的帕维奇、波帕，阿尔巴尼亚的卡达莱……如此具有独特风格和魅力的当代东欧作家实在是不胜枚举。

一方面，在某种程度上，东欧曾经高度政治化的现实，以及多灾多难的痛苦经历，恰好为文学和文学家提供了特别的土壤。没有捷克经历，昆德拉不可能成为现在的昆德拉，不可能写出《可笑的爱》《玩笑》《不朽》和《难以承受的存在之轻》这样独特的杰作。没有波兰经历，米沃什也不可能成为我们所熟悉的将道德感同诗意紧密融合的诗歌大师。但另一方面，需要注意的是，由于语言的局限以及话语权的控制，东欧文学也极易被涂上浓郁的意识形态色彩。应该承认，恰恰是意识形态色彩成全了不少作家的声名。昆德拉如此，卡达莱如此，马内阿如此，赫尔塔·米勒亦如此。我们在阅读和研究这些作家时，需要格外地警惕：过分地强调政治性，有可能会忽略他们的艺术性和丰富性；而过分地强调艺术性，又有可能会看不到他们的政治性和复杂性。如何客观地、准确地认识和评价他们，同样需要我们的敏感和平衡。

一个美国作家，一个英国作家，或一个法国作家，在写出一部作品时，就已自然而然地拥有了世界各地广大的读者，因而，不管自觉与否，他，或她，很容易获得一种语言和心理上的优越感和骄傲感。这种感觉东欧作家难以体会。有抱负的东欧作家往往会生出一种紧迫感和危机感。他们要用尽全力将弱势转化为优势。昆德拉就反复强调，身处小国，你"要么做一个可怜的、眼光狭窄的人"，要么成为一个广闻博识的"世界性的人"。别无选择，有时，恰恰是最好的选择。因此，东欧作家大多会自觉地"同其他诗人、其他世界和其他传统相遇"（萨拉蒙语）。昆德拉、米沃什、齐奥朗、贡布罗维奇、赫贝特、卡达莱、萨拉蒙等东欧作家都最终成为"世界性的人"。

关注东欧文学，我们会发现，不少作家，基本上，都在出走后，都在定居那些发达国家后，才获得一定的国际声誉。贡布罗维奇、昆德拉、齐奥朗、埃里亚德、扎加耶夫斯基、米沃什、马内阿、史克沃莱茨基等都属于这样的情形。各种各样的原因，让他们选择了出走。生活和写作环境、意识形态、文学抱负、机缘等，都有。再说，东欧国家都是小国，读者有限，天地有限。

在走和留之间，这基本上是所有东欧作家都会面临的问题。因此，我们谈论东欧文学，实际上，也就是在谈论两部分东欧文学：海外东欧文学和本土东欧文学。它们缺一不可，已成为一种事实。

在我国，东欧文学译介一直处于某种"非正常状态"。正是由于这种"非正常状态"，在很长一段岁月里，东欧文学被染上了太多的艺术之外的色彩。直至今日，东欧文学还依然更多地让人想到那些红色经典。阿尔巴尼亚的反法西斯电影、捷克作家伏契克的《绞刑架下的报告》、保加利亚的革命文学，都是典型的例子。红色经典当然是东欧文学的组成部分，这毫无疑义。我个人阅读某些红色经典作品时，曾深受感动。但需要指出的是，红色经典并不是东欧文学的全部。若认为红色经典就能代表东欧文学，那实在是种误解和误导，是对东欧文学的狭隘理解和片面认识。因此，用艺术目光重新打量、重新梳理东欧文学已成为一种必须。为了更加客观、全面地翻译和介绍东欧文学，突出东欧文学的艺术性，有必要颠覆一下这一概念。蓝色是流经东欧不少国家的多瑙河的颜色，也是大海和天空的颜色，有广阔和博大的意味。"蓝色东欧"正是旨在让读者看到另一种色彩的东欧文学，看到更加广阔和博大的东欧文学。

二〇一三年十月三十一日定稿于北京

主编简介：高兴，诗人、翻译家，一九六三年出生于江苏吴江市。中国作家协会会员。国务院政府特殊津贴专家。现为中国社会科学院外国文学研究所研究员、《世界文学》主编。曾以作家、翻译家、外交官和访问学者身份游历过欧美数十个国家。出版过《米兰·昆德拉传》《东欧文学大花园》《布拉格，那蓝雨中的石子路》等专著和随笔集；主编过《二十世纪外国短篇小说编年·美国卷》（上、下册）、《伊凡·克里玛作品系列》（5卷）、《水怎样开始演奏》、《诗歌中的诗歌》、《小说中的小说》（2卷）等大型图书。主要译著有《文森特·凡高：画家》《黛西·米勒》《雅克和他的主人》《可笑的爱》《安娜·布兰迪亚娜诗选》《我的初恋》《索雷斯库诗选》《梦幻宫殿》《托马斯·温茨洛瓦诗选》等。

对欢乐史的控告

(译者序)

覃方杏

地处欧洲中心的捷克共和国,国土面积仅约7.89万平方公里,是相对的"地理小国",却培育出了众多享誉世界的文学大师,为人类文明贡献了精彩动人的文字与深邃邈远的哲思,也可谓名副其实的"文学大国"。历史上,弗兰茨·卡夫卡、雅罗斯拉夫·哈谢克、米兰·昆德拉、诺贝尔奖得主雅罗斯拉夫·塞弗尔特、博胡米尔·赫拉巴尔等众多为中国读者所熟知的文学巨匠在捷克文学星河中群星闪耀,熠熠生辉;现如今,捷克文坛仍持续保持着蓬勃的创作活力,新生代作家不断涌现,出生于捷克库特纳霍拉的女性作家拉德卡·德内玛尔科娃无疑是其中的佼佼者。她创作形式多样，涉及小说、戏剧、影视编剧、散文及德语文学翻译，是唯一一位四度荣获捷克重要文学奖项——玛格尼西娅文学奖的捷克作家，所获奖项分属年度书籍奖（小说《铅之时》，二〇一九年）、最佳翻译奖（诺贝尔文学奖得主赫塔·穆勒的小说《呼吸钟摆》，二〇一一年）、最佳纪实文学奖（《死亡，你将不会害怕：彼得·勒布的故事》，二〇〇九年）及最佳小说奖（《希特勒金钱》，二〇〇七年）。

《对欢乐史的贡献》出版于二〇一四年，是德内玛尔科娃的第四部长篇小说。它以现实糅合虚构的故事情节，借由一桩离奇的自杀案，通过无名警察探究真相之手，用悬疑的笔触揭秘推进两条平行叙事，叙述着一个与"欢乐"毫不相干的沉重主题：人类历史中对女性身体残酷施暴的种种罪行，以及这些罪行是如何被轻易地放过。从震惊世界的印度"黑公交"轮奸案，到二战期间日军强征慰安妇，从职场性骚扰及性侵犯，到英国曼彻斯特侵犯并胁迫未成年少女卖淫的犯罪团伙，虚实相间的网络汇聚在布拉格贝特逊山脚下神秘的橙色房子中，房子的地下迷宫中，成百上千的档案记录下了一部自二战到当今社会的"欢乐史"——一部男权社会下以性侵及摧残女性为乐的遍布全球的施暴者的"欢乐史"。人类的历史与文明发展至今，此种暴行并没有引起社会的足够的重视，并不被视为最泯灭人性的罪恶之一，众多受害者难以得到正义的伸张。印度"黑公交"受害女学生的父母时隔八年才等来罪犯们的处决。其间，罪犯们穷尽一切法律途径寻求减罪，四度被判死刑，死刑执行被推迟三次；而印度近期仍曝出了大批男子闯入女校猥亵女学生的骇人听闻的群体性骚扰事件。日本政府至今不承认二战期间强征慰安妇的战争罪行，白发斑斑的幸存者们近年来相继离世，她们没能等到日本政府的道歉与赔偿。德内玛尔科娃没有用激烈的笔触去描绘残暴的场景或是受害者的控诉，与之相反，她以一种怪诞的冷静、荒诞的修辞以及穿插跳跃的叙事结构拼接出事件的马赛克，传达出作者对现实的理解与不满：弱者难以发声，世界不以为意，正如文中大量使用的"仅仅"所突出的暗示——"她（们）仅仅（只不过）是被强奸了"。现实如此不公和令人沮丧，小说的主角们于是自行进行着"紫色的审判"，平静而坚定地在全世界追捕和惩处对女性犯下性暴力却仍旧逍遥法外的男人们。又一个尖锐的问题被作者漫不经心地抛出：以恶制恶，施暴者和受害者的身份被模糊，谁拥有审判的权力，我们该追求怎样的正义？

　　与普遍关注遭性侵害的受害者的心理创伤不同，德内玛尔科娃在这部小说里极力突出了受害者的身体创伤。身体有记忆，身体不会撒谎，遭到创伤的身体背叛了主人的意志，破碎而扭曲，即便身体的主人记忆淡化，心理处于保护机制的本能遗忘了所遭受的经历，身体却记得一切，它不安，它时常尖叫，它困住了身体的主人，与身体的主人试图摆脱创伤经历的意志相违背。瑜伽是小说中的一个重要的意象，伴随着故事情节不断出现，瑜伽讲求觉察和聆听自己的身体，建立精神与肉体的连接，指出了关注和抚慰受害者身体的重要性。主角之一的戴安娜便一直通过瑜伽帮助受害的女性。对身体人格化的夸张描写与"时间治愈一切"的心理疗愈尖锐对立，受害者遭受的痛苦不应被一句"交给时间"轻松带过，因为"时间并不治愈伤口，它为伤口保鲜"。小说中另一个重要的意象是无处不在的鸟类。德内玛尔科娃将鸟类拟人化，燕子俯瞰人类历史，以见证一切暴行的上帝视角，化身为正义的审判者和悲情的裁决者；将悉数登场的人物比喻为各种鸟类：美丽迷人的乌鸦寡妇、睿智的猎鹰老法医、讨人喜欢的鹈鸰优素福、天真脆弱的斑鸠朱莉、果决坚毅的猛禽老太太们……艳丽的羽毛下，也许有着可怖的皮骨，本该自由翱翔的鸟儿，也许会被捕鸟人折断翅膀关进笼中。

　　德内玛尔科娃的语言特点鲜明，善用大量大胆奇特，甚至荒诞跳跃的比喻和拟人穿插叙事，句子以短句为主，用一种貌似平直的语调有力地呈现出一幕幕极具戏剧冲突性的情节，糅合拼接着历史与现实、名人与小人物、真实与虚构、回忆与当下、对话与独白、情与欲、善与恶、罪与罚。以历史为神秘的背板，每个人物都拥有独特鲜明的个性与鲜为人知的经历，每一段秘辛后都隐藏着人性的复杂与矛盾。某种程度上，主角之一的创意写作课教师彼吉特·史达瑟洛娃代表着德内玛尔科娃，她本人曾教授创意写作课。彼吉特是德内玛尔科娃第一部小说的主角之一,时隔九年之后,德内玛尔科娃借彼吉特的思想与视角提出了对女性性侵害的控告。这终究不是一部侦探悬疑小说,而是德内玛尔科娃在贝特逊山脚下的橙色房子里精心导演的一部魔幻现实主义黑色木偶剧。

很多捷克读者说,德内玛尔科娃的作品并不易阅读,但值得花上时间去细细品味。得益于花城出版社的"蓝色东欧"丛书系列,这一由小众的捷克语写作的作品得以呈现在中国读者面前。四月将至,贝特逊山脚下的樱花即将绽放。来吧,一起来听听它对"欢乐史"的控告。

燕子的雏鸟们
在巢穴里未将视线
从暗下来的天空移开

小林一茶

任何绝望的尖叫都不会比一个人的尖叫更大声

　　任何苦难也不会比一个单一的个人所遭受的苦难更大

　　整个地球所遭受的痛苦不会比一个单一的灵魂所遭受的痛苦更大

路德维希·维特根斯坦

不存在一项禁止老年妇女们爬树的规定

阿斯特丽德·林格伦

序章

　　头倚着墙。身体在马蹄之下。世俗常规和宗教仪式中隐藏着多少秘辛。他和她已经在咖啡馆共处了好几次。他和她沿着浑浊的河水散步。他和她坐在长椅上，凝视彼此的眼睛。他和她共进晚餐。他和她一起听音乐会。他们的手已经紧握在一起。他羞怯地环住她的肩膀。他大胆地搂住她的腰。他们亲吻。他们彼此品尝。这是他们第一次一起坐在电影院里看电影。荧幕上放映的是英国老电影《相见恨晚》①。现在他们坐在茶馆里，似乎正在谈论着这部老电影。他们藏在电影角色的身后，谈论着自己。男人和女人混杂在一起；春天并不服从于四季的变迁。圣洁的茶壶缓慢地冒着泡。他们的心被填满了。他们触碰到了自己内心最为喧嚣的地方。他们遗忘了时间，时间也遗忘了他们。他们就要错过末班车了。

---

　　① 由大卫·里恩执导，于1945年在英国上映。影片讲述了二战时期两个素不相识的路人，在车站相遇，爆发出一场短暂而炽热的婚外恋的故事。

是夜，人力车不见踪影。一辆大半截空空荡荡的公交车在他们身边刹了车。公交车热切地为他们停了下来。他们心满意足地上了车。他们感激地向司机付了钱，后者对他们笑了笑。他们没有注意到，公交车的车窗非常灰暗。未来就此晦暗不明。他们沿着过道走向后排的座位。公交车悄无声息地驶离公路边。司机踩下油门。

他们握着彼此的手聊着电影。这是段安静的对话，仅在字与词间有着些许的停顿。坐在司机身后的年轻男人站了起来。他的手上攥着一根铁棍朝他们挥去。这两个第一次一起坐在电影院里、紧握着手的恋人并不知道，他们将无法再触碰彼此的身体，将无法再相见或是交谈。公交车上又有两个年轻且健壮的男性身躯站了起来。他们堵在过道上。所有人都在笑。他们笑得那样甜蜜和狂热。隐藏的蠕虫。过来吧，来听听它的语调。

俯视而观，一切都是如此残酷的简单。身体的记忆不会说谎。燕子飞着，在几个世纪里叙述着地上人们的身体。在它们之下，信任的气体正在变得稀薄。"我"仅仅像是在飞行中绽放的黄色郁金香，在圣杯中通过镜像迷宫进行追踪。燕子们需要勇气吗？它们依靠自己为生，否则就无法生存。同时，它们也是那么的脆弱。

燕子叉开的尾巴在山坡上盘旋。人们称这个山坡为贝特逊山①。它山形溜圆,被相爱的情侣们所浇灌。它地处老城的中心,因此是个浪漫之所。世俗常规和宗教仪式中隐藏着多少甜蜜爱侣。

当一对恋人走下山时,他们途经一栋有着白色窗户和红色波形瓦屋顶的橙色房子。这栋房子在贝特逊山脚下佝偻着,烟囱了无炊烟之迹。这栋不吸烟的房子温顺地跪下并谦恭地请求着,前额压向山壁。夜晚,在这栋屋子前亮起了一盏纤细的提灯,寻欢作乐般地探出脑袋,而整栋房子看起来就像第二盏提灯,被叛逆的孩子从天空胡乱扔了下来。

远处的房子在绿色掩映之下,透过打开的窗户可知里面的人们在听着音乐。恋人们慢下了脚步,竖起耳朵。

玻璃锃亮的窗户并没有掩上窗帘。一只黑色的、流浪的、饥饿的、骨瘦如柴的、粗鄙的狗立在几只猫脑袋上;这只骨瘦如柴的狗是它主人的耻辱。小屋墙后的洋娃娃和玩偶看起来都是一样的,动起来也是一样的,它们是由一个模子复制出来的:它们都有两只眼睛,两只耳朵,两条腿,两只手,一张嘴,一个头和一个身体,都用两条腿走路。这可把狗弄糊涂了。

幸运的是,四个洋娃娃皲裂脱皮的脸重新被漆上了黄色的珐琅釉,一个玩偶的脸则漆上了蓝色的珐琅釉。

---

① 布拉格市中心伏尔塔瓦河畔的小山,毗邻布拉格城堡,为开放式公园,山顶有瞭望塔及教堂等景点。

颜色从脸上剥落。

黎明在小门边吱呀作响。狗坐了下来。

橙色的墙壁裂开了。喜剧开场了。狗看见了木偶剧。它看到四个黄色洋娃娃的小屋和蓝色玩偶的影子。狗坐着,伸出舌头。它吞下掉落的叶子。它在等着某个窗口为它扔出啃过的骨头。它不叫,也不咬。呵,正如时间一样。

燕子飞翔着,叽叽喳喳叫着。它们叙述着有关男人和女人的玩笑。性是一种欢愉。在几个世纪中这些玩笑不断重复着,燕子们收集着欢乐史的篇章。

它们遇到了不知和平时期为何物的战场。这里有一份沉默的协议和一片未被解放、将来也不会获得自由的土地。这是一片可以被任何人攻克的土地,时至今日每个人都可以踏足。这是一片被耕完的土地。一大片黑色的、肥沃的土壤。它名为"弱者的身体"。对胜利者提出刑事控告是那么的荒谬。

燕子飞翔着,它们的智慧只会在强烈的怀疑中得到增长,只要它们活着,便会保持对自身品质的忠诚。

脆弱的秋季与蜂鸟的不安

男人倚着一根巨大结实的横梁坐着。他低垂的头在研究着肚子,而肚子对周遭的事物漠不关心。他身穿紧身黑背心和时髦的短裤。格纹的丝质小晚礼服松散地解开着。小礼服是在苏格兰买的,上面手工绣制着家族的族徽。但男人的身上少了一条苏格兰裙。他没戴礼帽,还赤着脚。他的腿僵紧地张开,就像提线木偶一样。他的脚趾圆润而柔软。他那有着粉色褶皱的脚掌只需用鸟的羽毛轻挠便痒不可耐,他的手指向后弯曲着,直到它们在后背嘎巴作响。男人很羞愧,他的衣着是这样不修边幅。他垂下眼睛,看向地面。

他休息的地方是一块儿光滑的、一览无余的空地。在这里,阁楼被称作阁厅,是这栋家庭别墅新建的场所。金属的楼梯是一条长长的舌头,不幸沿着它走了下来。架子上摆放着昂贵的箱子、提包和滑雪靴的广告牌。速降滑雪板和滑雪杆在又高又窄的白色隔间里伸着懒腰。同样惬意的还有高尔夫球杆、高尔夫球鞋和运动提包们。这儿立着些嵌在地板上的金属衣帽架。但没有人会在竖立的金属架上晾衣服;家里的地下洗衣房里装着烘干机。男人有着一头灰发。他头上所覆盖的毛发像坚硬的草皮,又像浓密的、竖直的短毛刷。这个"木偶"的双腿肌肉发达,手臂上的肱二头肌健硕无比,后背宽阔且阳刚。

维持不动的身体在自欺欺人。

男人已经上了年纪,即使他每个周末都去游泳,以冲洗掉工作日的罪孽。手臂舒展划出大圆弧,吸一口气,又扎进水里。他在泳池中冲刷掉压力,在含氯的池水中溶解掉纠缠不休的年龄。他不必工作却仍在工作。他喜欢工作,因为工作不是他不得不为之的事情。

阁楼里热闹非凡。警方调查员朝男人跪下,就像试图用鸟的羽毛或草茎在他赤裸的脚掌挠痒痒似的。抑或像是要小声规劝这具身体。

男人没有反应。他沉默着,并没有作答。一只燕子在这个孤寂的秋夜里飞进了阁楼,它的眼睛蒙上了雨水。在场的男人们因注意力被分散而高兴起来;强壮的男中音们一起发出的笑声惊到了这只娇嫩的燕子。它慌乱地逃窜,一头撞上了墙壁,贴着天花板飞了几圈后,终于得以从天窗飞出,奔向自由。鸟喙里衔着淡紫色的樱花,这种樱花并不生长于这个区域。在这个时节,独燕自然是不成春的,而蠕虫就藏身于这些樱花之中。

警察像鸭子般摇摇摆摆地挪到男人的左太阳穴旁,裤子在他的膝盖处拱了起来。坐着的这个男人的眼睛垂向自己胸口的方向,警察将视线下移至他的脖子。警察采取跪姿,惊讶而紧张地注视着年轻的法医。法医将这具身穿短裤和丝绸小晚礼服的身体，耐心地放在地上并再次触摸检验起来。男人并没有反抗。在他的脖子边上环绕着一个白色的圆环。有人将他的身体放置在这里，并绑上白色绳子，以免他逃跑。就像家犬被拴在狗舍一样。在横梁边上躺着一把翻倒的桃木椅子，椅背是弯曲的小栅栏款式。他伸展开的双脚挑衅地在空中杵着。另外三把栅栏式椅背的椅子清教徒般地守卫在墙边。它们在等待观众的到来，等待那些会对它们评头论足的、喜好坐下来观看木偶剧的观众们。另外八把相同的椅子傲慢地立在地下室的可折叠餐桌旁。任何一把椅子都对这起自杀事件毫不存疑。

　　这是一起自杀案。

　　男人们在打包各类工具。警察同这个坐着的身体相比，要年轻一些，他今年三十八岁。他很享受自己的工作，尽管这是他不得不为之的事情。他思维敏锐，记忆力很好，甚至有时他也不知道这样究竟是好是坏。警察的身子摇晃了一下，像鸭子一样摇摇摆摆地挪到躺着的面孔的另一侧去。他像个瞎子一样犹豫地摸了摸男子的脸部，感知他的皮肤和皱纹。犹豫是时间的小偷；男人脖子上的两道凹槽让警察有些糊涂，他在记忆中努力挖掘着一场关于自杀和勒脖谋杀的专业研讨会的细节。勒痕是斜的，这没有问题。但这里还有一道并不明显的勒痕。这道痕迹是平的。警察提醒法医注意这一点。法医朝他摆摆手,这是自杀,你犯什么傻,笨蛋,安静点。

警察站起身来。他的膝盖嘎吱作响。灰尘和燕子的羽毛扬了起来,灌满了男人的嘴巴。警察透过打开的窗户看向窗外的雨幕。花园后的电线上落着一串音符,那是燕子们的身体。它们离这里有些远,石块扔不到那里去。但时间能否被石块所投掷呢?

能。

警察沿着金属楼梯下到二层。这儿有一个宽阔的玻璃露台,从这里可以看到城市的风景。在毛茸茸的地毯上,一个孩子正在天真无邪地独自玩耍。小火车在地毯上留下了轨道的痕迹。在有着金属靠背的黑色皮革沙发上,年轻的女人已经停止了哭泣。对面的镜子由数十个椭圆状泪滴形镜面组成,增强了她别在脑后的金色发髻的反光,也放大了她皱起的鼻子。她安静地回答经验丰富的、臃肿的女警察所提出的问题。女警察一只手记录着女人的话,另一只手握住女人的手腕,计算着她慌乱的脉搏。哭泣的女人和被绑在阁楼横梁上的男人年龄相差三十多岁。她刚从秋天的海边回来。是的,今天,是的是的,今天,周六的下午。她把空箱子收到阁楼上,丈夫喜欢……他曾喜欢整洁有序。秩序和仪式,他曾说过的,每一天都要有计划,否则,亲爱的,生活就会破碎而空虚。

他不该在这儿的,她带着哭腔说道。周五的晚上他去……他应该要去爬山的,虽然已经不像过去对登山那么狂热了,但他还是会去滑雪的,他很喜欢在夏天和秋天同朋友们一起到山里去。不,他没有生病……他不曾生病……他……身体状况很好,即便他已经将近七十岁了。这位寡妇再次哭了起来。

警察打断了两个女人的谈话。他将手帕递给哭泣的女人。寡妇此前已经拿到了一些纸巾。警察的手帕是布的,上面绣着老旧的姓名缩写。女警察离开了。警察朝女人发射出新的子弹般尖锐的问题。寡妇的脸上掠过一抹被冒犯的讶异之色。喏,她刚才已经解释过了,她把开了封的箱子放在了阁楼上。不,她不知道男人为什么会这么做。不,他们并没有吵架。在总统的大赦将他从一切中解放出来后,他甚至获得了新的活力。

寡妇抓住警察的手,像个急不可耐的交际花一般拉着他进了卧室。床头柜上放着一张纸。警察的眼睛快速浏览着纸上潦草的字迹:隐形眼镜、太阳镜、防晒霜、润唇膏、按摩绷带、第八十八章的笔记、药品。寡妇的胸脯得胜般地起伏着。警察注意到了她的波动。从胸部的轮廓、隐约的血红的乳头、纤细的腰到圆润的臀部。寡妇的前胸,有着白色松软羽缎靠枕的大型机场在朝他眨着眼睛。女人涂着桃红色甲油的指甲在纸上叩击,一点点啄食着纸上的字迹。他每次出门时都会列一个单子,当他非常期待此次出行的时候。纸条是手写的。如果事情比较重要或是他赶时间时，他就会手写清单。他并不经常手写。那么如果他已经决定要走绝路了，为什么还要列出一张清单，意义何在呢？我不知道他打算去哪以及为什么要去那里。我也不知道，若他决定走向绝路，应该列一个什么样的清单，这么做又有什么意义？警察生硬地让她冷静下来。然而女人依旧情绪激动。为什么他没有哪怕给她留下潦草的只言片语呢？年轻的寡妇眼里充满了泪水，眼泪溢出眼眶。一个三岁的小男孩在她腿边颤颤悠悠地走着，手上拿着小火车。小男孩没有哭，他只是盯着大人看。不，他没有仇人。前段时间，他和他曾经的女助手们有过一点争执。但那都是些无稽之谈。她们指控他在工作时对她们进行骚扰，其中有一个女人坚称他强暴了她什么的。

警察在卧室里感到很不自在。他迈步走到隔壁的房间，这里是男人的工作室。寡妇和小男孩紧随其后。连工作室里也有一面玻璃墙，几滴雨水在上面滑落。他们生活在水族馆里，警察暗自想到。电线上燕子们的身体重新排开，伴着雨滴的节拍谱写着新的乐章。在一张巨大的半圆形桌子的一角，一只装着水晶的纤细的长颈玻璃瓶在深褐色的桌板上闪闪发亮。窗子上类似形状的、略小一些的磨花水晶也在闪着光。断断续续的眼泪在双层窗玻璃上闪着蓝光。在玻璃的反光里映着两滴眼泪。墙上贴着黑白壁纸，剩余的地方挂着些带框的相片，紧凑地挨个排着。窗户对面的墙上留下了相框颜色的痕迹。警察将他面团样的食指放在了闪着光的长颈玻璃瓶旁边的一个圆形按钮上，抬头看着女人。她抽了抽鼻子，鼻翼张了张，传达出可信的安全的信号，赞成地点了点头。警察的食指按下按钮。

照片开始在墙上轰隆隆滑动。警察再次按下按钮，移动中的照片猛地颤动着，停了下来，仿佛有人轻轻朝它们呼了一口气似的，晃了一阵子。警察的眼睛仔细浏览着这些照片。他转过身，食指再次伸向按钮。女人的声音在他身后耐心地解释说，这是她丈夫的专利。他会根据访客来稍微改变这些照片的排列，这个发明让他任何时候都无须长时间地翻找照片。在这些照片中甚至有男人同总统们的合影，浓密的灰色头发将男人与他们连在一起。他们身穿西服，在剧院的观众席上微笑。他们身穿运动服，在网球比赛现场，眼睛看向同一个方向，视线追逐着小小的网球。他们身着西服坐着，面前摆着棋盘。他们穿着厚重的皮草站在冰球场上。他们与电影明星一起站在高尔夫球场上。他们坐在选美比赛的评委席上。他们在冷餐台边喝温泉酒。所有的这些照片都是在一九八九年后拍摄的。

警察提议让小男孩也按下按钮，喏，来按一下这个难看的甲虫吧。男孩躲到了母亲身后。他父亲禁止……曾严格禁止他碰这个按钮，寡妇尴尬地解释道。您的照片究竟在哪呢？警察环视着屋子问道。寡妇的面容倒映在玻璃上，她沉默不语。警察不停地发问，将案子用唾液黏起来，就像燕子筑巢一样。这个未说出口的回答将空气搅得浓稠，他们两人都想着这个答案。未说出口的回答自行黏在了一起。

如若不然呢？

喏，没什么特别的，他的几个公司在多年前就交给了第二段婚姻所生的第一个儿子，他在家里设立了书房，他也常到公司去，照看一些重要的建设项目。警察在这张巨大桌子的抽屉里搜查着，他翻开了男人的日记本。其他的孩子们怎么样了呢？我是指他之前的婚姻里的那些孩子。寡妇叹着气说，他只了解大儿子，事实上这个儿子是他多年后自己找回来的，他从不和其他的孩子或是妻子见面，也拒绝和我谈论他们，他说，那些都是已经了结的项目了。

已经了结的项目？

已经了结的项目。

警察翻阅着日记。两页纸滑了出来。还有篇从报纸上剪下来的文章。警察将纸张放在身旁。您刚才提到，他几乎很少进行手写。寡妇贴近他身旁。警察不经意地眯上眼，收紧肚子，他呼吸加速，深呼吸，鼻孔张开，这是安全和可靠的信号，身体有了反应，他喜欢这个女人。他确实不喜欢手写，只是用铅笔在书上画些标记，特别的是他会用紫色的墨水笔在某些单词画下划线。在书上？是的，他写了本自传，起初他不想聘用任何人，但他自己写不出来，于是有人给他推荐了创意写作课，他就跟着彼吉特·史达瑟洛娃夫人学写作，就是那个战后逃到英国去的古怪女作家，她曾经在美国或是别的地方生活，现在也偶尔回布拉格小住。她只写关于男人的英文书，就是关于国王和政客们的。据说她在布拉格写关于贝奈斯总统的书。喏，春天的时候她还在这儿开过简短的创意写作课程，只对一定数量的外国人士和精英们开放，不然我丈夫不会到那儿去的，她的课非常贵，真的非常贵，您别问我到底有多贵，它到底值不值那么多钱，哼，您知道的，美国人嘛，还是捷克裔的。最后她还给他强加了黛安娜·阿德勒夫人的放松课程，那个更贵。他说，多亏了她每小时的课程，他才能迫使自己坚持，否则他一定没有写完的时候。她对他的影响很大。两位女士对他的影响都很大。这里的这篇剪报是她的文章，这篇您也拿着吧。他说他想要写一部关于被折磨的男人们的长篇小说。今天发生的事情让他很恼火。今天究竟发生了什么事？警察问道。与此同时，他的眼睛快速浏览着署有彼吉特·史达瑟洛娃几个字的尖锐的文章。一些句子刺痛了他的弱点。我真不知道他是怎么想的，女人略过这个问题，微微一笑。自己这晒得黝黑的脸上的微笑吓到了她自己。

警察感觉有点遗憾，她的身体远离了他。他很想念那种触觉，他渴望嗅一嗅女人的发香。女人的眼睛被警察中指上的婚戒所困。这是我祖父留下的，他眯起了杏眼，声音失控地说道。我可以通读一下您丈夫写的东西吗？可以的，不过……女人柔软的脸蛋变得苍白。不过什么？喏……我想请求您，如果在特定情况下我可以，如果在特定情况下可行的话……警察轻咳了一下,鼓励她继续这个未完成的句子。喏,如果……就是您能不能直接在这里,在书房看完?您知道的,我不希望这台电脑被弄丢了,里面涉及我们生活的方方面面,甚至有合同、生意、我们的第一封和最后一封邮件、家庭照片、管理账户等等这类东西。当然,如果笔记本和所有这些东西不必被没收作为物证的话,即使……这是很荒谬的想法。我并不是不配合您个人或是不配合警方,天知道不是这样的,如果您不介意单独过来的话,我可能会更冷静些,我也可能……不会那么害怕独自……在这么大的房子里待着。

　　警察的呼吸变得深重起来,他加快脚步回到警队中,连带着他的弱点也迫不及待起来。他同意了,即使这是违反规定的。现代化的技术装备们从男人的书房里讥讽地观察着他们,其中包括打印机,它可以欢快地打出一页页纸并快速地将纸张吐出,警察就可以直接将纸张带走,将它们放进口袋里,或者是揣进怀里。警察和寡妇的身体忽略了所有科技设备的存在。失控的姿态;相当珍贵。

　　女人目送警察的身体走向警车。水滴从黑色的雨伞上滑下,敲打在台阶上。他没有回头。

　　彼吉特·史达瑟洛娃和她的两个女伴带着冰冷的喜悦飞

离布拉格。只要几天就足够她们在英国舒舒服服地安顿下来。一眼看上去这个借口很合理。黛安娜教授杰出的瑜伽课程。彼吉特在写一本关于贝奈斯的书，并教授金牌创意写作课程，若是有一些确实需要这个写作课的女孩们报名的话。她用紫色的墨水批注文章，被标上紫色小叉的地方您就删掉吧，它们死掉了，是坏死的组织，嘘。埃里卡周游世界，到处看看，搜集信息。

她们在讨论影片《相见恨晚》。她们在学校不远处停了下来。这是两栋一模一样的砖砌建筑；小学和中学的校舍连通在一起。她们将地址同地图上的毛细血管网络比对着，随后来到了交通主动脉。她们挪着龟步感受着道路两旁。她们同街头小贩玩得很开心。她们买了些小玩意。这是一条充满活力的街道，被灼人眼目的烈日所照亮。中国小吃，越南杂货店，印度、泰国、意大利、日本、巴基斯坦、黎巴嫩、阿拉伯、西班牙、波兰、阿富汗、德国、俄罗斯、尼日利亚和美国餐馆，等等。

她们选择了乌克苏尔斯克－贺蒙餐厅。

她们的身体通过橘红色的珠串门帘滑进黑暗中。砖砌的吧台后，一双明亮的眼睛和微笑的雪白牙齿闪着光。她们在角落坐下，以便能看到街景及对面的房子。现在是下午四点。老板非常热情。他送上价格公道的精选每日餐单。他穿着紧身V领衬衫。彼吉特哀叹起来，她不敢相信自己的眼睛。为了确认无误，她在鼻梁上架上了眼镜。不，确实如此。这么英俊的人真的穿着印有阿诺德·施瓦辛格身体的T恤衫，喏，好吧，集市上的医生就是开不出什么好药。这事让她很惊讶，哎呀，就像当初被她的前夫惊到一样：前夫曾向她描述，他选择了阿尔贝特·施韦泽这位德国哲学家、医生、在非洲兰巴雷纳设立医院的人道主义者作为自己高中毕业考试的写作主题。这样的成熟打动了她。

然而，当他们三个儿子中的老大出生时，她在晚餐时向埃里卡提到了这件事。连埃里卡听完也眼前一亮，施韦泽甚至还是一位音乐学家、管风琴家和神学家。丈夫困惑地盯着她俩。

"我没写过关于……关于……"

"你写过关于阿尔贝特·施韦泽的文章。"

"没有。"

"没有？"

"没有。我写的是阿诺德·施瓦辛格。"

他此前从未听说过阿尔贝特·施韦泽这个名字。然而不幸的是，她听说过阿诺德·施瓦辛格。她意识到，对她来说，爱情不仅是瞎的，还是聋的。

埃里卡站起身来，没人注意到她。彼吉特最不可能注意到她，因为她正盯着餐馆老板的T恤，老板正在为她服务。阿诺德正在服侍她。

此时，几个黑脑袋也围坐在这里，眼睛盯着电视或手机屏幕。乌克苏尔斯克－贺蒙的音乐飘扬着，散发出华丽而悠长的味道，年长的男人们津津有味地抽着烟。埃里卡在洗手间里环顾四周。被浸湿的粉色厕纸像蛇一样杂乱地蜷缩在洗手盆下。一张海报被图钉钉在了砖墙上，上边是神奇胸罩的内衣广告。埃里卡四处张望。她的每次眨眼都将目光所及之处切割成一块又一块、一段又一段的画面。她从口袋里掏出了自己的餐巾纸。

她洗净擦干了手，回到彼吉特身边。彼吉特在猜测歌曲的歌词，猜测这种她并不知晓的语言。埃里卡坐了下来，在桌子下拉伸酸痛的腿。

"要是我在他们旁边，估计他们连一口水都不会给我。"

埃里卡看着男人们，这是一种不公平的眼神。她看所有男人的眼神都像看某一个男人一样。镶着红宝石的金色十字架环抱着右手。她拉扯着吊坠。项链勒进她脖子上褶皱的皮肤中。

彼吉特沉默不语，她恼怒地灌下了大约半升起沫儿的啤酒。为什么她总能扯到性别上，这个种族主义者。为什么任何事情都能扯到性别上来？圣人埃里卡怎么就能确定，如果是个女人就会给她一口水喝呢？她的上帝或是其他任何她现在所信仰的神，可都是男人啊。人们通常把男性与人性等同起来。这是畸形的。所有这些对于男性气概及女性特质的僵化规定，以及女性身体作为第二类身体的观念，都是畸形的。不，从未发生过任何性革命。宗教需要性革命。燕子究竟为何不是罗马教皇呢？

她们用叉子盛起热的混合菜。食物淌着血：一口口满嘴的辣椒和咖喱香料。老板将咖啡端上桌，在里面撒上小豆蔻。

"只要这不是砷①就好。"埃里卡平静地说。

彼吉特的后背感到一阵尴尬。她的手倒是想给埃里卡的咖啡里加上砷这味作料。她喝了一口滚烫的咖啡，咽了下去。也许我们过去活得太紧张了。情人，是一种结合了瑜伽、性和季度性高潮的美好形式。不贞者是无法理解这些词语的。她与丈夫分开了，正如此前某一段荒诞的时间里，当她觉得埃里卡停止徘徊于佛教和新教、禅宗与东正教之间，转而将一切混合在一起时，也曾和黛安娜及埃里卡分开；她于自身尝到了空虚，两架摄像机代替了她的眼睛。埃里卡也会更换男人，那很可能是因为不愿只服从于一位主人的强大意志所致。先知并不喜欢基督教的数字"三"，"四"才是上帝的数字，黛安娜只和一个男人共度一生。若是没有他，她会迷失自己，而他亦如此。最终他们的生命纠缠在了一起，即便他们分别睡在各自的房间里。

烦躁和恼怒杂糅到一起，勾芡的浓汤愈加浓稠。焦虑使她如同发了疯的陀螺般旋转起来。她本该坐在家里写作的。写作应如用刀切割一般。手指便如同插入掌心的剪刀。玻璃

---

① 砷是一种有毒的类金属，部分黄色的结晶体形状及颜色与小豆蔻相像。

高脚杯被她的手掌捏碎；碎片从血肉中拔出。身体破碎，唾液有毒。黛安娜想出了一个课程的新花样，彼吉特有些抗拒；富裕且倦怠的文人阶层，他们在危急情况下首先会想到什么呢？他们会想，将句子拼凑起来就够了，就这么拼凑出二十句，然后所有这些写下的纸页，他们的个体写作就像是从自家菜园里摘下蔬菜做成沙拉一般，这些纸张满满一箱子，全是垃圾，一堆脏乱不堪的页面，糟糕的语言，从不渴望思考和写作，仅仅想将作品出版，滥用了模板与公式并杀死了文学，让彼吉特如此痛心。她沉浸在生活中，将文字如同生蛋黄般从蛋壳中吸出来。

  彼吉特咀嚼并吞下一口辣椒。这一天她不必写作。彼吉特感染了病毒，她被别人的写作污染了。但愿他们能在出版社找到一个人来读她的手稿。但愿这个人能够传达她的文字，那些她从未请求过的文字。即便他是用稀里糊涂的叙述来转达身体所写下的东西。彼吉特是不可能的。生活是不可能的。你会发疯的，而这不会持续太长时间。我是疯了，这不会持续太长时间，彼吉特在辛辣的食物里继续倒入辣椒。那么多被掩埋的话题，那么多的可能性，它们如何被加工、被篡改、被揉搓、被强暴、被熔铸、被撕裂、被用食指在伤口上钻洞一般对待。生活缠绕她、恭维她、篡夺她，在伤口上撒盐、撒胡椒、撒香料。把粉色的瘦肉切成薄片，贴在纸页上。我不能说我是敏捷的和激烈的，我有那么多令人憎恶和极具魅力的样子，它们都是真实的；我也不能认为我天生就聪颖机灵，我生而聪慧，玛丽·奥兰普·德古热①在1793年被拖上绞刑架时曾如此喊道；他们绞死她，因为她是危险的，二等公民应该紧闭嘴巴不要写作，她批判雅各宾派②的恐怖统治，你们曾向我宣战，你们求仁得仁；战争并没有停止，而她，她已经终结，或者说她的主张，大都输了。衰弱是不好的。生活是多样的、野性的、肆无忌惮的和字迹难辨的，而文学是尚未诞生的、不可捕捉的。

彼吉特喜欢类似"蠕虫"和"隐藏的"这样的词语。词语显露出它们的奇迹。她挖掘外国词汇，挖掘直觉的、脆弱的和容易受伤的埃里卡，她多么希望埃里卡某天能觉醒为一个成年人，她是多么地期望。她挖掘外国的词汇，清洗它们。她挖掘自己和其他两人的身体。暹罗③的连体三胞胎。她本应独自生活，同她俩分开的；她本不该回来。

现在重返季度性的高潮也为时晚矣。她的血肉已被彻底风干和利用殆尽，正如挪威鳕鱼一般。

酒吧的气氛起了变化。太阳退下，让位于走进来的身

---

① 玛丽·奥兰普·德古热（1748—1793），法国剧作家、政治活动家、女权主义者，因在法国大革命后期提出"女权宣言"，要求废除一切男性特权，于1793年被雅各宾派处以绞刑。
② 法国大革命期间的激进派政治团体。
③ 泰国古称。1811年在暹罗诞生了一对男性连体婴儿，当时的医学技术无法将两人分离，双胞胎顽强生存了63年，此后"暹罗双胞胎"成了连体人的代名词。

体。身体扬起门帘。珊瑚珠串的流苏轻轻拍打在身上。长头发，长睫毛，长腿。这具身体的一切都很长。蛇形的珊瑚珠串被牙齿般的指甲抓着。臀部裹在牛仔裤筒里，膝盖处裂着口子。牛仔裤的伤口是平直的，线状的伤痕是白色的。挺翘圆润的乳房从领口处张望，边缘透着胸罩的花边。敞开的皮夹克是黑色的。

"神奇内衣。"埃里卡平静地说。

"你不是在开玩笑吧。"

"我是在开玩笑。"

"你过去从来都不开玩笑的。你不必偷偷地抚摸十字架。"

埃里卡的手缩了一下。她的手被打了一记耳光。

彼吉特很不高兴，埃里卡的好心情在逐渐蚕食她剩余的欢快情绪。气氛变了。空气中垂下欲望和缓慢的紧张。男人们的身体浇灌着女孩的肉体。已经开始了。在横亘于孩童和女人间的湍急河岸边，每个女孩都被自己的肉体所替代。这肉体尖锐、炽热、脆弱、赤裸和强大。思想困惑地叉开腿站在自己那陌生的肉体上。眼睛向外探索，指引她们来到镜子前。

彼吉特把目光从女孩的身体转向胖乎乎的埃里卡。就好像我们被女性一代遗弃了一样，她暗自想着。因为情欲对美和新鲜感是很敏感的。爱情则是另一种东西，爱情是个例外。

  "驯兽者"黛安娜可能不会同意这样的看法。黛安娜只谈论灵魂。与此同时，她一生都在关照身体。假若黛安娜坐在这里，她很可能将一切简化并把注意力转移到生殖轮①上，据她所说，性轮参与到了激情和性爱中，她很可能会说，这个年纪的女孩们吸收和散发着橙色的光，她们散发橙光，若非如此那么她们的生殖轮便是阻塞的。彼吉特更烦躁了，她受够了从黛安娜甚至埃里卡的语句中收集而来的闲扯和废话。她也受够了一群群不成熟的个体，他们自称是受过教育的成年人；相较于俯视自我，触碰内在的自我并独立地行动这项艰苦卓绝的工作而言，他们更寄望于一份简单的食谱和指南，或替换成：教练、神明、罪恶与惩罚、赎罪券、电视竞赛、异域国家、忏悔室昂贵的会面、女巫和占星师、预言家，最后结束于《一小时的好运，如何在天使的监督下制定你的愿望》这样的课程。当他们结束贵得离谱的研讨会，他们将帮助自己的伴侣、孩子和下属。那么如何将一条简单的、平坦的、无条件的爱之路引向一个人呢，圣埃里卡？彼吉特更愿意将那些日渐衰亡的圣坛用语放在舌头上。以便人们将它们吞下。诸如亲切、和蔼、对他人的尊重和同理心这样的词语。没人想要它们，没有人喜欢它们，它们是免

---

  ① 据瑜伽学理，人体内存在七个脉轮，分别控制着身体的某个特殊部位和某些内分泌腺体。第二脉轮即为生殖轮，又称性轮，它位于生殖器官部位，控制了性腺及身体中的液体成分，主宰人的性功能。

费的。

这个女孩很美。像雕塑一般，像洋娃娃一样，如孩童，早熟的美丽孩童，她环顾四周。随着晌午将至，清晨的鲜活消散了，女性的蛛网已经聚集，再过一分钟便是十二点了。

蜜棕色的皮肤。

然而某种难以名状的粗鲁羞辱了这美貌。她知道，她太知道何为美了。若是她不谙此道，她便成了不受控制的武器，不受指引的导弹，因为天真而坚不可摧。而当纯真叫嚣着以便被糟践时，它便已经不再纯真。她很清楚，并且在盘算。房间里男人们闪烁的眼睛盯着她，身体蠢蠢欲动，意识被吸引着，幻想着将她占为己有。因为尽管这个生物不会反抗，但仍然会主宰他们。

女孩朝店主走去。她溜到砖红色的柜台边。她故意无视掉其他的男人。但她知道，他们在看着她。她了解自己的身体。她和店主低声耳语。店主绅士地吻了她的手背。女孩离开了。因着她的消失，店里的空间一下掉落到了混沌的生命及待付的账单所带来的灰色忧虑里。一些账单正躺在邮箱里冲在场的人挥着手。

不，她回来了。

店里的空间松了口气。蜜棕色的身体步伐摇曳地朝厕所走去。她的大眼睛轻轻扫到了窗边圆桌后的两个老太太。其中一个正毫不掩饰而饶有兴味地透过眼镜盯着她。另一个啜一口咖啡，手上握着脖子上的吊坠；吊坠的链条嵌入并消失在她面团似的双下巴里。她的眼睛扫过这两个女人，就像小提琴手用小拇指轻扫琴弦一般，一秒而过。这是惊诧的一秒，永恒的一秒。一幅幅画，一块块肉，都在眨眼。她讶异地轻扫过她们。讥笑爬上了她的嘴角，她无意识地蔑视起她们来，为她们已失去了掌控的、而她仍掌控着的美丽的身体，以及她所保持的年轻和光彩夺目。长发在头顶中分梳开，别在耳后；一如拉开的剧院幕布。耳环在耳垂上闪闪发亮。

彼吉特在同一秒注意到了耳环的反光。那是一对小公牛，装饰着彩色的玻璃和高迪①的马赛克。西班牙的元素落在了小姐的耳朵上，落在了小姑娘的耳朵上，落在了女人的耳朵上。

你为什么不说是落在人的耳朵上。好吧，彼吉特用黛安娜无法听见的声音反驳道，好吧，大妈。

珊瑚珠帘缠住女孩的肩头，即便是它的固执倾慕也没能留住这金发的幻影；珠帘瞧了眼街道，伴随着咯噔一声慌张地荡了回来。男人们像蜂群般喋喋不休起来。即便是那些直到刚才还沉默着的男人，此时也转向店主，嗡嗡作响，说着

---

① 安东尼·高迪·科尔内特（1852—1926），西班牙加泰罗尼亚建筑师，马赛克镶嵌艺术大师，以其独特的建筑艺术风格而闻名。代表作大多位于巴塞罗那，如米拉之家，巴特略之家，圣家堂。

自己的母语,像在市场上讨价还价一般,迫使店主收下钞票。血液在沸腾。店主收过他们的钱。他是坚定而踏实的,他很讨人喜欢,而且他知道,他所需为何。只不过他在为彼吉特和埃里卡服务时有些粗心大意。当他拿到丰厚的小费时,他没有笑。他的思绪飘到别处去了。

"餐食非常出色。"

埃里卡试图和彼吉特言归于好。彼吉特没有说话。埃里卡站起身来。她一瘸一拐地走向店主询问菜谱去了。彼吉特快速地穿过珊瑚珠帘来到街上。红色和橘色的流苏恶狠狠地缠在她的脖子上。它们随即放开了她,对她的身体漠不关心。

彼吉特环顾街道。高挑苗条的金发女郎在人群中穿行。周遭的人们都因她兴奋起来。美,彼吉特心道。蜜棕色的美。在这一刻,她知道了。她知道她占领了这个世界。她懂得了,这不是在学校可以习得的,任何时候在学校都不会获悉这一点。她有情人,她已经有情人了。每一天,都有必要将美丽摧毁和撕碎,同时还要通过摧毁它的人来滋养它。以使它保持鲜活,美丽。

彼吉特感到胃里一阵翻腾。活像有人往她胃里吐了痰一样。珠帘在她身后摆荡。

"对面那栋房子整个都是店主的,低层的公寓对外出租,上边一整层楼都是他自己用。这主意真不赖。"

"我估计你讨要菜谱去了。"

"在这儿呢。为了这个我刚才还绕到后边的办公室去。"

埃里卡把字迹潦草的菜谱递给彼吉特。在菜谱之下,弯曲的手指捏着店主的护照。

"黛安娜会很满意的。"

彼吉特把护照放进手提包中。紧挨着装眼镜的白色皮套。在手提包合上之前,她稍稍翻开护照,欣赏起上面的照片。这是个英俊的男人。在他最好的年纪。这个接待了她们的男人。

"他现在正是最好的年纪呢。"彼吉特说。

"但对这个女孩来说可能不会是最好的年纪。"

谁知道呢,彼吉特心想。她用食指点了点男人的名字。优素福。漂亮的脸和坚毅的下颌。鹰一样的眼睛和鹌鹑的声音。每个人都过着自己的,独立的生活。也许一切都源自他知晓,这是他生命里最好的年纪。因此他设想了不同的生活方式。

彼吉特合上手提包,高兴地搓搓手。

"鹌鹑①已经在包里了。"

"现在该做什么?"

"看黛安娜怎么说吧。她应该已经在家里了。"

---

① 一种常见的鸟类,身体小,头顶黑色,前额纯白色,嘴细长,尾和翅膀都很长,黑色,有白斑,腹部白色。

◇

警察在老教授身后晃悠。这位法医一生都在用鹰一般锐利的眼处理这些被绞死的人，他喜欢称之为"我的吊死鬼们"。法医在这个讨人喜欢的、健美的男人的尸体照片上方弓着背。他光滑平整的手指洗牌一般翻动着这一组照片。在肉眼、放大镜和显微镜的视角下，皮肤上留着两道凹槽的颈部照片在他这里不断被放大。其中一道粗得像是花园里浇水的软管，另一道则在放大镜下也几乎难以被觉察。似乎是细细的小提琴弦所为。后背开口说，这道平直的凹槽确实非常不同寻常，它暗示着，这个男人很可能在被悬吊前就已经窒息了。但是还不能确定。但肯定不是残忍的，更像是某种颓废的柔软，如果不矛盾的话，要他说，是某个人怀着强烈的古怪的爱将这男人杀死的。法医手指又开始翻动着照片。后背发问道，警察有什么证据能证明有人帮着把死者的身体吊了起来？

警察很坦率，说完全没有。是直觉让他执着于这个案件。他没有任何直接的证据，只有下腹的颤动，但这是不够的。在这个男人的身上找不到暴力的痕迹，他不必反抗，他没有受到攻击。而他漂亮的妻子……

后背制止了警察的嘴。他不想知道关于死者的细节。法医在起初工作时犯过这样的错误，当他在对尸体进行专业的检查时，注意到了太多多余的细节。有时他会为尸体感到遗憾，有时则为肉体消亡的恼怒所苦。他不想让情绪的垃圾影响到工作。他对森林感兴趣，而不是树木和木片。

警察把话题从死者转到了自己身上：上级想将这个案子以自杀结案，但我推辞了。你很清楚，哪怕仅仅为每一桩未破命案在墓地点一支小蜡烛，这个世上的墓地也会像耀眼的烟火一样瞬间被点亮。我需要时间。我会找出真相的，只要您帮助我，并支持我获得新的详细调查许可，以及申请进一步的解剖。

警察一直冲着后背说话，而后背则一直搜寻着相片。法医的背弓得更低了，手上握着放大镜，眼睛转向缠在喉结上的一根细细的发丝。

我知道，这很难说。教授先生，我只是感觉这不是自杀，当然也可能是自杀，也可能……弓着的背没有回答。手扯过表格，饱满平滑的指间圆珠笔刷刷作响，耐心地填写黑色的表格栏，并附上蜘蛛腿一般的潦草的签名。

警察抑制住了拥抱这鹰一般的背部的欲望。

朝圣者，一夜又一夜。警察像亨弗莱·鲍嘉①走进他的

---

① 亨弗莱·鲍嘉（1899—1957），美国男演员，代表作《卡萨布兰卡》《非洲女王号》。1974年其主演的《马耳他之鹰》成为"黑色电影"代表作。

"黑色电影"① 一样走入夜色中。电车在站台叮当作响。一个身体突然从打开的大门蹿到路面上，两个手臂缠着带子的看守踹了踹这个身体，并在他的背上喷上绿色的十字。电车又在叮当作响了，看守灵巧地跳上刚启动的电车，和绽放笑颜的女司机攀谈起来。背上涂着绿色十字的身体被来往的货车车队清理了。从车身探出一个巨大的铲子。

电车，甚至货车都避开了警察。这座城市禁止流浪汉进入电车、公交车、火车、出租车、救护车以及警车，因为他们散发着臭味。这座城市禁止移民和申请避难者自由移动，只要不是自共和国成立以来就被所有居民所背诵的名字。警察写好了信，对他而言那些身穿西服打着领带的、涂着面霜和喷着廉价香水的野心勃勃的男人们散发着恶臭，也应该禁止他们进入才对。至于黑人和犹太人，他们已经被证明是可靠的了。

没有人回复他。上级给警察打来电话，将他狠狠地训斥了一顿，就像他平时切割蜂蜜时那样。警察被转派了其他工作。

警察加快了脚步，他小跑起来。鼻子里是母马的气味，眼睛里是它闪亮的鬃毛。身体因澎湃的血液而兴奋，并把血

---

① 黑色电影，转自"黑色文学""黑色幽默"，多指好莱坞侦探片，通常调子阴郁，情绪悲观，表现愤世嫉俗和人性危机。

液输送到脸颊。在城市边缘,他的思绪飘向了劳伦·白考尔①。他从夜猫子、流浪汉和怪人身旁经过。这不是个好的地址。这是个小城市,没有地址的好坏之分。金属的天空和工业美。他倚靠在他所居住的公寓楼的墙上。他点燃了香烟。垃圾桶的阴影里缩着一个无家可归者。警察为他点燃了烟,并把自己的夹克给了他。流浪汉换上衣服,把后背涂有绿色十字的大衣塞进垃圾桶,鞠了一躬,又缩回去了。

警察在自己的房间里播放鲍勃·迪伦②的歌。迪伦晚年沙哑的嗓音让他想起了汤姆·威兹③。他很喜欢这一点。这间公寓与警察并不相宜。警察与歌词并不搭配。与歌词相配的是狂野的男孩或粗犷的汉子,或是不满足仅对世界感到惊讶的人。我们究竟与什么歌词相配呢?我们给自己贴上了什么标签,生活中我们又被贴上了什么标签呢?甚至有时我们想把它们甩开,我们憎恨它们,我们徒劳地和它们玩着捉迷藏,我们把它们从皮肤上撕下来。它们讥讽地追上了我们。警察在浴室刷牙。镜子里映着几十滴椭圆眼泪状的画,扎成发髻的金发的反光,以及皱起的鼻子。左手无名指在洗漱池

---

① 劳伦·白考尔(1924—2014),美国著名女演员,演员亨弗莱·鲍嘉的妻子。代表作《江湖侠侣》《逃狱雪冤》。
② 鲍勃·迪伦(1941—),美国著名摇滚、民谣艺术家,作家,2016 年获诺贝尔文学奖,成为获得该奖项的第一位音乐家。
③ 汤姆·威兹(1949—),美国音乐人、演员。嗓音独特,其独特的低音成为艺术家鲜明的符号。

里抹上肥皂，取下从爷爷那里传下来的婚戒，肥皂水将它取了下来，在热水中冲洗，然后收到洗漱池上方的橱柜中。

他无法入睡。

他给自己倒了杯冰伏特加。两杯。三杯。桌上摊放着备忘录，以及在沙哑的音节中署名"彼吉特·史达瑟洛娃"的文章。

◇

优素福的狗在一只又一只手中辗转。他们喜爱黑色温顺的眼睛。喜爱孩子气的脸庞。喜爱丰厚的嘴唇和修剪得短短的乌黑头发。

这些构成了白日的马赛克粗糙的轮廓。那里便是言语经过的地方。即便没有说谎，言语也使说出真相成为奢望。词语在明确的范围内是够用的，词语是为智力服务的。要如何翻译所经历的一瞬间呢。言语远不及感觉、潜意识的反应、直觉和肢体语言，就像是嘎吱作响的无力的牙齿。言语远不及眼中的光彩，在眼中这一瞬间与前几个世纪的经验连接在了一起；只有燕子有这种本领。

胸腔和腹部鼓胀起来。肩膀上抬。空气沉降下来，滔滔的气浪在肩膀到肚脐的通道中奔涌。横膈膜在工作。

黛安娜给他们教授生活为他们所准备的各类情境中最简单的东西。黛安娜不相信言语，因为言语会使注意力从肢体上转移开,而肢体从不会说谎。言语仅仅是谎言的工具罢了。

"如果事实证明,那个女孩,那个朱莉在撒谎怎么办?这可不一样。若她们是自愿到那里去的。"

"我相信她。她的话不像是在说谎。"

"报纸谎话连篇。这点你再清楚不过了,是谁在控制着媒体。"

"报纸引用了她的证词。"

"这是另一代人了,我不是在维护她。她必须保护她自己。电影里的野蛮身体在攻击他们。它们从网络里冒出来,而网络是人人都可以访问的,每一个青少年都可以访问色情网站,甚至接触到某些观念,认为暴力性行为或羞辱是一种恰当的恋爱方式。我不理解这样的一代人。我们搞错了。可能他们喜欢这样。可能只是好奇心作祟。然后他们就兴奋起来了。这不是咱们的情况。咱们结束这话题吧。"

"不。"

"咱们安顿下来,在海边,在北方,在岛上。"

"不。"

"我已经不想和其他人一起练瑜伽了。我的身体需要我。"

"不。"

"你为什么就是揪着麦多娃不放呢,埃里卡?"

埃里卡没有回答。她播放音乐,乐声和雨滴滴落的声音融合在一起。挪威女作曲家阿加特·巴克-格伦达尔的《燕子的飞行》，仅有二十个节拍的短小作品，这样的一只燕子在任何时候都是无法成为整个春天的。黛安娜制止了埃里卡，她眯着的眼睛中迸发的目光像是灼烫的热油一般要将埃里卡烤焦。埃里卡退却了。她赶紧换上另一首曲子，本杰明·戈达尔①的《燕子》，别具一番风味，迷人的、极具生命力的、热血的燕子，哎呀。水滴在玻璃上蹦跳，乐声落在它们的背上。它们互相清洗干净。

黛安娜抬头看向天空。

在夜里，"过去"为两具熟睡的身体盖上被子。它注视着她们的脸。"过去"被邀请在破晓前来访。它踢开门，把外套扔在一边。外套下的它赤身裸体。她们可以在天亮前提早醒来，以此骗过早晨。

她们的身体比鸟类还脆弱。比秋天还脆弱。脸上布满灰尘。

这种状况在任何时候都不会终结。

因为彼吉特已不是燕子，彼吉特是翠鸟，是冰鸟②，学名 alcedo atthis，她独自静静地在风中停在水面上，在遇到一

---

① 本杰明·戈达尔（1849—1895），法国作曲家、小提琴家，他的作品以优美的旋律见长。

② Eisvogel，翠鸟的德语词，字面意思为冰鸟。翠鸟往往会在冬季迁徙到德国躲避严寒。

个同类时会感受到威胁,她想把这个同类赶走,她啄向后来者的背部,只要伤者不飞走,她就再追赶着攻击一段距离,然后回到自己的位置上。

◇

上司正在和警察讨价还价。在一般情况下上司是可靠的。可一旦案件陷入僵局,他就退缩了。而如果一切都很顺利,他便把功劳归于自己。他在警察鼻子前挥舞着单子,上面写有那位鹰一样的法医的签名。极为个性的签名。这样的敲诈行为被认为是对整个警局力量的浪费以及对警队文化和纪律的违背。行,这下子电车是开不动了。但这是最后一次。这个案子本可以——他妈的——结案了。现在是没法绕开工作程序了。事实上,亲爱的,现在不叫"我们以自杀结案",现在叫作"我们排除了谋杀的可能",那么赶紧地吧。这个正直的疯子,当警察跑出门时,上司松了一口气。但要如何除掉他?把他从这里赶出去吗?

◇

苏里亚合十礼,拜日式,脊柱的流动起伏。埃里卡以祈祷为早餐。

眼见夏季即将结束。

黛安娜走进健身房。

三个男人在空旷的走廊上等着。他们并不是为瑜伽而来。他们相互交换两侧边角上带有波浪线和某些数字的塑料板。一个男人递给黛安娜一面改装过的小镜子。他把镜子反过来，解释着什么。黛安娜点点头。男人们向她道别。黛安娜把这面可以拍照的小镜子塞进口袋。

黛安娜草草卷起绿色瑜伽垫和白色伸展带。她有一个小时的休息时间。她穿过透明的玻璃房。在每一扇门后面她听到歌唱声、乐器声、笑声、踏步声以及无法辨认的话语声。

在一楼的餐厅里，她喝光了一杯鲜榨橙汁。在蘸着橄榄油的番茄沙拉里挑拣着马苏里拉奶酪和罗勒。

奶酪和罗勒都溢了出来。

◇

警察和其他几个男性身躯一同从车里跳出来，掉入布拉格郊区的一个巨大的玻璃巢中。那是在雨后。即使夏天结束，花园也没有完工。沉重的靴子踏入软泥中，留下一个个小水坑，坑里满是泥水。在门厅入口处，男人们把地板弄脏了，他们尴尬地脱下鞋子，把温热的灰色袜子放在上面。

警察为自己的身体意识到重返犯罪现场而产生的兴奋所震惊。他比以往任何时候都要高兴。他的人在房间里四处搜寻，磕碰到墙壁和家具。他们在阁楼待了很长的时间，然而在这个房子里那里不叫阁楼，而被称作阁厅。他们再次提取指纹，搜集肉眼不可见的纤维，刮擦标本。同他们在男人尸体上搜寻的一样，他们从他的指甲后提取出了某种纤维。在大门和男人书房的门上，类似贝壳状的模糊轮廓出现在紫外线灯下。那是人的耳朵长时间被压在门上的轮廓。有人两次将耳朵贴在门上，充当这座玻璃房子肺部的听诊器。

一辆银色轿车在屋前刹了车。年轻的寡妇注意到了肌肉发达的登山运动员们，他们正顺着绳索从屋顶而下，一厘米一厘米地刮擦着外部的玻璃。在他们手下的玻璃上，干涸的水滴印记间爆开裂痕和轮廓，繁花似锦。男人们的身体挂在空中，寻找着指纹，活像他们怀疑是这座房子干了恶事一般。花园后的电报线上，一只燕子脱离了燕群，它从燕群头顶飞过，画着圆弧回到自己的朋友们身边，叽叽喳喳，把消息传递给其他燕子们。乐谱上的黑色小豆点们迅速地重新排列起来。

女人从银色轿车上下来。她一身黑衣。昨夜的阵雨在她身后淅淅沥沥。

警察在道歉，好几次为自己而道歉，为道歉而道歉。女人善良而乐于助人：毕竟我自己也邀请了您。她身穿黑色的紧身裤和黑色的V领毛衣，蹬着黑色的高跟鞋站在那里。警察的眼睛被异域风情的船形高跟鞋和长长的红宝石色指甲油所吸引。红宝石在空中飞舞，仿佛她甩掉了几滴血。仅仅是因为他,她才会来到这里来,她明白这栋房子已被封锁了。她住在男朋友①那里,就是男性的朋友,她结巴道。是男性朋友,他是个同性恋,我和他因为瑜伽认识,确切而言交情不深。现在人人都练瑜伽,她常常到印度去,然而并没有太多帮助。然后突然就有帮助了,可能并不是因为瑜伽,但聊胜于无吧,他提出我可以待在他那里,确切地说是藏在他的窝里。我不想住到亲戚家里去,他们会一直分析,一直哭,一直非常夸张地上演戏剧。然后那些记者、丈夫的熟人还有他的前妻们、他的孩子们、孩子们的孩子们。还有葬礼怎么办,他的遗物如何处理?这些都是我的律师在打理,我办不了,所有这些都靠我,我没办法,我已经筋疲力尽了。

她在害怕,而当她见到我时,她又松了一口气,警察暗自想着。我可不容易被女人驯服,而我也不感到嫉妒,他告诉她,就像是他得了传染病似的。温和的嫉妒是属于爱情的,她对他说,然后微笑着哭泣起来。

警察在听取了男人亲属和熟人的意见后,重新梳理了这个陌生生命的最后几天。他将这个被吊死的人的案子牢牢控制在手,自信满满地同这桩案子较着劲。直到警方搜刮出一块微小的皮屑。男子的几名前女助理被提起诉讼。其中一人几年前还曾向警方求助,但所有证据都丢失了,实情被隐瞒

---

① 原文为捷克语,有"男朋友"和"男性好友"两种意思。

37

了,男人非常有手腕,他吓唬住了这个女人。等到女人们会合在一起时,案件才被移送到了法院。

剧本一再上演。他在工作时抚摸她们。当她们反抗时,他就使用暴力。他把她们当物品一样对待。在出差时,他要求和她们发生关系。当她们拒绝时,他就恐吓她们,或直接疯狂扇她们耳光。当他抓住一只鸟时,他对它甜言蜜语,然后砍去它的舌头让它口不能言。某次他甚至直接在办公室实施强暴。但这只是从牛奶中收集到的奶皮罢了,可没有被写进犯罪记录中。

警察不想忽视和排除任何疑点。他传讯了这些女人。他弄不明白这长长的女人队列。女人们都很漂亮,一个接一个固执地沉默着。据说她们那时年轻又愚蠢。有的女人非常悲伤;有的女人绝望地哭泣,感觉对于自杀案负有共同的责任;有的女人则坚称,她们爱过这男人;有的女人说没再经历过比这更好的性爱了。性是种欢愉,他坚称,这些女人每一个都为他的欢乐有所贡献。他是匹种马,他一直是英勇的,是好色的,曾有女人这么对他说,然而现在这样的男子已经不再有了。

他搞不懂这群女人,因为在医生的文件里有很多瘀青的面孔和破碎翅膀的照片。

警察不知道,该到哪里排遣烦闷。

他顺路去拜访睿智的法医。老鹰给自己点上了烟斗,嘲笑了警察的观点,并且尖锐地说,警察被现在的女人们弄糊涂了,他一点也不奇怪。他自己也糊涂,年岁和经验的增长对此并没有什么帮助。他明白,为什么警察要将婚姻排除于己身之外。他自己亦从未结婚。他有过两段多年的恋情。他为这些女人做了所有力所能及之事。但可能所有的伴侣或者丈夫都会这么说吧。法医嘲讽地笑了笑,所有不正当的伴侣和丈夫。只不过,鹰背朝警察耳边倾过去,像是要告诉他一个医学诊断的惊天大秘密一样。另一方面而言,在"欢乐史"上不仅摆放着忠诚的妻子的位置,还有妓女所贩卖的爱情。在圣洁崇高的婚姻天堂与低俗堕落的性爱地狱这两点间,蔓延着一个空前的、迄今仍未被探明的领域,一个被划分成很多部分的领域,其中只有很小的一部分被注册了,人们管它叫"风月场"。他只是让警察好好把这个主题的专业书籍都看一遍。但主要是——主要是要读长篇小说。比如小仲马的小说,在他的小说里这个话题得到了全面的叙述。

风尘女,警察又猛喝了几杯家酿的李子酒,这酒是其他某位无奈的警察为了感谢法医而拿来的。

是的,风尘女。这种女人不属于交际花、名妓之列。在道德标准上又比普通妓女更高。只是另一方面而言,她也不再只是一个品德端正的妻子。她逐渐地下滑和堕落。那是一条深思熟虑的通往下流社会的陡峭滑道。她也可能再回到上层,当她找到一个正确的男人的时候。或者她也可能一生停留在中层社会。之前是以公开的丑闻将风尘女和体面女人加以区分，以钱将她们与交际花区分开来。

　　警察同样弄不明白法医的话。他感觉猎鹰般的法医正凌驾在他之上教导着他。

　　现在的社会已经不那么虚伪了，我们不需要双重生活，世界上所有的身体都有着同样的权力，所有的身体都可以自由地做决定。小仲马的时代只是在历史的垃圾桶里吹动罢了。

　　没有什么东西在历史的垃圾桶里吹动，法医吸了吸烟斗。我没有结婚仅仅是为了不必离婚。我那两段真爱中的一段是和一个美国人。在欧洲，离婚很少能有什么经济上的好处。只有美国，这简直是个有着无限可能的国家。法院判决的赡养费是如此之高，以至于确保了这些离婚的女人经济上的独立；离婚不会像在欧洲这样威胁到美国的女人。它是收入的一种来源。

　　一个女人嫁给一个富有的男人仅仅是为了赶紧和他离婚。

　　我曾觉得，漂亮的妻子已经不能被归入男性的才能中了。

　　归入，抑或不归入，现如今都把这叫作事业了。在这项艺术中存在着一些天赋异禀的女专家。她们有着敏锐的嗅觉和才能。这是一种能与磨花嵌金玻璃相媲美的艺术。需要高超的外交手段和深入的心理学。还有速度，她们必须比第一颗咬上这具身体的牙齿的速度更快。她们将婚姻转变为性爱掘金①。她们是专业人士，是掘金女郎。掘金女和掘铂女们。风尘女们和富有男人们的关系在十九世纪虽然也持续了一些年头，只不过现如今的掘金女甚至能获得社会地位。她们被归入良好的社会层级中。即便是离婚后，她们仍保留着这样的地位。这大概便解释了早前的有钱寡妇现象。而你再清楚不过的，即便是寡妇也可以很年轻。

法医拿着烟斗在窗台上用力敲击，将它清理干净，平静地塞上另一个石楠烟斗。他的大部分生命都在停尸间度过，但他仍然是力量和健康的范例。在第二个烟斗的弯曲处，有着油腻的痕迹和污垢。是的，是的，是的，朋友。寡妇也可以很年轻。

您曾经坚持说，您对案子的细节不感兴趣，警察对他的攻击予以回击。李子洒洒了出来。

当然，我对细节不感兴趣。我对整体社会学感兴趣。我还对脑科学感兴趣。因为大脑指挥着整体的行为。比如拿语言来说吧。语言能力是人类独有的。它占据了大脑新皮质的很大一部分。

我不知道什么是大脑……新皮质。警察没好气地说。在他眼前出现了愤怒的蒙胧雾气，以及一个身穿黑色紧身长裤、黑色V领毛衣，脚踩黑色高跟鞋的身影。

从进化的角度来说，那是大脑最年轻的一个部分，年轻

---

① 钓金龟婿，以色谋财的行为。

人。杰弗里·米勒①认为，求婚的认知需求刺激了大脑皮质的进化。您理解吗？求婚的认知需求。

这个我不理解，我不知道米勒是谁。

米勒是谁并不重要。仅仅是想要变得有趣、精明、幽默、滑稽、机敏、亲切、巧妙的这些需求就能刺激大脑皮质进化。还有欺骗和识破他人骗局的需求。这就是适者生存。我跟您直说吧，年轻人，我得好好给您建议，及时地告诫您。忘了掘金女吧。可能大脑皮质对于一个女人来说暂时不太重要，可能直觉对于她们而言更重要些。这个年轻的小寡妇在我们的吊死鬼被精心和充满爱意地绞死后会变成一颗坚强的、聪明的、觉醒了的坚果。在这样的核桃上，我们的牙很快就会磕碎的。我是为了您好。

法医冲警察调皮地眨眨眼，喝光了手中的家酿李子酒。警察注视着法医的脸，抑制着想把烟斗从那张嘴里扯出来、一脚踹上他屁股的冲动。只是法医太犀利了，男孩还无法拥有这样的特质，他的大脑皮质还在进化：他仅仅需要几千年的时间。

警察们分组在桌上、电脑上进行指纹、足迹、语句、气味、音节、黏膜、笔记和生命分析。玻璃房子的居民的指

---

① 杰弗里·米勒（1965— ），美国演化心理学家，以研究人类进化过程中的性选择而闻名。

纹。各处都没发现什么特别的或可疑的，直到发现了那个陌生耳朵轮廓的痕迹。它不属于死者，也不属于他的妻子和孩子。这个神圣的小家庭，各处都没发现什么特别的或可疑的：在尸体上，在白色的绳索上，在翻倒的桃木椅子上，在水磨玻璃上。

只有实验室里新出的报告才能被添加到案件补充报告卷宗里。照片在显微镜下被放大。

警察揉了揉被刺激得泛着泪的眼睛。这些照片看起来就像人类胎儿超声检查的影像图。更确切地说，又像是距丹麦不远的北弗里西亚阿姆鲁姆岛上飓风的气象预报图。像是一团征服者的带着尾巴的精子。仅仅像是可被观测的宇宙的照片，并不清楚它有着怎样的形状，是否有尽头，暗物质和黑洞在哪里扩张。他想把实验室的负责人叫过来，以及那个负责结构造影的女人。还有那个耐心写下观察记录的男人。他做了另一个决定。

他自己跑去找他们。

在中央实验室里，显微镜上方和超声仪器前的身影在交替忙碌着。一群化学家和生物学家、一群物理程序专家、一群资深的实践人员和年轻的理论人员。坦白而言，不管是对于案件报告还是案件观察，警察都是多余的。他身后这群人很生气，因为事实证明，科学语言根本无法涉及某些现象，更别说解释它们了。对自然科学而言，这几乎已经成为规律：先有大的直观想法，再到假设，最后才是论证。实验室负责人耸了耸肩膀对他说。你到底在和我胡扯些什么，警察怒道。神经极度的紧张、宿醉的头疼和啜泣的愤怒爆发出来，他一拳砸在了门框上。

我没有断言什么，你自己总会看见的，实验室负责人维护着自己的人。无论我们从所能想到的哪一方面去观察，我们所有人都得出了这个相同的结论，我很抱歉。从这个男人指甲里找到的显微大小的碎屑只是一些字母。这是否是密码，或某种符号，象征字母的符号，我不知道，但它们很可能是拉丁字母。可能他在死前用指甲抠掉了钙化的文字或是别的什么，而这些文字毫无意义。

警察歇斯底里地大笑起来。这一群睿智的实验室男女都感到受了冒犯，他们默默地散开投入到自己的工作中去了。

警察掌握了男人在生命的最后几天大致的活动地图，他的生命在荒芜的平原上褪色；他只是抽出纸，记下了周五那天最后的几点线索，他思索着，如何向玻璃房里的寡妇汇报。周末。是的，周末。

◇

朱莉坐在带沙坑的阴郁操场边上的长椅背上。她在编辑短信。沙坑边是荒草丛生的公园。

朱莉猛地跳起来。她在草地上呕吐，手机握在左手掌心。三个老太太从她身边经过。拄着拐杖的老太太将纸巾递给她。

朱莉吐了口痰。她用纸巾在泛着泪花的眼睛上按了按。然后擦了擦嘴。廉价的睫毛膏晕开了，刺痛了她的眼睛。她把纸巾随手扔在干枯的草坪上。草坪上还凌乱地散落着啤酒瓶、冰棍纸以及避孕套的包装盒。朱莉看了看手机。她直起身来。

三只海燕追随着她的身体。它们已经活了很长时间了，在它们坚韧的眼睛里，智慧在聚集。在朱莉居住的房子前，它们散开了。

黛安娜坐在坏掉的旋转木马旁的长椅上。彼吉特·史达瑟洛娃即将开始晚间的创意写作课。埃里卡到乌克苏尔斯克－贺蒙餐厅去追寻蜜色的幻影。这条路上一个人都没有，除了这个秋天的夜晚。秋夜放下了卷帘，往枯黄的草地上吐了口痰。

黛安娜站起身，戴上眼镜。她浏览门铃旁的各家各户的名牌。按下一个圆点。蜂鸣器坏了。黛安娜只能等着。她听到了脚步声，大声地在楼梯上叩响。朱莉打开一条门缝。门缝后闪着一只松鸦般的眼睛。她们面对面站着。朱莉顶着黑眼圈，唇线比得了发红的唇炎还宽。她用热蜡拔掉嘴唇上方的绒毛。或者有人用胶带封住了她的嘴，然后不久前把胶带撕掉了。黛安娜的眼下也有眼袋。

"您有何贵干?"

"你好。"

"您好。"

"没什么事。"

"没什么事?"

"就想和你说说话。"

"您是儿童保护机构的人。"

"不是的。"

"您是耶和华见证人会的人或是其他的什么类似的?"

"不。"

"妈妈又没有按时交燃气费?这您得找她解决去。"

"不是的。"

"我和陌生人说话,妈妈在上边会生气的。"

"你妈妈不在家。"

"您怎么知道?"

"你不想走走吗?"

被迫成为松鸦的斑鸠朱莉,想把掉漆的门"呼"地一声在她面前摔上。黛安娜制止了她的行为。她把一只脚塞进了门缝里。微红鸟身的体力拦住了朱莉。除了飞走,别无他法。当黛安娜抓住她的手肘,并用食指和拇指抚摸时,朱莉不知道在她身上会发生些什么。她已经呆住了。

黛安娜把一张纸片塞进她的掌心,上边有一串电话号码和几个字。她柔柔地指了指朱莉的肚子。

"关键不在强奸。"

"那在于什么?"

"在于耻辱和负罪感。"

女孩反应过来她在说什么了。她慌了。她开始啃自己的指甲,上面的蓝色甲油已经斑驳脱落。

"滚。"

她"呼"地一声摔上门。

手机铃声响起。朱莉没接。短信提示音嗡嗡响,朱莉也不去看。她注视着窗帘后那个站在屋子前的优雅老太太,哭了起来。

老太太绕着房子走了一圈,然后回到那个坏了的旋转木马旁的长椅上坐下,旋转木马的马蹄已经卧在了敦实的地面上。

桌子上的手机又震动起来。她像受伤的小兽一般转过身。这个巫婆究竟是谁?小纸片上留着一个名字:黛安娜·阿德勒。名字后跟着"运动疗法"和一串数字。朱莉被困在了自己的房中。她被困在了自己不由自主的身体里。被困在了这座城市里。被困在了自己的基因中。她因一种随时可能被咬住颈背的恐惧而感到害怕。她对楼下那个老太太感到愤怒。她是谁。她怎么会知道。她和他们是一伙的。

朱莉点开短信看了看。她跑过走道,透过窗子望向对面的房间。麦多娃手握着手机,正走近这条街道。在她身后,一个退休老太太吃力地蹒跚,她在长椅上坐下,鸟儿们向她飞来。退休老太太给鸽子们抛撒面包屑。她张着嘴,像是在和它们说话。

朱莉取下衣帽架上温暖的连帽外套。在储藏室里她踢翻了一个装着脏抹布的桶,在吸尘器旁的盒子里翻找着。八音盒叮当奏响著名的胜利乐曲。朱莉抽出妈妈的一瓶酒,用力地喝了一大口。

黛安娜环顾四周。她没留意那些在儿童乐园边上聊天和抽烟的妈妈们。她把玩具递给沙坑里的孩子们。擦擦他们的鼻子。当他们坐在倒下的旋转木马上,徒劳地想让它动起来的时候,她轻轻地牵着他们的手,将他们带到草坪上,和他们围成一个圆圈,"单车单车四人的风车,我们从车上摔下来啊,受了很多的伤。"黛安娜用不同的语言唱着,不断想着新词,孩子们转着圈,就像她和他们要一起飞起来似的,腿脚踉踉跄跄的,他们没有起飞,开心地在疲惫不堪的草坪上打滚儿。孩子们忘记了那个损坏的旋转木马。

黛安娜看到门如何被打开。朱莉的身体从门后出来。"斑鸠"在向她靠近。她人格中的某种东西表明,她生命里最糟糕的事情已经过去了。她自己对此毫无觉察,这个小女孩。她戴上兜帽,点燃了香烟。这给她的身体增添了勇气。黛安娜站起身,拍掉膝盖上的草。

"我叫您警察?"

妈妈们打断了对话。她们注意到了。她们呼唤着孩子回到自己身边。

"好吧。"

"还有您那位好亲戚?"

"我没有任何亲戚。"

"那个在房子后面喂鸽子的,我不是傻子。"

"啊哈。"

"你们是冲什么来的。谁派你们来的。他。警察。你们想敲诈我。但这很难,你们既找不到会为此感到震惊的人,也找不到在意这事的人。"

朱莉像只松鼠一样在黛安娜身边上蹿下跳。她用拇指指着自己的肚子。

"这是我自己的事情。我自己会处理。"

"你妈妈将会有借口把你赶出家门。"

"您真是太聪明了。"

"我们一块儿散散步吧。"

"我哪儿都不会跟您去的。"

麦多娃已经开始在屋子前巡视了,她环顾四周。朱莉把叛逆的背转向她,出其不意地挽上黛安娜的手臂。

"好吧。但要快点儿。"

麦多娃在等待。她因为朱莉和一个陌生女人离开而感到纳闷。她喊她。朱莉没有转身。她又喊。她毫无反应。

麦多娃朝她来时的方向走去。乱糟糟的公园旁的长椅上，喂鸽子的身体站起来，身体撑着拐杖。

一瘸一拐的身影及翅膀的挥动声伴随着麦多娃。鸽子们变野了。

黛安娜领着朱莉朝河边走。她那么轻易就和一个不认识的人一起走了，这让黛安娜感到害怕。仅仅因为对她心存爱心。身体是如此殷切和不耐地呼唤着信任与裂痕的愈合。是时候让斑鸠勒死她身体里的松鸦，甚至黑天鹅了，以便她能明白，她所拥有的最好的便是她面前的自我。

黛安娜想停在河边。在水边更方便窃窃私语。水面泄露了话语的含义，汩汩的水流带走了言语，冒出来的气泡消失了，冒出来的气泡没有感到疼痛，深深饮下最后的阳光。黛安娜小心谨慎地避开了诸如学校、朋友、初恋等词语，每个人都知道太阳从西边落下；她谈论河，谈论秋天，谈论这个城市，谈论如何给进阶者安排瑜伽课，怎么给幸福的父母和他们幸福的孩子设计瑜伽课，怎么给残障儿童设计瑜伽课。在什么地方必须要通过深思熟虑的动作来唤醒神经系统，并使它保持平衡，只有这样人们才不会迷失，才能与自我和平共处。只有这样才能理解自身的感受并掌控自身的感受。通过新的经历，感觉会被打开。就像当地的一个小姑娘，在墙上捶打洋娃娃。像那三个在肮脏的第三修道会里的小姑娘，她们被黛安娜从欧洲带走了。她们的身体活动一平静下来，便直觉地开始寻找新的体验。对于自身，她们的内心是如此空洞，她为此感到悲伤。

"您说的话非常古怪，"朱莉说，"您的名字也很怪。"

"那是个简单的名字。我必须通过深思熟虑的动作来保持身体的平衡，否则一些无意识的经历可能会重复。比如可能会刺激出所经历过的暴力。她们身上一直承受着同样的不幸，她们自身会招来同样的悲剧。但重要的是，亲爱的朱莉，你听我说，重要的是：身体不仅仅是冷漠地吸收着经历而已，不是这样的。身体是独立的，甚至是改变经历的渠道。对儿童来说如此，对成人来说如此，对你亦是如此。"

"我没事，我很好，"朱莉说，"我感觉头倒立或者躺在钉子上是很荒谬的。"

"身体不能坐着。不能只是坐在精神治疗师的椅子上或是躺在心理分析师的沙发上。也不能只动嘴。新皮质是大脑的一部分，从进化的角度是大脑最年轻的一部分。仅靠语言是没有帮助的，朱莉。在这儿有一个很大的钩子。钩子，就是挂钩，可以把身体挂在空中。感觉填满了身体。身体是一个生物体，你大概知道，我们是可以影响和改变生物体的。但只有在我们扫除了身体里陈旧的、蛰伏的、凝固的感觉后才能做到。而我们只有在让我们感到确定和信任的环境里，才能扫除这些感觉。我给身体指出新的方向。你至少能听懂一点儿吧。"

"您有口香糖吗？"

她们走过白色的树，只要没有在田野里看到野兔，黛安娜便不会把鹰放出来。朱莉揪着一片桦树的叶子。她沉默着，嚼着口香糖。

黛安娜没有告诉她，在上述的三个例子中，她的实践没有奏效。英格丽德已经死了。在另外两个例子中，她也失败了；时至今日她仍在等待着彼吉特和埃里卡放下负担，扯下眼睛上蒙着的带子的时刻。她们并不想放下负担，固执而拼命地抓牢蒙住眼睛的带子。彼吉特有几个儿子，所幸她还能询问儿子们和孙子们的情况。当他们年幼时，她更会独自在他们身边提供保护，那种没有她年幼时没有获得过的保护。

黛安娜对朱莉重复着她已经反复说了好几次、写了好几次的话，但她无法要求这个世界上的每一个人都会听她的话。在很早以前，燕群便很清楚这一点，这是再平常不过的事情。黛安娜重复道，对于灵魂的发展而言，最重要的时期便是童年，在童年时便决定了我们将来成年后会对自身有着怎样的感受。我们是否会爬到发霉的毯子底下，藏在发霉的羽绒被下。或者我们将直面人生。关键在于，我们将如何处理关系。最重要的是两具身体间如野草般繁茂生长出的种种关联。在重复到与最亲近的人的联系，即与妈妈的联系是何等重要时，黛安娜不由战栗。妈妈的任务是给孩子提供安全感，为他消除压力。孩子对于陌生人和陌生的世界的反应便是感知压力。孩子可以消除这种压力。黛安娜左手食指的蓝色指腹便是证明。她没有大声说出来的是，存在着比剑还要锋利的触碰。你必须有意识地控制住你的食指，否则你确实可能以此杀死你的敌人。

黛安娜枯燥的叙述让朱莉感到昏昏欲睡，她描述着瑜伽之于她的意义，她小时候是什么样的，她经常去上芭蕾课。朱莉仅仅在她谈论到如何摆出时尚的造型拍照，如何给别人拍照，人们必须如何谨慎地挑选朋友，以及在公园的长椅上朱莉是如何吸引她的注意时，才会集中起精神。是的，她对朱莉感兴趣，而燕子则非常了解燕子自身发生了些什么。是的，朱莉遇到麻烦了，但她自身拥有独特的魅力，她可以投身于瑜伽，可以投身于芭蕾，可以……

"真的吗？我倒是无所谓。和妈妈间的联系也是一样的，我们之间不存在您说的这些。"

朱莉扯下另一片桦树叶子朝河里扔去。河流伸出舌头抓住这个企图逃跑的猎物。朱莉吐出桦树味儿的口香糖。它悠悠贴在了水面上。

朱莉的身体已经不在笼子里了。女孩的身体注视着黛安娜。她又给自己点燃一支烟。她裹紧了大衣。她感到寒冷，冷气侵入她的身体，蛰伏在蓝色指甲下。黛安娜将朱莉带到植物园，领着她进了热带花卉馆。朱莉从没来过这里。朱莉厌倦了开着紫色花朵的日本樱花观赏树，于是黛安娜把她拉进了有着玻璃幕墙的高耸的摩天大楼。在她这个年纪，瑜伽对她大有裨益。虽然在她这个年纪，她并不相信瑜伽。

与此同时，彼吉特在其他的楼层走进了围坐成半圆的面孔中。她站在这些交谈着的面孔边上。

彼吉特心情很好，她将对埃里卡的愤怒抛诸脑后。她踏着步子，变戏法一样玩弄着文字，在辞藻间嬉耍，双手挥舞着手势。她分析和打磨那些令她兴奋的文章，当她透视他们身体内部时，她手上拿着听诊器，在文段上方屏住呼吸，以便倾听文章是如何呼吸的。她轻声转向颤抖着的目标。她尊重每一篇文章，因为每篇文章都有灵魂。今天她在他们周围耐心地踱步，犹如在薄冰上行走。仔细地思考后得出结论是容易的，最糟糕的是犹豫不决，这些面孔带着独一无二的故事坐在这里，这个故事书写着他们的日子、他们的经历、他们的内心。他们的经历是真实的。彼吉特为每个微小的进步而感到高兴。他们很有天赋，是的，他们很有天赋，彼吉特很喜欢他们。她享受和他们在一起。彼吉特的状态非常好。那些未经训练的词汇对她而言是不够的。米兰卡在这儿，是的，在这儿，陷入了彼吉特词藻的网中；她坐在一圈面孔之中。十四岁的学生米兰卡。

朱莉和黛安娜错过了电梯。她们从步梯上楼，穿过狭长的走道。她们经过几十扇门，门后都是正在上课时发出的低语声。

黛安娜耐心地叩响其中一扇门。她和身穿红色天鹅绒裤子、白色衬衫，头戴紫色头巾的面带微笑的女人相互问候，这个女人踏着高跟鞋，朝半圈沉默、困惑又惊奇的面孔跺了跺脚。

身穿红白衣服的女士透过眼镜饶有兴味地盯着骨瘦如柴的朱莉。她鼓励地朝她挥挥手。朱莉在黛安娜身后打量着教室内部。当她的眼睛转到米兰卡的脸上时，她如遭一击。两个女孩都呆住了，瞪大了眼睛。米兰卡垂下眼帘。她们装作互不相识。黛安娜甚至彼吉特都没有注意到这一点。可能她们只是假装没看到彼此。我不知道。为什么只因我在书写这个故事我就应该知道一切呢，我在他们之中感到呼吸困难。

她们走进门。黛安娜给斑鸠朱莉展示空旷的房间。在后面的角落里是一张蹦床和一套绿色垫子，薄薄的，堆在一起就像千层面团。

黛安娜示范了一系列的练习。朱莉忘却了自己的身体。当黛安娜讲述着正确呼吸的重要性以及许多人并不知道自己在错误地呼吸时，她像个孩子一样咯咯笑起来。她向朱莉解释什么是哈他瑜伽、什么是体式，以及现今存在的各种瑜伽分支。而在生活里，瑜伽仅仅能让你保持内在的平和，而不是将它作为你生活的中心。瑜伽会给你——朱莉，赋予意义。当你能够投身于瑜伽中时，它也将呵护你。

黛安娜用头倒立着。嘴在说话。

"当你感到抑郁的时候，或者当你可能吃你男朋友的醋的时候，或者——"

"我没有男朋友。"

"或者当你吃得过饱的时候，或者当你沉迷于各式各样的诱惑时，这个世界藏匿着太多的诱惑，那些迷惑人心、令人飘忽茫然的诱惑。或者是在你的肺部吞云吐雾、胃里灌满酒精的时候，你就无法进行瑜伽所需要的有规律的、深沉而安静的呼吸。"

"您在河边说过，瑜伽什么也不需要。"

朱莉蹲下来，朝黛安娜的头弯下腰。红色的马尾落在绿色的垫子上，带起静电。

"像这样会对您有帮助。"

"是的。每一次我都会自我清理，从零开始。每一次我都因紧张而战栗。"

黛安娜赤裸的脚掌落回地面。斑鸠朱莉帮她把头发拢在头顶，以免头发在空中飞扬。

黛安娜屈着左腿，左脚掌放在右大腿上，脚跟朝上。弯起右腿，右脚掌放在左大腿上，脚跟朝上。

"你来吧。"

"你试试。"

"我不想。"

"这是莲花。它的根部扎在软泥里。它在水中伸出脖子，开出一朵灿烂的花。这些花朵都在仰望天空。在鸟群飞过的地方，在一个雄性向另一个雄性发出信号的地方，这个信号表明，它要在所占领的领地筑巢了，同时警告其他的同类雄性们，不要进入它的领地。"

"但在软泥里它们就束手无策了。"

"它们仰望天空。"

"嗯。"

"瑜伽还有更多的功能。很多的触碰比剑还要锋利。决心比剑要强大。"

黛安娜解开双腿，花瓣落了下来。

"帮帮我。"

她们把蹦床挪到屋子中间。黛安娜跳上去。她轻轻地上下摆动着。她示意朱莉到自己身边来。

"我这样看起来会很蠢。"

黛安娜抓住斑鸠朱莉的手。没有自信地活着是很艰难的。她把她拉向自己。朱莉将带兜帽的运动衫拉过头顶，甩在身后。运动衫在空中滑翔。它落了下来，躺在木地板上就像个睡着的生物。她们抓住彼此的手。

"这很尴尬。"

她们一起轻柔地上下摆动着，按着同样的节奏。信赖。安心。她们跳得越来越高，飞了起来。

"因此我们的身体分泌出肾上腺素，因此我们能够伸展肌肉，因此我们能够心跳加速，呼吸加深，失去胃口。"

朱莉的身体对这些话语是免疫的。但是黛安娜知道，如何及何时放松肌肉。她知道，什么时候开始进行舞蹈疗法，什么时候进行放松。只不过哪怕是满月之时,也好像缺失了什么;最难的莫过于刺激心轮①。

朱莉没有笑,她的脸色变得苍白。黛安娜又回到了她的长篇大论,就好像语言可以驱散胃部的恶心感一样。她再次说道,寻找正确的朋友是何其重要。

"这是事实。"

朱莉的胃里翻江倒海。

"都是因为那些便宜的烟。"她说着并道歉。她从蹦床上跳了下来。

"您这儿的卫生间在哪儿?"

朱莉在厕所的洗漱盆里吐了出来。她颤抖着。她的呼吸浅而急促,她并没有意识到这点。她想要停止颤抖和不安。她抑制住了把指甲埋入手腕的欲望,不安让她想要尖叫,不安令她沉默,不安让她快要窒息了。将指甲埋入手腕,给皮肤留言:够了,够了,求求你。她哭了起来。她跪在白色的瓷砖上,前额靠在白色的冷气上。她喝下水龙头里的水。她像狗一样吞饮着。水溅到了瓷砖上。她把脸埋到纸巾里擦干。她把纸巾揉成一个球,扔在地上。她走出洗手间来到荒凉的走廊上。她环顾四周,下到楼下一层。她停在一扇门

---

① 瑜伽七大脉轮之一。印度瑜伽术认为人体从尾骨到头顶排列着七大能量中枢,人们可以经由这些脉轮来传递精神上的能量。七个脉轮对应不同的颜色,心轮是绿色,与爱及人际关系相关。

边，门内那个纤细的红白女士似乎像麻雀一样可笑地跳跃着，而里面的长椅上蜷缩着那个女孩，那个该死的书呆子，米兰卡，她嘴里总是嚼着什么东西，总是跟着麦多娃。

斑鸠朱莉将耳朵贴在门上。巨大的笑声。朱莉感到害怕，她的耳朵从门上撤了回来。和这个女孩身处同一栋楼让她感到很不自在，她甚至不认识楼上的老太太，这老太太是如何认得她的？她二十岁后便谁也不相信，这个老太太早就该进坟墓了，妈妈也是一样，虽然她只有三十二岁。她想逃。只不过她没有穿着她的运动衫，要是她把运动衫弄丢了，妈妈会打死她的。

等朱莉回到训练室时，她看到了黛安娜。黛安娜一动不动。仅用双手支撑在地板上，蜂臀高高翘起，膝盖靠在伸展的手肘上，紧闭双眼。斑鸠改变了她的羽毛。她的眼睛牢牢盯着黛安娜，悄悄地朝同大衣一起挂在门上的黑色皮背包伸出手。她踮着脚走近扔在地上的犹如扁扁的青蛙一样的运动衫，就好像害怕会惊到或是叫醒运动衫一样。黛安娜悄无声息地落回地面。

"这是乌鸦式。"

"什么？"

朱莉抓起运动衫套上。这个老太太真是疯得不轻。朱莉并不怕她。她附近的这具身躯疲惫不堪。

"卡卡萨那，乌鸦式。改善生理和心理平衡的练习。"

黛安娜脱下她的运动衫。黛安娜摊开第二张绿色瑜伽垫。把朱莉的身体放上去。运动衫放在细细的颈背下。

她沉默地躺在她身旁。她们呼吸。朱莉的身体还没有掌握完全的呼吸。黛安娜用食指指腹触碰朱莉的额头。存在一种触碰,比剑还要锋利。

"当你去那里的时候,他们会说,这是儿童保护机构的一项研究,你知道的。"

"我虚构了出生日期。我知道怎么去那儿。您不必担心。"

"我给你演示一下,如何最好地放松。"

黛安娜盘腿坐下。她的腿紧缠着,仿佛绑着绸带。手掌放置在垫子上,手臂伸直,像高举的小车一样,交缠的双腿举了起来,抽象地移动,在空中弯曲;谁若是病了,就在地上画一条线,而这条线将变成河流。

黛安娜慢慢放下手,手肘弯曲。交缠的双腿落回地面。

"这怎么可能。"

斑鸠朱莉在此忘记了自己。这具充满皱纹的美丽身体,柔软得不可思议。她想马上试一下。没有成功。她躺在黛安娜身边。没有成功。黛安娜很高兴。这个女孩很有勇气,她的内心并没有死去。一朵莲花即将穿破水面直冲云霄。

"你想做什么?"

"可能的话,我想打掉它。"

"我指的是在生活中。"

"我不知道,可能我想有一个富有的丈夫,有一栋房子和孩子，我想赚钱。但是我不够漂亮，成不了模特。"

"你很漂亮。"

"嗯，那是当然的。"

"你不想旅行吗？"

"可能并不。"

"你不想学习吗？"

"喏，我不够聪明，妈妈说的。"

"每个人都有他所擅长的东西。"

"嗯……"

"在这个地方我可以想待多久就待多久。把腿的重量放在空中，最好是在大自然中做这个，在草坪上。当天空在我上方之时，我会闭上眼睛。我是一只鸟。我飞离一切。燕子在蓝天下。"

黛安娜闭上眼睛。她教朱莉飞行。在父母向幼鸟展现和解释巢下的世界之前，在幼鸟学会飞行之前，它便被扔出了巢穴。只有人类才会将自己的幼鸟从巢穴扔到路面上并践踏它们。只有人类会把唯一的希望扔进垃圾桶。身边拥有善良和直率的人是很难的，笔直的树木生长在山上；她看到了笔直的树，看到了彼吉特、埃里卡、英格丽德，向父母讨要饲料的幼鸟们。这些都已经离开了，这些人都离开了。黛安娜毕生都在将他们藏在树冠里。在脑海中捕捉那些您想要捕捉的。关键不在于强奸，关键在于耻辱。被羞辱过的身体永远都不能再挺直。您不要再继续羞辱它了。她让它们重复着直到疲乏。她让它们重复了整个世纪，握着它们的手和它们一起在蹦床上跳跃。她对埃里卡耳语道，别畏缩，别做一个默默无闻的人，去触碰天堂，把手伸向天空。我们尽其所能，是的，埃里卡，当人们被杀死时，并不是天堂之意。然而实际上，天堂杀死了人类。埃里卡，别问我这事，我不知道，我只知道二十世纪将认知烙印刻入我的身体，最终，认为人类所经受的不幸会打碎人们在教化中获得的幻觉。二十世纪的问题是受害者的问题。

黛安娜吸了一口气。若是她有多几年时光，她一定只把时间花在男性身体上。她将加入另外的群体。女性受害者和男性受害者的反应是不同的，成为受害者并不意味着受到了更多的教化。女性受害者是支离破碎的，她终生背负着耻辱，如烙印一般，吸引着更多的暴徒。男性受害者，如燕子所洞悉的，甚至会成为凶手。因为身体想要忘却耻辱和疼痛；而男性的身体想要忘却过去。他甚至将在外部的帮助下完成某事也视为耻辱；落在地上的男人身体上的燕子不愿接受的事实是，只有在外部的帮助下它才能起飞。它永远不会将这一点告诉其他的燕子。它宁可损害这个族群。只有当他杀死或羞辱其他弱者并征服他们时，受害者才能逃脱。他总是去征服孩子，绝大多数去征服女人。

黛安娜暗自叹气，睁开眼睛。彼吉特关于贝奈斯的那本书应该从身体的角度去写的。可能她应该看看，身体在历史上是如何抉择的。玻璃杯、盘子和床。政治家在会议前都喝点什么，吃些什么？他的胃是否翻江倒海。他的胃没有灼热吗？胆汁呢？腺体和荷尔蒙是否起着决定作用？他是否用爱的羽毛飞翔，是否积极乐观地看待这个世界？恋爱中的人甚至连猴子的尾巴都会喜欢，而单身的人，则可能对盛开的黄色郁金香转过身去。情人有没有抛弃他？他是否充满怨恨？他是否彻夜无眠？他的头不痛吗？他的情绪好吗？有人刺激他的自负吗？他是不是仅仅沉迷于某人某时所说的关于他的话？第一印象会不会影响他？在身体的语境下，所属的政治党派并不起决定作用；身体的同情或反感该死地遵循着其他的法规。

黛安娜没有时间仅仅投身于男性的身体。

她需要新的生活。她并不惧怕身体的衰老，她惧怕的是灵魂的老去。

窗外四只惊恐的燕子的身影撕开了如丝绸般脆弱的回忆迷雾；当无人被拿来同其他人相比较时，就连老鹰黛安娜也不那么直接了。燕子是不懂自怜自艾的。自怜自艾是致命的。

"你可以让别人收养这个孩子。"

"我不想让任何人知道这件事情。我不想挺着个大肚子走在城里。"

"这不仅仅是你的错。若是你想，你可以把它打掉。我认识一个在这种情况下出生的孩子。"

"女孩，还是男孩？"

"女孩。"

"她后来怎么样了？"

"很难说。她至今不知道，她是因强奸而出生的。可是身体清楚这一点并时常大声叫喊。"

黛安娜并不强迫"斑鸠"运动。她卷起两张绿色的垫子并顺便提议，朱莉可以随时观摩瑜伽课。免费的。或是观摩楼下的创意写作课，这个课程是她的一个熟人开的，那是个很优秀的女作家，有点疯狂，但在那里，朱莉可以用爪子谋生，并且一切都可以被思虑周全地写出来。前不久，她们在教室看见了她。即便有时她像是个固执和独特的女士，但她心地很善良。

"您曾把什么人送到那儿去吗？"

"没有。"

"真的没有？"

"没有。"

"没有。这是每个人自己的事情。我只是告诉你，存在这样的事情。"

"您是为了什么？"

"为了你。"

"您为什么要这么做？"

"我想帮助你。我一生都在照顾类似你这样的女孩。"

"我不需要任何帮助。我自己会照顾自己的。只有一次我请求了帮助，结果又怎么样呢。"

"怎样？"

"能怎样呢。"

"你想说说吗？"

"我不想。"

"你什么时候去那儿？"

"尽快。四天后。"

"我会在那里的。"

"您不必如此。"

"我送你回家。"

朱莉把兜帽拉过头顶。

"不用。"

朱莉跑下楼梯，跑进秋风里。黄昏的云雾稀薄起来。

"去之前把你的甲油卸了。"黛安娜天鹅绒般的褐色的声音在颤抖的兜帽后方喊道。

◇

警察坐在鹅耳枥树篱后新建的屋子中。他坐在柔软的黑色皮沙发上轻轻晃着身体。他独自隔绝在死者的书房中。陷在巨大的半圆形桌子后。深褐色的盘子上装有水晶的细长水瓶不再闪着光。斜切出棱角的磨花水晶在窗户上闪闪发亮。

被削掉的眼泪在双层窗玻璃上闪着蓝光。倒映出两滴眼泪。警察的眼睛捕捉到了一只燕子。当身体飞过水晶上方时，水晶里映着四只一模一样的燕子。从水晶里飞出了一具身体。

视线回到显示器上的一行行文字，边上站着叽叽喳喳的小男孩，不一会儿，年轻的寡妇出现在了门边。女人坚信丈夫是自杀的。因违背了她的意志，她对警察表现得相当冷淡。他把她的悲剧弄成了错综复杂的案子，并不停地在里面找碴儿，明知故犯地刺激她，她想把这段不幸的时期抛到身后。她眼下青黑。

她端着托盘给警察送来浓咖啡。涂抹着蟹酱的面包片。苹果饼。泡着碎姜的水。装着黄色柠檬片的白色小碟。蜂蜜。红色的指甲将一片柠檬片放入警察要喝光的矿泉水中。寡妇舔了舔微酸的手指。警察看着她的手指；他更乐意亲自舔舔它们。

寡妇在他背后停下，她凝视着显示屏；她无意识地碰了碰警察的肩膀，这让他有些恼火。他的下腹在颤动，然而这一次却不是关于谋杀和自杀的直觉。

警察将光标下移，文章并无出彩之处，死者读了一部长篇小说，小说中的主人公是个极其聪明却被身边人低估的商人，因为需要照顾愚笨的下属，供养贪得无厌的家庭、自私的父母，照顾难以管教的孩子们和狂野的情人们而疲惫不堪，被妻子对于房子、车子、假日及游艇的离谱要求所榨干。这个孤独，却相当聪明、能干、幽默的被流放者，这个被周围的人误解的人，他转而听取了精神导师的劝告，和他们一起到印度去，为他们每一次的劝导支付高昂的费用，在回来后掌掴了烦人的孩子们。警察的眼睛发疼了。文章像一个凌乱的鸟巢，在一周又一周中，被残忍地分解的燕子的身体黏合而成。警察的眼睛发胀，被放肆的文字绊倒。那些被删减的部分可能才能引起他的兴趣。

  寡妇弯下腰。警察触手可及她柔软温暖的脸庞及耳廓上如同长在桃子上的绒毛，胸脯从领口倾泻出来。警察咬紧牙关，手指坚定地点击鼠标。右手红色的指甲伸过来，拥住警察的手背。柔软的手指在他的骨节上休憩。身体的温度倾泻下来。遗忘是幸存的基本前提，女人对他说。他关闭了文章。被两个手掌囚禁的鼠标一顿，打开了另外的文章。

  这里边是男人私密的记录。什么时间该怎么喝，什么时间该怎么吃，量是多少，相对应的能量又是多少，和谁什么时候在哪里睡了几次，其中不乏精神导师们的语句，政客、政治家和教皇的名言语录，大量对彼吉特·史达瑟洛娃的书的摘抄。寡妇故意动了动覆在警察手背上的柔软的手；警察的声音结巴着静下来。我也这么觉得，我同意……如果我们记得每一次失败、每一次失望、每一次伤害，我们就很难找到继续下去的勇气……总的来说，这样的经历可能会占上风……遗忘的能力几乎是希望和全新开始的馈赠……里面也有些乌托邦的成分……警察结巴着，鼠标在页面间漫游，仿佛没有耐心啃掉这个丈夫遗留在这里的东西。它冻结在一句话附近，对警察而言这是个清晰的信息，以便案子结案，以便无事，拜托，无事被破坏，这个我们可以认为是丈夫身体的留言，他的身体没有受到教化，没有承受变老的重压。"如果这就是我所必须经历的生活，那么我放弃。"

警察明白，我们接过了指挥权。现在是鼠标带着他动。寡妇没有松开手。他任由她领着他。手在桌面上充满爱意地滑动。警察停留在浪漫而感伤的句子上，从这些句子中滴出酸甜的蜜来。"我的生活正处于十字路口。事实证明，在十字路口存在着许多条道路。我选择了那条通往爱的道路。"警察感受到女人的温度。她的手接管了指挥权。她点开了非工作会议记录的页面。如果上面的记录是真实的，那么周五的黄昏他应该有一个与自己手稿相关的会面。他本不应该把这个会面写进日程本中。那里面仅仅排满了正式的工作会议。他本应亲自去拜访彼吉特女士，他将这次会面自豪地写成了一对一咨询。电脑上的记录应该是真实的，哪会有人能抹去或是伪造这些记录呢，只有我知道密码，寡妇惊讶的双眼，轻声诉说着，鲜红的指甲压在骨瘦如柴的手上，硌得生疼。几个字母在警察眼前聚集排列。"隐藏处，掩蔽所。"寡妇松开了警察的手指，她抬起手掌，诱惑地抚摸自己的脖颈。"您留下吃午饭吧，您工作了太长时间了。"

"不。我不知道。下次吧。"

◇

在诊所门前，惊慌的朱莉跺着脚，从她嘴里冒出浓重的烟雾。在卷烟温暖氤氲的烟雾中她认出了黛安娜。斑鸠把香烟抽得吧唧作响。

朱莉洗掉了指甲上的蓝色甲油。黛安娜看着她，看到了朱莉是何等无所适从。若她们从小在安静的家庭里长大，拥有幸福的童年，她们将学会感知微弱的信号，身体会根据这样的信号感性地判断所处的新环境。然而若是她们的童年并不幸福，意识便会一直压抑身体的各种信号。只不过这之后的警告必须强烈而彻底；只有在昏暗的小巷前，燕子的羽毛才会在腹部挠痒痒以示警告。

朱莉没有觉察到微弱的信号，否则她不该让陌生人如此失控地介入到她的生活中。

"您真的来了。您带钱了吗？"

"当然，我带了。"

"我不想独自到那儿去，我也不想让其他人知道这事儿。"

黛安娜想抱抱她。朱莉的身体惊恐地瑟缩了。黛安娜停了下来。她亲了亲女孩的两边面颊。她握住她的手肘让她平静下来。平静从黛安娜的身体里过渡到朱莉身上，像是一条蛇缓慢爬过。

候诊室里挤满了妈妈们,妈妈们的吼叫声,流着鼻涕跑来跑去的孩子们,烦躁的新婚准妈妈们。朱莉转向黛安娜。

"我不想这么干了。"

"我知道。"

"我该去哪儿推迟这个手术?"

"你再和妈妈商量下这件事。"

"不可能。她肯定会把我轰出门的。"

"她不会的。"

"她会打断我的骨头的。"

"如果她愿意的话,我可以和她谈一谈。"

"她会杀了我的。我不要。"

"好吧。"

"那么您并不尝试着说服我留下这个孩子。"

"你不会是个好母亲的。现在不会。"

"那么您帮帮我。"

"如果你也帮助我的话。"

"我原本就觉得您的帮助不会是免费的。果然是敲诈勒索。"

"不是的。你只要告诉我这个孩子的父亲是谁就好。"

"不。"

"你不必掩护他。"

"我不知道孩子的父亲是谁。"

"你知道的。"

"那么您不能告诉任何人。"

"我谁也不会说的,小姑娘。"

"我不是小姑娘。"

"抱歉。即便我告诉了谁,你也会全盘否认的。"

"您可真聪明。"

"你害羞了。"

"您怎么知道?"

"我了解你。"

"您才不了解呢。"

"我了解你很长时间了。"

朱莉是固执的,朱莉是倔强的,朱莉犹豫不决,朱莉下定了决心。黛安娜往她手心里塞了一把钞票。

"这只是给你的。医院的手续我已经安排好了。"

她敲了敲门,进去商量好了什么事情。有人叫朱莉的名字。从身体里抽出血液。朱莉挨了顿骂。她没把晨尿带过来。她逐渐接满了一杯,胜利者的杯子。好奇地盯着马桶上她分开呈 V 字的眼睛消失了。黛安娜在等她。她对着那些因为长久等待而发脾气的烦人孩子,以及一不留神就步履蹒跚地走到她脚边停下的孩子们微笑。她和这些小不点们玩闹,抚平他们的头发,把他们抱在膝盖上轻轻地摇。他们围着这位从未知的童话里跑出来的婆婆蹦蹦跳跳,围着这位衣着考究、佩戴昂贵珠宝的夫人咿咿呀呀地叫;他们安静了下来。

在最后一层诊室里,黛安娜陪伴着做完了检查的朱莉。她把朱莉交给护士并在纸上签了字。护士轻蔑地瞥了一眼黛安娜。就好像不负责任的黛安娜可以决定斑鸠的命运似的。

黛安娜递给朱莉一个袋子,里面装着埃里卡买的拖鞋和睡袍。黛安娜承诺,第二天的三点会回来。朱莉只是咕哝了几个字。戴安娜没有大声说出心中所想;在第二次世界大战结束后,一只名为英格丽德的燕子为了使战争时期性暴力被视为最严重的战争罪行是如何拼命斗争的,而她又遭受了怎样普遍的嘲笑。黛安娜没有大声说出的是,在英格丽德死后,她又是如何拼命地斗争,以便为所有战争中被强暴的女孩和女人争取到同样的诊断。因为如果她们的身体不接受治疗,她们就会有下意识地拒绝接受自己的孩子的危险。再晚些年,她们还可能被抑郁症、肥胖、毒瘾、心脏病、癌症、糖尿病折磨。与拥有健康的童年、没有经历过强暴创伤的身体相比,经历了此种创伤的身体的寿命最高可能减少约二十年。黛安娜什么都没有说出口。她将袋子递给朱莉。然后给了护士一个灿烂的笑容。

警察拜托同事听完史达瑟洛娃副教授的讲话。他畏惧这些年老的歇斯底里的女知识分子。他最害怕这些老年女知识分子了,唉。在他看来只有纯粹的受虐狂才想和她碰面,谎。他的托词是，他必须避开被吊死的死者的所有妻子们。

第一个妻子什么也没对他说。他们毕业后就结婚了，她替他写的毕业论文：他因论文的成功而感激我，又为第二个女人而感激我论文的成功。第二个妻子给警察一种熟悉之感。一个自信又充满活力的女商人，拥有自己的肉类产品大公司。这家公司进口阿根廷的肉类，客户都是酒店和顶级餐厅，甚至在各地的超市也有出售该公司的产品。在贵得离谱的价签上，她的大幅照片微笑着。他是从那上头知道她的。他从不会买此类商品。吃这种商品给他一种类似食人族的感觉：这张照片不断地给他一种暗示，就像他从她身体上买了一块儿大腿肉似的。

是的，她可能有杀人动机，她是如此憎恨他。他和她唯一的纽带是孩子们。他通过孩子们同所有的前妻联系在一起。这可能是来自小城市的父母对他的抚养的结果。两人仅仅是因为孩子才在一起的。仅仅是因为孩子，而这就足够了，不知您是否听明白了我的话。而男人偷腥是因为想要免除孩子降生所带来的紧张感。他还必须卸去让他疲惫不堪的家庭责任。然后他就可以随便和谁睡了。也许几年后他还能和前妻谱写一出罗曼史，做着鬼脸辅之以阿根廷牛排。警察问她为什么会和他结婚。他很庆幸女人没有注意到这个问题是如何不经意地安插进来的；调查没有什么进展。喏，您看，女人说道，他很不一样。他不是个乏味的人，而且看起来，他非常有想法，最主要的是，他似乎不想让"手提包"

黏在他左右。警察不理解。喏，他需要的是有趣的女人，他总是只想留下有趣又聪明的女人在家中。只不过最后的事实证明，有趣也不过有其明确的限度。表面上他支持她们每个人，但私下里他是不希望她们出去工作的。他认为，当他选择我们时，这对于我们本就是一种荣幸了。他开始让我们毫无止境地为他服务，以感谢他选择同我们在一起。但这肯定不是我要杀死他的原因，不是吗？他打过您吗？警察问道。就像他打那些女孩那样，那些被他当作仆人一样的女助理们？那倒没有，从没有过，我可是开肉铺的，要是他打我，我肯定会回击的。只不过他对待妻子和对待其他的女人有着很大区别。对于自己的财产，他是很认真照料的。别人的财产嘛，洗劫一空就行。他是……应该说他曾是很膨胀的人。

她，就是他现在这个女人，没过多久就被他惩罚了。她想要离开他，据说她是第一个甩他的人。他真的受不了这个。他恨不得把她关进修道院，或者给她钉一条贞操带。他担心，自己可别是喂养了别人的小兔崽子。若真是如此，他就离开他们了。但她肯定不会因为这个就杀了他吧，或者就是这个缘故？或者是因为这个，肉铺老板娘甜甜地笑了。

警察回到办公室。他拼凑出了一幅在男人堆里成功的、讨人喜欢的、备受欢迎的男人画像。然而当他身处与女人们的亲密关系中，却有着截然不同的面貌。这家伙的生活该是多么有趣。但相比写下自己的生活，他却在小说中无病呻吟。

　　他可能还需要见一下那位寡妇，但不是今天。他派一个不害怕猛禽的同事去接触她。还派出了一个能在女作家咽气前迅速搞定她的同事。

　　同事向警察汇报调查情况。他们已经在史达瑟洛娃副教授的临时住所按了好几次门铃。没有人来开门。在房子周围也没有询问的可能。那是贝特逊山脚下的一栋独栋橙色小楼，只有三面入口。这里和我们的受害者没有关联。哪怕这栋橙色小楼非常的棒；在那里住着几个外国人。我查明了，自一九八九年后这房子换了好一拨房主，大部分都是些精明狡猾的投机分子。这些名字能把人的舌头绕断了。这房子最后被美国人马克斯·阿德勒收购，他曾在情报部门工作。他死后，房子由他的妻子黛安娜·阿德勒继承，她原姓布萨德。一个有钱的英国女人，为了一个更有钱的花花公子嫁到了美国，老兄。她是身体记忆专业的专家，鬼知道这是什么。她继承了阿德勒全部的财产，甚至不动产，他们没有孩子，也没有兄弟姐妹。她出租房子。她是个友善和很受欢迎的女性，不停地旅游，世界各地的人们都来拜访她，所以她在这里也有一间用于会客的套间。最近半年里，除了副教授女士以外，还有一个名叫埃里卡·艾伊索娃的电影纪录片女制作人住在这里，她是个德国人。在这栋房子的一层还设有美国电影公司葵欧①中东欧分公司的办公室。这很正常,他们选择了欧洲中心布拉格。呸,我真希望我不用再念出这些饶舌的名字了,我的舌头绕不过来,为什么这些人不取一些像咱们这儿的人都会取的正常名字呢,真是的,选一个比捕猎鹿的猎人在麦多诺西镇周围被诅咒的森林里心脏病发作更正常些的名字吧。

  警察什么重点也没抓住;是的,就算他的名字是伯特尼克②。恐慌开始降临到他身上,他害怕是自己弄错了。他害怕这就是一场自杀。哪怕这男人是一匹健康和精力旺盛的种马。可谁又知道,惊恐的种马在他这个年纪,脑中又萦绕着什么念头呢?这个年纪的人们头脑里又在想些什么?当他们想把生活里的牛奶都吸干时,挤奶桶里却是空的。警察犹豫着,司法心理医生的报告和分析可以采纳到什么程度。死者是自恋狂。这是现今最常见的一种征候。就像上个世纪,歇斯底里是最常见的征候一样。据称,他对女助手非常具有攻击性这一点,很可能就证明了他有其他的心理疾病。
  但那是什么样的心理疾病呢,他妈的,什么样的呢?
  实验室的结果对他也没有太大帮助。一旦在拐角处听到警察的脚步声,实验室负责人就会直接提高音量。

---

① 有"鹌鹑"之意。
② 有"朝圣者"之意。

你来找我做什么？是的，喏，是这么回事，构成这些字母碎屑的基本元素，很可能是灰泥，是的，有可能，但是并不是尸体所在的那栋房子的灰泥，甚至也可能是皮肤鳞片突变了的，你别这么看着我，拜托你了，我们不是在拍电视连续剧，我指的是人体皮肤上的鳞屑，确切来说这些鳞屑不是他的，我们现在谈论的是仅靠肉眼无法觉察的东西，我在努力帮你，有时我在这样的谜团和迷宫里也会喘不过气的，是的。

警察紧握住救命的绳索。他对着他极其尊敬的鹰背诉说。鹰背一点也不吃惊，他任由自己被说服。他和警察一起到所谓的案发现场去。在这栋玻璃房子里，他们主要想看看阁楼，也就是在这儿被称为阁厅的区域。还有卧室，毕竟死者穿着睡衣。猎鹰将窗子推开一条缝，抽起了烟斗。燕子的身体飞过一个个圆箍似的烟圈，鸟喙留下樱花花瓣。人类的身体抽动了一下，关上了窗。

他长时间地检视寡妇温暖的身体。寡妇质询的眼睛里冒着责备的小火苗，转向警察。警察仅仅耸了耸肩。在与男人们道别时，寡妇的瞳孔中燃烧着同样的疑问。鹰背暗示他们勇敢地吻手作别。

他们沉默地回到法医办公室。鹰背将目前为止的鉴定结果看了一遍。他给警察写了几句话，提出了一种案件版本，一种未被证实的假设。他大声说，如果我们认为有凶手存在，那么他们一定彼此认识且相当熟悉，死者并不害怕这个人。死者是被勒死的，然而怎样勒的、用什么勒的，我不知道。他并没有很痛苦，他身处涅槃一般。就好像血流缓缓变慢，身体自愿停止了氧化作用。在无意识里就被放倒在阁楼中。他就是在那里被仁慈地绞死的。要做到上述这些，需要相当大的体力和勇气。如果我们认为有凶手存在，那么他肯定是一个男性，应该是个大块头，一具充满睾酮的身体，像阿诺德①那样。这是我非常私人、非常大胆的假设，宽阔的鹰背说道。我已经暗示过您一次这种可能性了，但是我并不肯定。老实说，我对他指甲下的垃圾非常不感兴趣。可能他是想抓住什么东西，或是身边的什么人，或者他是和什么东西或什么人扭在了一起。现在的人们可能在身体的任何部位刺、绣、文或涂上脏东西。

鹰背没有对警察笑。警察用玻璃房叨扰了鹰眼。警察明白了，他叹了口气。他并不喜欢叹气。

警察在办公室过夜。在瞥见塞满证明和惊人的证词的厚厚的文件夹时，他感到反胃。在瞥见一张张照片时，他感到不适。在瞥见一个个字母时，他感到虚弱无力。

他相信直觉。但直觉不能够让他起诉任何人；其他人也许都在讥笑他。他最希望推翻上司的结论，根据他的结论，

---

① 指阿诺德·施瓦辛格。

年轻的寡妇看起来并没有对年老的丈夫表现出额外的哀痛。她的证词是割裂的、模糊的。事发时她在海边。她说她周六下午回来的。然而与她同一航班的其他旅客，航空公司，甚至空乘人员都证实，她是周五飞回的，飞机是周五晚降落的，他们周五晚在机场道别。而寡妇对此坚称，她是弄混了日子。她在朋友家过夜，那个据称是同性恋的朋友，那么……呃……因为……呃……由于……呃……上司的裁决以血腥的印章结束；寡妇蜷缩的鼻子被塞到了印章的热蜡中。

寡妇曾活得养尊处优，她被列为主要嫌疑人之一。唯一与她证词相符的事实是，她确实在朋友那里过了夜，这个朋友是个同性恋，或者，也可能是个双性恋，至今没有结婚。寡妇有作案动机。她将继承全部的财产。混乱，混乱。就像天想要下雨一样，若寡妇想要再婚，这是没有办法阻止的事情。

警察陷入了困境。男人自己设下了这一迷局。他需要史达瑟洛娃副教授，他需要了解，为什么这样条件的男人，他拥有一切，房子、钱财、事业、山上度假的木屋、漂亮的妻子、孩子、情人、土地、树林、运动汽车，以及和总统、电视台台长们的合影，为什么这样的男人会被写下虚构自己生活的废话这种迫切的需要所折磨，为什么他急切地需要一个四海为家的单靠文字为生的女人。警察不读书。警察是天真的。他需要一个通晓人性的人。他觉得作家们了解静谧之处安放的灵魂。他不知道的是，他们正是因为什么都不明白才写作。

几天过去，他试着联系史达瑟洛娃，一次又一次到贝特逊山脚下的公寓按响门铃，却都徒劳无功。老太太没有电话。老太太没有邮箱。同事打电话给女作家供稿的国外的出版社，弄清楚了她正住在某个英国城市。这个同事是警局里唯一一个能说流利的英语的人。他们给她写信。警察写捷克语。同事翻译成英语。警察的神经像琴弦一样绷紧。没有任何回复。

警察的神经绷断了。他申请强制进入公寓的许可，申请对贝特逊山脚下的橙色房子的公寓进行内部检查。他没能从上司那里得到许可。这是毛头小子的申请，是极其不合理的。

◇

埃里卡乘购物中心的扶梯来到下层。麦多娃正在宽阔气派的餐厅柜台边和两个青少年聊天。

埃里卡看到，麦多娃是怎样捕捉女孩们的，她是如何黏上女孩的，她是如何尖笑的。与这些灵敏的女孩们在一起是她的勋章。她在购物中心给她们买她们手指点到的东西。她邀请她们吃夜宵，去酒吧。她们装扮成成年人。她为她们点上长长的香烟。她们忽视猫咪轻盈的步伐。有的女孩在下午晚些时候便消失在乌克苏尔斯克 – 贺蒙餐厅对面,那售卖巴尔干香肠、巴基斯坦和土耳其烤肉的小餐厅上方的房子里。这些女孩在午夜前是不会走出这栋房子的。

埃里卡一直等到半夜,此时充斥着莲花世界的意识和睡莲的气息。

直到炙热的动脉变得疲惫,在闪烁的广告灯光里,她引起了所有这些男人的注意,其中一个醉醺醺地责骂她。

"你在这干吗呢,老太太。"

"我在找孙女,饭桶。"

警察在电脑网页前坐到夜里,疲惫不堪。他浏览了众多年轻的、极具吸引力的裸体女人的照片。突然有什么在他头脑中闪过。他输入玻璃房寡妇的名字。他看到了一张张美丽的,非常美丽的黑色乌鸦在葬礼上的照片。他保存了拍摄她头部细节的照片,将它们保存在一起,这是个从容的动作,乌鸦明智地点点头,接受着永无止境的吊唁。脸上的黑色薄纱似乎更增添了韵味。他怀念与她面对面的会面,怀念嘴的轻啄,怀念她面部表情细微的变化,怀念她的身体语言,怀念她的香味。他想在自己的梦中抚摸她,轻嗅她的芬芳。警察自慰起来。

他起身去冲澡。他打开浴室的小柜子。他把祖父传下来的婚戒放在手上掂了掂。他想起了漂泊不定的父母，以及祖母约瑟法和祖父在因季采抚养他长大的时光。想到了自己的分裂。记忆里缺少他的弟弟和妹妹。那时他每天早上都担心能不能在自己的房间里找到书包，或是单车，或是浆洗过的绣着名字缩写的手帕。他每天早晨都害怕。有那么好几次，他在自己的房间里找不到书包。在田野里，或树林里，或鱼塘边，或在村子中心的小空地上找到了单车。午后，村里的母鸡开始咯咯叫，干净洁白的手帕在菜园的黑刺李树上或村子边上的野玫瑰上被找到。他害怕在手帕上擤鼻涕。他把鼻涕擤到牛蒡叶上，或是压住鼻孔，然后用力擤到灰尘仆仆的田间小路上。他没有家庭作业，可他却感觉自己已经写过了。他手边是一个茶杯，里面盛着三叶草茶、榆树茶，或是开在花园里或小院儿里橘黄的金盏花茶。他如此沉浸在游戏中，仿佛周遭的世界和即将到来的现实都消失了一样。他被迫看护周边的环境。他不仅通过自己的眼睛看着自己，他玩耍，他看着那个独自在核桃树下玩耍的小孩。他比其他同龄人要领先一步。他不一定是最快的，但他领先了。他学会了通过俯瞰观察整体，就像燕子一样。

　　他知道，狡猾的上司意欲何为。上司对于贝特逊山脚下那栋房子的公寓毫无兴趣，他觉得，已经找到女作案人了。上司并不追寻真相，上司在惩罚警察。警察转移了注意力。他利用自己的评估能力。他积累关于某个人过去行为的相关信息。他收集曾与死去的男人相处的所有人的行为事实。他将信息的干草垛抖得蓬松,然后在干燥的草茎里找到了蛛丝马迹。

我们放个假吧。周末他将不用执勤。他会独自进行调查。看看他自己是如何调查的。

牛油铃铛

　　警察站在周六黎明的贝特逊山脚下。站在僵局中。有着红色波形瓦屋顶和白色小窗的橙色房子在审视着他。房子不知他意欲何为。它眯上自己的眼睛。

　　警察耐心地套上麂皮手套,他撬开房子入口的锁。他越过了法律的界限。他闯入房子内部。因为他陷入了爱河;然而他对此尚不自知。情爱左右了他的步伐。情爱主导了他的身体。他撬开门上的锁。它很轻易地便被砸开了,好像很无聊似的;它在等他,因为兴奋而颤抖,进来吧。身体里的血液四处奔涌。房门并不畏惧他。房子的门边少了门铃,也没有名牌。唯一的波形瓦檐下形成一个可靠的空间。警察沿着木质楼梯上楼。他叹了几口气。

　　一楼的空间很宽敞。这里是电影公司的办公所在地。旁边是女主人的健身房。走廊和公寓内都是白色的、清醒的,家具很少,整面墙都装饰着一溜儿画作,角落摆着雕塑。

　　二楼最大的房间应该就住着史达瑟洛娃夫人。她拥有一个私人大书房,陈设略显单调,上面的书籍被精心整理过。她自己写的书显然没有放在显著的位置;只在这栋为大胆的客人准备的好客的公寓里占据了一排长长的书架;国王、政客和教皇的传记,史达瑟洛娃夫人绘制了过去几个世纪里权势熏天的男人们的行动地图。单间公寓被布置成了廉价酒店房间的样子。甚至还有一间暗房:屋子的女主人有时会洗些照片作为娱乐,老式的方法。

　　客房床铺上方一个突出的架子极具侵略性:史达瑟洛娃夫人的军官和将军们在平稳的队列里保持着警觉,男性主导哲学,甚至暴力哲学常常以犯罪的形式表现出来。在书本上方,叉着腿的女作家身着皮裤,手里拿着鞭子,头戴灰色蒲公英般的绒帽。日本天皇裕仁、德国皇帝威廉二世、约瑟夫·V·斯大林传和意大利战后总统阿尔契德·加斯贝利传。温斯顿·丘吉尔传及康拉德·阿登纳传、美第奇家族的故事,以及相传拥有十六万嫔妃的印度皇帝恩达雅的故事。几十,甚至成百上千的男人们。警察仅仅因为案件翻过约翰·F·肯尼迪传,他真的没有时间阅读。史达瑟洛娃夫人剪下、保留并充分利用了国际丑闻。她谱写了一个理论,认为肯尼迪刺杀案的幕后黑手既不是出于政治利益,也不是出于复杂的军事工业,而是源自美国中央情报局和联邦调查局简单而易于理解的努力,具体而言是出自权力巨大的、假正经的、无能的联邦调查局局长约翰·埃德加·胡佛之手,为了掩盖总统对于女色的日渐沉迷。因为对于胡佛来说,这不是简单的性的释放,而是对美国国际影响力的威胁;不会再有身着轻薄透明衣裙的女演员放浪公开地唱着生日快乐拥向时髦的总统了,她们也不会通过密道偷偷进入白宫了。他自己纵情于放纵的生活,没落于深夜里,这对我已经没有帮助了,他瞄准了未经审查的身体们,在冒着气泡咕咕作响的盖子下一切都难以维持。总统的情欲威胁到了国家,尤其是威胁到了关于美满家庭的美国梦,上帝联结着这样的家庭,即便死亡也不能将我们分离……总统的色欲威胁到了国家的安全,威胁到了以罗丝妈妈为首的端庄的肯尼迪全族,甚至威胁到了罗丝,这只四百岁时从花岗岩飞向永恒的猎场的叽叽喳喳的鸟儿。她活得比丈夫长,比一众儿子、女儿、孙子、孙女、重孙、重孙女都长,当他们要清除叛逆的女儿罗斯玛丽,以避免其给家族蒙羞时,她连眼皮都没有眨一下,她允许他们对自己的女儿进行前脑叶白质切除术,并称为坚定的父母之爱。女儿都没法生气,她只剩自己的脑袋了,她是父亲的听话的女孩、丈夫温顺的妻子。清除掉那些喜欢进行破坏的人。当六十年代的年轻人和各种各样的毒品及自由恋爱在她眼前飞驰而过时,她丝毫不动,眼睛一眨不眨,一副视而不见的模样。世俗常规和宗教仪式中隐藏着多少秘辛。史达瑟洛娃耐心地写了这本书,就好像细细地拔下羽毛。她翻出情报部门苦苦隐藏的细节,至于她是如何拿到这些细节的,还是个谜,很多法庭诉讼等着她,大多她都胜诉了,正如在书封和最后一版的后记中所写的那样。女作家吹起了尘埃并让它进一步发酵。在自己的辩词中她写道:一切都只是观点和背景意识的角度问题罢了,到一九四七年的时候,核武器已经不是最具威慑力的威胁和武器了,麦卡锡议员曾用性的释放作为攻击共产主义的武器。这个狂热的、偏执的反共产主义者将选票投给了共和党，而总统德怀特·戴维·艾森豪威尔在他看来是个不错的家伙。我们转过身来，小鬼，你看联邦调查局的头头约翰·埃德加·胡佛和《新共和国》杂志的主编，事实上他是联邦调查局的特工，在秘密会议上向麦卡锡展现了自己的反共方案。如果美国特工们能渗透进一大群苏联女人中间并逐渐让她们受精，那么这一大群女人就可以削弱共产主义的基因基础。美国民主的基因将取得胜利并溶解苏联的扩张主义。然而这已经是很久远的大炮了。双方皆是如此，史达瑟洛娃结束了后记，不过詹姆斯·邦德的形象在这一方向上对我们几乎没有帮助，她不肯放过一小撮讽刺的盐。

警察将这本书翻了一遍，因此他感觉，他懂得她，他把书塞回小兵的队列里。在床头柜的橡木板上，书脊的军事队列领导着另一场私人的战争，同样坚定的、永恒的用于精神苦刑、洗脑及追求权力的武器，《圣经》和别的什么"经"。朝圣者看向士兵梦境的印记，关于国王和政客的书籍，关于美好的事物，关于未爆炸的手榴弹以及防护衣。

警察踮着脚尖退出单间公寓，从书架旁离开。对面的公寓属于史达瑟洛娃，里面满是颓废的颜色和有着复杂绳结与流苏的编织披肩。里面还有百科词典、语言字典、地理图册集、地图、体积庞大的美术及摄影出版物。在墙上挂着巨幅挂毯。上面遍布彩色的小球和被凿下的锋利牙齿。红色的小球交织在绳子上就像巨大的珊瑚，拉长和匍匐在屋子里的绳球好似从天空中伸出的多余的手，爪牙般涂成粉色的、长长的、弯曲的手。红色的浆果黏在有罪的树木深绿的叶子上。红色的小球弹进无面儿童的酒窝中。红色的鸟食，被飞行的燕子或孤独的翠鸟或无法歌唱的燕雀或振翅的雄鹰衔在鸟喙中。甚至在浴室里，奶油色的瓷砖上也有一些龟裂的红色泪滴，像是某人噎住了，在他背上猛地一击，便如同服了催吐剂一般哇地一下吐出来。

麂皮手指掠过白色瓷砖，抚摸着膨出的红色玻璃突起。

警察猛地退了一步。他的裆部有了反应。在他手下的仿佛是黑色高领毛衣下突然挺立的乳头。

警察上到三楼。楼梯低声地叹了口气。三楼的公寓是极简主义的，干净、清澈。警察的步子蓬松、柔软，芭蕾一般。除了黄铜烛台，其他的一些都是纯洁的白色，而浴室是蓝色的天堂。警察走在一个消了毒的美的"博物馆"中。

一个阴影在窗后一闪而过。

警察推开窗户，探出身去。窗户下面，白色腹部的燕子在筑巢，它们本不该在这儿的。它们从自己的巢穴中修建了一个平行的外部窗台，像是民族剧院的包厢，一个包厢紧挨着另一个，用稻草、枯树枝、嫩枝条、樱花及唾液搭成。放眼舞台的风光，还能看到布拉格城堡。麂皮手套里的手把燕子们轰走，稻草从你们的鞋里漏出来了，混蛋们。小巧的鸟头上的珠子闪着红光。警察猛地关上窗子，拧上窗把儿。

在白色桌子上，黄铜烛台边倚靠着装裱了四个年轻女人照片的相框。她们看起来像是一家人：三个青春期的少女和一个年长的姐姐或是妈妈。三个女孩都没有看着相机，她们仅仅沉浸在彼此间，制造了一种强烈的缺席感。她们笑着。她们在北海边游玩，吹起了强劲的青春之风，吹吧，你这个疯子，吹吧，大海是荡漾的、微醺的希望，风吹乱了头发，强劲的牙齿将宽大的连衣裙从身体上撕下。她们眯着眼睛，被困在太阳光线的魔爪中。警察眯缝着眼，抑制住给自己戴上太阳镜的想法。手抚过脸庞，在掌中的沟壑里捉住了一颗沙粒。警察赶紧将手在大腿上擦了擦。

下一幅肖像中站着一个骨瘦如柴的孩子。孩子顺从而冷静地站立，摊开手掌看着摄像机，像是从那里会飞出鸟儿一样。或是好像会从里面掉出拉了保险的手榴弹一样。警察朝照片弯下腰：他不确定，这是个女孩儿，还是男孩儿。

最后一张窄窄的照片上是一个身着燕尾服的小提琴手。他的燕尾被一个骨瘦如柴的、赤脚的、邋遢的女孩绝望地拽着。弯曲的腿上包扎着绷带。小提琴手从容地看着相机，一只手轻柔地握着小提琴和琴弓，另一只手尴尬地停留在她的头上，像是长长的手指抓着一个毛球，或是想要拧开一个塞住了的罐子瓶盖一样。小女孩侧着脸，她欣喜若狂地盯着拿小提琴的男人，她入了迷，仿佛看到了某个圣人一般。警察拍下了所有的照片，他存储好这些照片的照片。

在他左手边的架子上没有太多书。只有黛安娜·阿德勒自己写的几本书。警察叹了口气：在贝特逊山脚下的房子里跋涉所有这些书籍是艰苦卓绝的。他还得感受语言的怪味：当他翻阅死者的手稿时，他就觉得，自己快在愚蠢和自以为是中窒息了。最终一切都是这般结束的。不论是受害人还是凶手，他们在架子上都只放着自己写的书。

有两本书脊看起来就像一对肥胖的同卵双胞胎，臀部周围有着厚厚的脂肪垫：书分为两部，配套捷克语版本的《身体记忆》一书，文字以及画着雀跃的儿童的配图的作者均为黛安娜·阿德勒。这位女摄影师、女人类学家和女民族学家，她曾数次赴西欧、东欧和印度进行调研。警察读着标签页。她的特长是使用哲学和解剖学对神话及宗教仪式进行人类学调研。警察翻阅书本的文字，他不太明白它的标题——身体记忆。燕子的鸟喙写下了这本书，它们一代又一代，环着世界飞行了好几次。燕子的鸟喙不明白，在它们身下发生着什么，它们只看到了人类的身体，它们对于国家的边界、对于民族、对于宗教一无所知。

我们没有记忆。我们就是记忆。伤痕累累的童年阴影是不会消失的。它们只会变硬。它们就像混凝土上的印记一样遗留了下来，通常伴随一生。头几个月、头几年都无法让伤口愈合。时间保存了伤口，它们不会消失，不会烟消云散；它们是身体的一部分。潜藏的记忆远比我们的意识更清楚这一点。它了解所有无法仅靠文字进行描述的东西。以我多年的实验、研究、观察那些从人类身体上飞过的燕子的经历来看，我知道，例如一个在一年前遭受了虐待的两岁的儿童，他已认不出照片里对他施虐的人，但是他会立即对照片产生生理反应。强烈的内在恐惧使得身体做出了反应。糟糕的经历往往会深深埋入情绪的记忆中。很遗憾。为什么会这样呢？这是为了以后在伤害发生前对我们进行警告。小孩子会通过手、脚，甚至身上的每一个毛孔表达自己的情绪。但是到了特定的阶段，一个新的媒介会突然进入他们的生活：那就是语言。

我敢肯定，语言会再度伤害他们。身体会在一段时间后妥善处理好糟糕的经历，身体会进行自我清理。只要身体和情绪是团结一致的。但是在意识集中于语言的那一刻，我们就同身体疏远了。语言背叛了身体。我们突然说我们有这种感觉，而非我们就是这种感觉。外部创伤的经历被刻在骨子里，藏在骨头的骨髓中。它们统治和支配着意识。这些人将日益依赖于别人对他们评论。从西格蒙德·弗洛伊德时代起，我们就熟悉并推崇用语言治疗深度创伤，人们闭着眼睛躺在著名的沙发上、躺椅上，或是坐在扶手椅上，其实根本无济于事。这只对身体机能有帮助，让身体整个释放开来，从自身释放强烈的、无条件的快乐。受过创伤的人的身体会回溯每一段无意识想起的记忆。通常他们一生都会在这样的重复中无法自拔。这是一种本能，实际上他们毫无疑问是在以此浪费着生命。他们挑起他们所经历的暴力；他们自己停止了作为受害者的角色。他们将创伤传给下一代。

当孩子与母亲间缺少触摸和回应时，婴儿就不能建立自我防御。它无法逃脱。它不认识这世界上的其他任何一个人。缺乏触摸会在它身体的记忆中留下空白。触摸会给身体安定感，促进生长激素的分泌，减少压力荷尔蒙的产生，还能稳定心跳、呼吸和血压。一旦有人触摸了成年的身体，这些曾在孩童的身体留下美好感觉的触摸便会在成年期复苏。而那些在童年不曾被人充满爱意和尊重地触摸过的身体，或者被错误触摸的身体，因为妈妈本身就不能忍受触摸，或只在孩子的央求下才抱他一会儿，其他时候都让他孤零零地躺着。这样的身躯在伴侣的怀抱中也会重复童年时期多变的感受。厌恶感可能会增强，例如消化吸收的紊乱。

警察搁下黛安娜的语句，又一只如无线电般聪明的猛禽。史达瑟洛娃副教授丰富多彩的情节故事专著更引他入胜一些。他将第一部书塞回架子上。为了公平对待这对双胞胎，他又抽出了这本书的第二部。他翻开书，页面翻动了几下，又重新组合，呈现上自己的词汇，实际上是他们的词汇。

燕子们曾注意到一种流行病：今天的人们普遍被一种紊乱所困扰，我将之称为述情障碍。这些人完全不知道自己的身体向他们传达了什么信息。他们解不开自己身体的信息。他们犹豫不决。我是生气，还是胃疼？这只是感觉，还是说我真的病了？将身体的变化解读为感觉的脑部区域是受损的。这种损伤是持续性的。身体对情绪没有反应。它感觉不到喜怒哀乐。这样的人他的内在已经死去了。这听上去像是一种可怕的疾病，并且就是一种可怕的疾病。早些年它已经爆发。作为对难以承受的恐惧、愤怒或是绝望的渴望的防御手段。

　　警察带着明确的厌倦感把书塞了回去。有的人从事伪问题研究，这是种富人病。痉挛，这些句子让他小腿抽筋。将"双胞胎"图书对齐放好。幸运的是在这里没有更多的图书了，只需要听。美国作曲家爱德华·亚历山大·麦克道威尔①的录音带：简短的钢琴曲、威严的《雄鹰》和技巧娴熟的幻想曲《致蜂鸟》。以及阿尔伯托·威廉斯②的印象主义作品，名为《蜂鸟的不安》。

　　警察脸上阵阵发热。

　　警察退出白得晃眼的公寓。

---

①　爱德华·亚历山大·麦克道威尔（1860—1908— ），美国作曲家、钢琴家。
②　阿尔伯托·威廉斯（1862—1952），阿根廷古典作曲家、钢琴家，被誉为"阿根廷音乐之父"。

  他撬开三层楼最后一扇门的门锁，他不必也不该再缓慢地挪进去了。在宽大的窗子后他看见被染上色粉的老树，树下一片草坪，仿佛能看到小女孩在夏天的午后百无聊赖地晃着脚丫。假期结束了。

  这是唯一一套有厨房的公寓。看起来就像化学实验室一样。它是白色的，配置着内嵌式烤箱、冰箱、冷藏柜、微波炉、蒸汽烤箱、搅拌机、外形奇特的咖啡壶、秤、几个烧杯、几个交织的玻璃管以及几十个白色小臼①。警察打开小门，拉开抽屉，仔细搜寻小橱柜。里头少了盘子和餐具。倒是有些玻璃高脚杯，巨大的高脚杯，似乎能装下一整瓶香槟。

  在床的上方悬挂着一个插着白鹭羽毛的原木十字架。床上罩着床笠。他在分门别类堆放着指挥家和音乐家的电影纪录片的架子旁伸展双手，置于脑后。架子旁边紧挨着几栋音乐录音带堆成的摩天大楼。置身于这么多的录音带中，几乎让人喘不过气，发不出声来。它们是按照精心制定的标题码放的。指挥家、小提琴家、钢琴家。只有 CD 在空了一半的小搁板上自由地舒展和呼吸。在它的上方是最长的标签。这些究竟是什么——指挥家？作曲家？小提琴家？钢琴家？警察低下头。他读着那些他认识但又说不出更多东西来的名字：

---

① 捣香料、糖块用的金属臼。

丹尼尔·巴伦博伊姆①，雷昂纳德·伯恩斯坦②，皮埃尔·布列兹③，安德烈·普列文④。同名的则靠墙上的肖像照片排列。身着西服、脖子上紧紧绑着领结的男士们，一个更好的社会。

其中一人手上拿着小提琴，如鹰一般的模样，警察在阿德勒女士的公寓里看到的那张有跛足小女孩的照片上的人，正是年轻版的他，这位先生名叫耶胡迪·梅纽因⑤。在他旁边挂着唯一一张女性裸体画。裸露的背上画着两个小提琴的 f 音孔。警察挺直了自己的背。他拍摄下这张照片。他保存好照片的照片，甚至照片复印件的照片。修道院般的严格和规章。空中悬着指挥棒。

耶胡迪·梅纽因的录音带占据了大部分的空间。埃里卡·艾伊索娃来布拉格做客，还带来了很多精心收藏的黑胶唱片及其他录音带。占据收藏榜第二位的是格伦·古尔德⑥的钢琴曲。阿福·佩尔特⑦作曲的录音带蜷缩在第三位。那么多获胜者登上了这里的奥林匹克颁奖台。

一张唱片封套被随意放置在黑色唱片机的机箱上。麂皮

---

① 丹尼尔·巴伦博伊姆（1942— ），犹太裔钢琴家、指挥家。
② 雷昂纳德·伯恩斯坦（1918—1990），美国指挥家、作曲家。
③ 皮埃尔·布列兹（1925—2016），法国作曲家、指挥家、音乐理论家。
④ 安德烈·普列文（1929—2019），德裔美国钢琴家、指挥家、作曲家。
⑤ 耶胡迪·梅纽因（1916—1999），犹太裔美国小提琴家、指挥家。
⑥ 格伦·古尔德（1932—1982），加拿大钢琴家，因演奏巴赫的曲目闻名于世。
⑦ 阿福·佩尔特（1935— ），爱沙尼亚作曲家，以合唱圣乐出名。

手套耐心地从封套中取出闪着光的唱片，将它放置在圆盘上。中心的磁铁吸住了闪亮的唱片，让它转动起来。

　　警察在二层和三层打开的公寓里散着步。他拍下了一切。现在他感觉几个公寓并没有太多的共性。它们的共同点，只有毫不亲密的严肃和某种强烈缺席的元素。音乐像只忠诚的狗一样趴在他身后。警察在房子内部东奔西跑，音乐在他身后这里闻闻，那里嗅嗅，跟着他飞奔到每一层楼。它舔他的脚跟，哀求他、奉承他，和他一起跑过每一个房间。音乐渗入并穿过墙壁。存在着一些声音，比剑还要锋利。决心比剑要锋利。警察若有所思地拍摄空荡荡的衣柜。抽出被清理干净的桌子的抽屉。没有任何私人的物品。她们究竟穿些什么呢？

　　警察回到音乐室，抄写曲目的名称——《献给阿丽娜》。他站在那里，聆听。这首两分钟的曲目在这张录音带里循环了几遍，永无休止地以不同的板式、节奏、音调回到开头。就像恋爱的女人多变的脸一样。钢琴，然后小提琴、大提琴，再次小提琴。三种乐器不断地交织在一起。每一次的重复只渗出一些极其微小的差别，然而一切又都如此不同。或者乐器们彼此间是有不同的反应，没有相互忽略。一方强烈，第二者便弱下来，第三者则沉默。乐曲到了尾声。生命到了尽头。警察再次让音乐苏醒。

　　他什么也没找到。他平静地沿着楼梯来到空旷的阁楼。

然后朝一层走去。这是周末,他有时间,而他很喜欢这里。他不着急到其他地方去,他不会让任何人近身,只有工作可以。

一层有个练功房。对瑜伽、身体记忆和在昏暗中冥想感兴趣的人常常会集在此。练功房里配有柔软的垫子,黄的、橙的,大部分是绿色的。在角落蛰伏着蓝色的伸展带,白色的绳子和蹦床。一团团蛇一样蜷缩的白色小球在柳条编织的篮子中沉睡。

在练功房旁边有一扇门,它与案件完全无关。警察的好奇心很重,若是不把整个房子都检查一遍,他的良心便不会平静。他有种清晰的感觉,出于礼貌,每个角落都要走到,否则便冒犯了这栋房子,天知道为什么警察觉得它是阴性的①。葵欧电影公司,在室外的邮箱上和屋子里的门上都贴着这个标牌。这是这栋房子唯一对外公布的名片。作为检查,警察只需快速简短地看一眼。然后……然后他将邀请年轻的寡妇到周六的贝特逊散散步。他心里满满的都是她。

警察耐心地走进黑暗中。他的眼睛眯成一条缝。他打开灯。在天花板上,紫色荧光灯散发着微弱的光。众多的电影主题在他脑中闪过。

这是个迷宫。一个没有窗子、只有高高的天花板的房间

---

① 捷克语中,名词分为阳性、阴性和中性。房子是一个阳性单词。

迷宫。闪着金属光泽的框架从柔软的橡木地板铺展到泛着紫光的天花板。上边安装着一组组巧妙的架子。这些架子是定制的，上面紧密地摆放着彩色的盒子、红色的文件夹和卡片夹、小桌子，白色塑料质地的可折叠、可清洗的椅子，包着方格布的折叠躺椅，还有包括显微镜、巨大的花朵形吊灯在内的现代科技品。架子间延伸出窄小的通道，仅能通过一个人的身体。

警察宽大的肩膀在金属架上磕磕绊绊。警察爬进了洞里。他沿着这些没有尽头的小路走着，走了漫长的几分钟，抑或漫长的几小时。他暗暗吃惊，尝试着估计通道的长度和宽度。数字在干扰他，反抗他：别来打扰我们，贪婪的人；你们也别来干扰我，臭婊子们。

他焦急地写下与上层公寓面积相比较而言的数字。跳过了计算。这个空间的面积与图纸上这栋房子的平面图并不相符，就好像一层的这个房间膨胀起来，一口口咬进泥土和石块中，直穿进山脊中。

警察有种感觉，他正身处一个未经备案存档的档案馆，一个恐怖的保险公司，或者是弗兰茨·卡夫卡的思想里：为着它那么多游客来到布拉格。在这个公司办公室里，或者其他什么地方，挤满了注册本、老式的卡片目录和泛黄的票据。电影公司房间的墙壁上铺设着从地板直到天花板的架子。每个架子上的红色文件夹里都塞着资料；字母 M 等于肉类①，鸟爪的密码，雪泥鸿爪的足迹。这里看起来像是火葬场，在这里，预先准备好的棺木被推入火中，死者还未放下他的亲人们。这里看起来像是集中营，只是少了带刺的铁丝网而已。这里到底他妈的是个什么地方？

警察感到头晕。手在麂皮手套中动了动，他感到皮肤发痒。当他发现在暗处沉默的某些痕迹时，他很喜欢这种没有反抗的感觉。他揭开近处的几个盖子。

他浏览着金属盒及红色文件夹里的内容，他想看一些电影的主题和剧本。

他不想费劲去猜测这些内容；也许这里仅有一些拍摄材料的片段、剪辑和预告片。他坐在巨大的圆形吊灯下，面向众多电脑中的一台。看起来就像坐在理发店的吹风机下。他启动电脑。闪光，电脑屏幕上是四个年轻女人熟悉的面容。她们看起来像是一家人：三个青春期的少女和一个年长的姐姐或是妈妈。她们笑着，她们在北海边游玩，吹起了强劲的青春之风，吹吧，你这个疯子，吹吧，大海是荡漾的、微醺的希望，风吹乱了头发，强劲的牙齿将宽大的连衣裙从身体上撕下。她们眯着眼睛，被困在太阳光线的魔爪中。警察眯缝着眼，抑制住给自己戴上太阳镜的想法。手抚过脸庞；在掌中的沟壑里捉住了一颗沙粒。警察赶紧将手在大腿上擦

---

① "肉类"的捷克语为 maso。

了擦。

女人们的面容消失了。电脑没有设置密码。上面尽是些不流畅的数字、饥饿的计算、儿童算盘上红色珠子的分栏。一个字也没有。

空中弥漫着单调的声音。被遗弃的音符敲击着钟面。它们本就像是钟声。没有任何音符被浪费。它们都是清楚的、简明的音调。警察在这里找到的,是对于自身的简朴和天才的震惊。就像佩尔特的音乐一样,只有一些耳朵、一些眼睛和一些肌肉可以接近。

"我们不能放弃,"英格丽德和黛安娜一起战栗着,"只要这样的暴力依然被嘲笑,依然不被视为暴行,我们就不能放弃。"

"没有人在嘲笑任何事物。"

她想让英格丽德冷静下来。她想让英格丽德只在事物真实状态的网中睁开眼睛。避免无意地采取某些行为,这些行为会导致破坏性的后果。英格丽德的自我后退着,自我清洁并如黄色郁金香一般绽放。回忆被织入了无法用语言表达的意义。过去所发生的事情,在当时可能也没有这么重要,然而记忆已被严重性填充,泪水毫无缘由地流淌;在自我面前她退缩了。她已无处可退。她已经不想再参与其中。她没有脱离生活。是生活离开了她。她并不想阻挠它。

这是种自杀式的步伐。她成为第一只无法坚持不断飞行的燕子，第一只掉落的燕子，她已经无法再返回空中，因为她没有力气抬起头，挥动翅膀。她摆脱了这具迫使她只能接受过去的身体。

英格丽德的眼睛盯着手掌，用成年的鸟喙啄着它。但愿她们自己能手握正义，穿透堤坝，穿透被滥用的权力，历史仅仅由胜利者书写，那么牺牲者算什么呢，她既不是胜利者，也不是失败者。黛安娜让她冷静下来，希望她首先完成学业，希望她不要表现得像个疯子，不要胡说八道然后又忘掉。她们争论着，竖起羽毛。看着英格丽德被啄破的手掌，黛安娜犹豫地承认，她采取了某种行动。

什么行动？

最重要的是，让法律逐渐地改变。

英格丽德觉得这是荒谬的，她不相信乌托邦的方式，她非常生气。西蒙·维森塔尔[①]在维也纳建立起自己的组织并在全世界抓捕纳粹罪犯时，英格丽德追随着他展开行动。维森塔尔先生很可能是在维也纳咖啡和萨赫蛋糕旁礼貌地接待

[①] 西蒙·维森塔尔（1908—2005），犹太裔奥地利籍建筑工程师、犹太人大屠杀的幸存者，著名的"纳粹猎人"。他一生致力追查纳粹党人和搜证，把他们送上法庭，要他们为战争罪行和非人道罪行负责。

了她，他们相互比较着手腕上的数字①，他聆听英格丽德的话并说道："是的，这太糟糕了，毫无疑问，但这可能变成更糟糕的罪行，请问像您这样美丽的、引人注目的年轻女士究竟想通过我获得什么呢？您本该将精力投入到学习、生活和未来中去的，这才是您对我们的工作最好的支持。"

"我想通过您获得什么？"

"是的，您想通过我获得什么？我和您解释过了，我在搜寻罪犯。"

"可我也在搜寻罪犯。"

"这两者是无法相提并论的。这曾是场战争。而战争自身会在各个领域带来边界行为。甚至在本能的领域。您得当心。"

"当心什么？"

"当心别变成妇女参政权论者。没有人喜欢她们。"

优雅的先生并不知道，英格丽德是只猛禽。

"她们和这一切有什么联系么？"

"她们都是被误导的妇女。"

"她们不是的。她们只是希望其他人能尊重女性。"

"她们被误导了。"

"她们不是。我也没有。我们就用原名谈论这事吧。我想为每个人争取相同的权利。难道我要因为您是男人而责备

---

① 在纳粹集中营里，犹太囚犯的编号会被文在手腕上。

您么？最高层的纳粹分子也都是男性，您也只能抓捕到这些男性，那么……纳粹占领背后的生活是男性社会的生活，没有人对我们女人说的话感兴趣。每一场战争背后都是男权社会的生活，在那一刻女人们说了些什么，男人们根本不感兴趣。您要当心了。"

"当心什么？"

"当心我。"

英格丽德原谅了他。他并没有待在女性的身体里，她对黛安娜说。在他的皮肤下烙印着几个世纪以来对于女性的谎言和偏见。这样的罪行并不被视为犯罪。阴道是可以被购买的微不足道的物品，随时准备出售。上帝不喜欢骄傲的女人。用软弱的身体装备她们。以这样的身体作为标榜。这样的身体应该被掠夺。这样的身体是一个物品，一块被丢弃的肉。

英格丽德下了决心。

她叛逆地建立了一个不为其他人知晓的自己的组织。她将独自追捕她的犯人。她从拿着鞭子的先生开始，以塔拉斯为结束。英格丽德是只猛禽，妈妈有肉，黛安娜有马克斯的联系方式。来自犹太地区的可靠的女人和男人们加入了英格丽德。英格丽德骄傲地做了决定。她跺跺脚，挥动翅膀。她将惩罚那些蔓延在世界各国的相同的罪行。她决定捋直被"强奸"了的一个世纪。

英格丽德出了故障。

黛安娜看见鸟群，它们在窗外飞过。

欧洲涌现出一群出了故障的女人，她们沉默不语。她们黏着英格丽德，而黛安娜正在找寻她。正是西蒙·维森塔尔中心提醒马克斯·阿德勒注意英格丽德；维森塔尔的工作被专业化了，与情报部门相关联。每次英格丽德都在最不合适的时间撕破这个网络的一角。她出现在一些地方和一些人群周围，他们中诞生了前纳粹头目。其中一人被吓跑了。

当人们发现，英格丽德有自己的人，还都是些漂亮女人时，就会产生巨大的恐慌。这些漂亮的女人们以笔译员或口译员的身份出现在苏联、美国、英国、日本、巴西等联盟和国家的高层人员身边。

在这背后似乎有一个尚不明朗的阴谋。英格丽德提出了一个不受控制的导弹，而阴道则是定时炸弹。

维森塔尔用力地与她划清界限。

西蒙·维森塔尔看着维也纳的街道，这一次他看着街上的女人。然后他口述了一则声明，通过这则声明，他宣布他将与这些疯狂的、歇斯底里的妇女运动划清界限，她们质疑他努力追捕战争罪犯的行为。这个妇女组织嘲讽这项努力，因为它仅靠指出一些边缘性的问题来减轻人们的痛苦。

然后维森塔尔们反常地得到了最高层的支持，他们坐不住了，因为妇女的运动弥漫开来，破坏了用以划定胜利者和罪人的秩序与规则。他们空前团结起来，就好像害怕这种不确定性，或是害怕自己孤立无援一般。博尔德是不会承认的。这个现实和这个命名可能会将战争与犯人们推入其他程度。可能造成更严重的混乱。一些国家的情报部门，包括南美洲国家，突然积极地参与其中。男人们开始反击了。他们将注意力从自身转移开来。

"我们对于战争罪犯有着明确的定义，"他对奥地利总理说。"必须惩罚这些纳粹罪犯。这是明确的信号。对于罪行和罪犯都有清晰的定义。"

"是的，这是荒谬的，这……某个女人支持某个人……这是可笑的。"

美国掺和到了这件事中。因为美国中央情报局和联邦调查局的男人们有着自己的秘密计划、思想的障碍、国家的边界和政治的术语。女人们是不懂得团结的，她们不会互相帮助，她们光是打理自己的身体就够费神了。男人们成群进行狩猎。他们清楚地知道，如果美国的特工渗透进苏联妇女中并使她们受精，那么他们将削弱共产主义的基因基础，而美国的民主基因将占上风并消解掉苏联的扩张主义。英格丽德在不知情的情况下威胁着这个项目。她的女人们不分民族、国籍和宗教信仰，天真得令人难以置信。

他们纠缠着黛安娜的丈夫。马克斯纠缠着黛安娜。

"你确定，到底发生了什么，这个女孩到底要干嘛。我烦透了她。"

"我在哪儿能找到她？"

"他们想要逮捕她。他们是对的。因为她是个疯子。"

"她在抓捕战犯。"

"战犯？真是疯了。"

"我可以给她做治疗并且治愈她。"

这是她第一次公开地和马克斯谈论英格丽德的计划。英格丽德是只猛禽而妈妈有肉，黛安娜有马克斯的联系方式。马克斯在她生命的尽头帮助了她。

英格丽德自杀了。黛安娜不会停下来。

◇

佩尔特的音乐重复着沉静下来，音调停止了呼吸。

警察坐在静谧里。他关掉电脑，电脑发出哔哔声。警察关掉了圆形灯以及散发着微弱光线的紫色条形灯。他锁上门。他什么也不想知道。

他回到墙上贴满男性面孔的和蔼的公寓里。在大衣的翻领上，成功替代了石竹花和菊花。压缩的音乐录音带缠着警察的想象力不放；金属盒子、红色文件夹和地上的纸质文件夹闪着罪恶的缩影。

他犹豫不决，他不安地掂着手中的手机。

他将沉默的佩尔特的音乐塞回封套中，朝门走去。

他在门边转过身。他回到照片墙前。这一天的尽头如同一根被烧得冒着黑烟的绳索一般旋转着。

他在录音带中寻找着某种现代的、当代的、他知晓的旋律和音符。他翻找着,仿佛在寻找被埋藏的用于镇静和治疗头疼的药粉。他需要吞下一粒药片。他的额头发着热,太阳穴火辣辣的,麂皮手套中的手出着汗,身体烧得炽热,仿佛头顶戴着沉重的烛台王冠,仿佛额上顶着它在队伍中游行。这不是瑞典的圣露西亚节庆典,不是身穿白色衣裙、围着红色腰带、头戴蜡烛王冠的女孩们进行的游行,她们唱着歌曲,为漫长的北欧之夜带来光明。这不是异教徒的生育仪式时期的游行,它庆祝一个女孩反抗父亲的决定,拒绝嫁给一个事先选定的男人。

身体烧得火红,手机失控地播放着亚瑟·布朗的《疯狂世界》,手指在麂皮手套中打着滑;接下来是《火焰》。

但这不是一九六八年,音乐是不适合贝特逊这个地方的,房子扭动着,背脊竖起来,然而贝特逊山脚下的房子是独立的、追求本性的,它不需要外在的修饰,也不需要任何人知道它的独立,它不需要人类的条条框框,不需要路障,喊口号,写政府声明、决议、章程和请愿书,佩戴小花结,留长发或长发绺,穿制服,不需要警方、学术头衔、咖啡桌、事业、性别、鲜明的手势、宗教信仰、喊叫、酒精、毒品、周日的烧烤,不需要与任何同样孤独的、强大的、精英的团体结交;这座房子只是明智地知晓,并等待。

警察粗暴地切断了自己的音乐。窗外一只燕子飞过,身体没有减速。麂皮手套将它赶走。

食指指向窗玻璃,扣下了想象中的扳机。

警察让房子安静下来，安抚着墙壁，抚摸着皮毛，甚至羽毛。他随意地抚摸着，咽了咽口水，干咽一下药片。他觉得，他随意地触摸着寡妇姓氏的字母。身体回忆着，规劝着心脏。麂皮手套停了下来，没再继续漫游。基东·克雷默①在此并不孤独，他紧握着约翰·塞巴斯蒂安·巴赫的音符：恰空舞曲，《d小调小提琴组曲》，编号1004。

警察轻轻推开公寓的门，他下到一楼。意识在反抗，脚却坚定地走向了迷宫。克雷默鲜活的小提琴声插进耳朵里。警察在灯光下吱吱呀呀的音调中打开了一本又一本红色文件夹。他已无法抽离。

他忘了那个被优雅吊死的先生的案子。他曾深陷这个案子中，现在他却遗忘了它。他在一团类似鸟类在雪上留下的足迹里打转，在混乱的字母、难以理解的名字、飞扬的照片、窒息的国家、空旷的乡村和城市中打转，他飞在世界的上空，飞进地狱般的风中。燕子的鸟喙衔住他的领子抓住了他，这些燕子不在自己的鸟巢里排便。浓密的乌云要将他撕碎。它们越飞越高，飞进白色里，云朵在它们身下，被太阳晒伤，看起来就像用白色大理石做成的冰面。在大理石上滚动着巨大茂密的棕榈树的树荫。高山的山巅刺穿大理石，鹰的巢穴安置在那里。燕群安静了下来，它们略微朝下飞去。

---

① 俄罗斯小提琴家。

警察十分兴奋，他不敢相信自己的眼睛。脖子上戴着项圈的男人把他拖到了这里，脖子上戴着项圈的男人以狗的忠诚作为报答。他嗅着，没有放过一个足迹，带着他来到了贝特逊山脚下的橙色房子里。这栋不起眼的房子里，它是个爆炸物，是个从天花板到地面都塞满了炸药的矿井，世界的所有引线都朝向这里。在这个带烟囱的布拉格房屋红色的屋顶下，威胁着，不仅是这栋房子身后的小山坡会和房子一起飞到空中。

警察的身体剧烈地颤抖着。

他没有把上司叫过来，也没有把下属们叫过来。他不相信戴着绞索的男人。戴着绞索的男人把他引到了这里；这可能是个陷阱。他想单独和这些材料待在一起。他想将它们浏览一遍。他这一生从没有像在这个惊恐的周末的这几个小时中做如此大量的阅读。起初他在记录本上一丝不苟地做着笔记。然后他拍摄这些文件夹并存储好。他身处被诅咒的笼子里。有人诅咒他进到笼子里，而他想要被诅咒。他"屠杀"着一本又一本文件夹。他忘了时间，时间没有遗忘他，当苍鹰停止巡视，鹌鹑便开始在灌木丛中唧唧叫起来。

大纲、主题、剧本和电影在贝特逊山下橙色房子的迷宫小路跟随男人的双脚被分了类，如同被分类的刑事案件和司法实践案件。鸟类的密码覆盖了这个被人类分配和出售的行星大陆，只不过燕子对此并不知情。燕子环绕地球飞行，用鸟喙为地球提供着俯视视角的、隐秘的消息。俯视而观，故事的轮廓清晰可辨。

它们不害怕返程。它们不害怕重修巢穴。它们不害怕家乡的言语。毕竟它们不属于任何人，也没有任何东西属于它们。

最古老的故事与欧洲相关。他不愿把这些案子称为一时冲动的复仇。因为它们都被仔细地、理性且有所保留地记录了下来。每一次都是这样。一个长时间准备和仔细认真研究的"过程"。被告完全不知道它已准备好，就更别提它正在进行了。除了燕子外，任何人，哪怕是蒸汽，都不该知道这里锻造着什么样的铁。

一份紫色的手稿记录下了几桩未成功执行的死刑。

鸟类在雪上杂乱的爪迹迷惑了警察。

在这些故事的结尾处贴着一个快乐的句点，甜腻的蛋糕上讽刺的红色小樱桃：从报纸上剪下来的引人关注的自杀案的新闻。

关于这个吊死鬼的自杀案。

警察入了迷。混合着额头上汗滴的理智在努力地欺骗直觉，说这是一个用荒诞的电影主题、恐怖的构思制作无聊透顶的观众饲料的地方。一排毫无尽头的主题显露出来。小筐里是各种耐心收集的数据和事实，以及演出服、道具、布景，以及被贿赂的编剧们、政府官员们，甚至警察们；葡萄酒被灌到了瓶子中，那么就必须被喝完。

这是些警察无法解读的文件夹，它们不算为成功的电影，故事仅在虚构的后台冒着泡，舞台晦暗不明，空空荡荡，眼睛都盯着这些未来将被视为电影主角一样的生物。手算算盘档杆上的红色珠子像电线上的燕子一样增加着。红色的原因珠子和紫色的结果珠子。

剧本中的警察分辨不出谁是受害者，谁是被告，谁是犯人。现代化电脑的页面上仅仅包含着无限的数字队列，如同被碾碎的谷粒。这些故事被写在一些脏兮兮的天蓝色本子上。

电影摄制组是如何分派剧本的呢？天蓝色的笔记本都被放置在包着塑料膜的硬壳中。至少雨淋不着它们。警察随意地打开闪着光的金属盒子，随意地从红色文件夹中取出蓝色本子。他浏览了一会儿网页，输入瑞士银行的地址。理智投降了，这里面什么也没有，他眼睛所见的这些东西，既没有隐藏，也没有加密，保险柜里空空如也。这家电影公司以及它的电影产品都是透明而令人尴尬的借口。

这是在洗钱。

他应该给阿德勒教授提个醒，以便她注意并检查租赁她房屋的这家公司，他们可能因此连累她，他们有她的黄铜相片。警察将金融数列拖进手机里，一些蛇爬过，警察的身体渴望着寡妇的身体。这种渴望与日俱增。只有这栋橙色房子嘲弄地观察着他，明智地在他上方倾斜着嗡嗡作响，我们，甚至整个世界都是被改变着的，我们正在革新，周六的月亮朝着周日，而周日被蓝色的天鹅绒所覆盖，小伙子。

警察扣上了纸质的文件夹，没有浏览其中的内容。他站起身。

麂皮手套卡在了鸟类的爪子上。他用袖子在迷宫里掏着金属颗粒、锋利的碎片和鹅毛笔书写的文字。他的眼睛被异域长相的演员的选角照片和历史战争片的剧照所吸引。多年来，每当漂亮的、穿戴首饰的、闪亮动人的，衣着考究、优雅无袖连衣裙、掐着蜂腰、窄窄的脚背挤在高跟凉鞋中的女人们扬起唇角向他微笑时，他总会呆愣住。一排排身着军装、暗色迷彩服和囚服的女人们取代了她们。衣衫褴褛的、赤着脚的眼睛。辫子、发髻、波浪卷儿、流苏、刘海儿、球状的裸露头骨。这些乔装打扮的女演员疲惫不堪的、破碎的身体上有某种让他感到不适的感觉。警察的身体坐回塑料椅的怀抱中。

这些不是成年女性。

贝特逊素来以周日嫁接而来的光亮为自豪。迷宫里亮着紫色条形灯以及无精打采的、毫无变化的台式灯的光。秋天的夜晚没有在此贮存，秋天的太阳没有升起，这里没有分界处，这里没有昼与夜或夜与昼的交替。身体的影视命运从手稿中升起，其他的身体不断扑向他们，触碰他们。在这一刻，战争的英雄主义标签和战胜国的国籍保护了他们，战争状态保护了他们，他们从未被法庭传唤，他们从未被审判，某天则被历史学家们永远镶嵌在加号或减号之下。这些战争中的某一场以纳粹国防军成员的名字命名，某一场以日军成员的名字命名，还有波兰、法国、美国、西班牙、澳大利亚，等等。这些女人没有获得公平正义。没有获得赔偿。甚至连道歉与理解都没有。想要慰藉这些被各国男人们大规模强奸的身体的人，团结起来，绝不后退，当各国的胜利者庆祝之时，关心"二等公民"的人，团结起来，绝不后退。一支庞大军队的坦克履带碾过这些身体，这支军队是男人世界的军队，一支直到进入坟墓都兴高采烈的、紧凑的、团结的军队。以英雄们的名字为名。

　　警察用麂皮拇指抚过自己的嘴唇。拇指感受到了年轻寡妇嘴唇的柔软。

　　他感到无法忍受。未被承认的集中营，从一九三二年起，日本在其占领的亚洲地区抓捕并关押了很多女孩，她们的身体供军队支配，"慰安妇"达十万到二十万之多，从来没有人计算过她们的数量，只有燕子。她们中大部分是中国人和朝鲜人，身体每天被强奸十次、三十次。当她们尝试逃跑时，她们便被严刑拷打，唯一的解脱便是自杀，她们的本名被换成日本名字，池玉成从街上被掳走并关起来时，只有十五岁，周末总是排起最长的队列，她必须快速地将避孕套清洗干净,她此生从未喝过牛奶,清洗协会非常强势,她们管这个叫鸟的奶。当池玉成坐在日本驻首尔大使馆门前时,她已八十四岁,她长时间地坐在那里,纹丝不动,一件活生生的展品,执着地被打上苦难烙印的身体等待着遗失掉的生命的回归,她想要赔偿、道歉,她想要他们找到并惩罚那个经营铁丝网房子的日本人。过去没有,将来也不会有人被关起来,日本政客坚称,她们都是妓女,她们都是自愿待在那里,军队与这个场所没有任何关联,"妓女"这个词是蛋白和糖搅拌打出的黏糊糊的吻,粘在牙釉质上,腐蚀着、嘲笑着。在二十世纪九十年代,南斯拉夫战争期间,拥有其他国籍和其他信仰的女孩和女人们被直接关押起来,并被大规模强暴。

  编剧都是些疯子。警察产生了用凉水洗把脸的冲动。他像是鲤鱼在空中无法呼吸,喘不过气来。

  警察关闭紫色的极光。他锁上门,没有回头。他走进史达瑟洛娃夫人的浴室。

  他张开温热的嘴唇。他喝着水龙头流出的凉水。他伸出舌头,水龙头为他奉上冰瀑布的水流。水花四溅,从突出的跳板上反弹回来。他不想吃,不想喝,不想触碰任何东西,但是他的喉咙干涩,他咳了几下。身体斜靠在镶嵌着白色瓷砖的浴室里的洗手盆上方,这个浴室里有突出的红色乳头。他大口喝水。他粗粗地喘气。黑色的衬衫甚至褐色的皮背心都被溅湿了。银色的水从他的嘴角流出,它闪着光。这栋房子清楚地知道自己正在改变他。警察正在被改变，成为一个新的人，而他对此一无所知。

　　第二天警察又坐在迷宫里，他上了瘾。每隔一段时间，他就沿着嘎吱作响的楼梯跑上去，以便感受自己的身体，更换音乐，以便喝点东西。他像狗一样吧嗒着嘴喝水，扑着脑袋里的火。可他没能把火扑灭。他喝的是汽油。

　　警察拍下最后一个沟渠。一个放置着老电影光盘的架子。里面是易燃的电影胶片带子，光盘上还有葵欧制作公司的标签。这是个独立的部门。在它身后的墙壁流逝并消失在子宫中，消失在地球母亲的阴道里。塑料板都很薄。少了鸟类的记号和数字。页面都已泛黄。在学校的文件夹上有儿童稚嫩的笔迹写着"英格丽德"。

　　里面存放的照片里站着几个年轻的男人，长长的大衣肩膀上写着字母"run"，在他们头上悬着一些紫色墨水画的十字，其中最大的标注在手拿短鞭的男士头上，好几个十字旁歪歪扭扭地写着一些奇怪的名字，"塔拉斯"这个名字仅仅点缀着一个犹豫不决的问号。它被划掉了，一个被果断画上的迟来的紫色十字冲着这个问号。在照片下面，信封里还塞着照片中其他男人的打印的简历。警察开始寻找用紫色笔墨书写的剧本。他跳过一些沟渠。塔拉斯。

　　起初爷爷死于饥饿，然后是爸爸。他们俩都疾病缠身。

大儿子塔拉斯为了一个土豆和父亲争吵。窗下坚硬的地板上堆放着鸟巢。男孩子们爬到树上挑拣鸟蛋，然后把鸟巢随手带下来，他们把鸟巢掰碎，煮这些干瘪的细枝和枝条。大儿子塔拉斯收集鸟巢，把它们堆放在窗下。有时他带来干瘪的树枝，鸟巢串在树枝上，然后把它们搁在窗子上，这真漂亮，没有人看见，它是那么的美。妈妈什么也没吃，夜里她摇晃着大儿子。

"你必须试试。"

还没有人成功逃跑过。整个国家周边竖起了一堵看不见的高墙。高墙甚至筑在居民的头脑中，他们固执地觉得不会从这里离开，一些人相信，到处都和这里一样，一些人真的相信，全世界都和这里是一样的，整个世界都没有吃的。这堵高墙保护着这里免遭入侵，保护他们免遭敌人的屠杀和捕食。这堵看不见的高墙保护着他们的生命。

然而似乎有什么地方不太对劲。当戴着红星的俄国人来到这里时，他们的脸颊圆润饱满。当皮包骨的脸颊向他们询问时，他们喝住了提问的人，宣读起又一条声明来，接着把声明钉在了木门上。声明中的一项标注了罪魁祸首。

"我们的敌人，他们使用各种手段摧毁和侮辱斗争精神。我们从资产阶级的反动思想中解放出来了，土地属于所有人，工厂属于所有人。"

"饥饿也属于所有人。"大儿子暗自想道。

到处都在打仗，据说饥荒遍地，明年会好起来的，乌克兰是有着富饶土地的国家,它的土地可以喂饱数百万饥饿的身体。

"你必须试试。"

她没有告诉他原因。她没有告诉他,她已经开始这么做了。她从猫那里抢来死老鼠。她膝盖跪地,为了老鼠和猫争斗。她想掐住猫的喉咙,最终她没碰那只猫,她放走了它,猫是属于大儿子的,他守着它,但某时,当大儿子塔拉斯离开的时候,她就可以和小儿子一起吃了,他们想要把猫煮了,她和小儿子。大儿子守护着猫,这是他唯一的财产和唯一的玩具,这是只老猫,他打小就拥有它了。

饥饿得疼痛。一些人的头脑也发昏起来。妈妈坐在屋子中间,她十岁的小儿子已经不在了,他死了。她把他归还给自己的身体。他在那里同猫团聚了。她在桌边坐了好几个小时,等着嗡嗡作响的苍蝇们。她盯着其中一只苍蝇,它在剩余的尸体上方嗡嗡飞着,然后落在桌子上,它先搓了搓手,像在祈祷一样。然后她起身拍向桌子,她将苍蝇拍翻在粗糙的桌面上,舔了舔它,一口吞下。妈妈饿疯了。

另一个儿子塔拉斯获救了,她很早以前就将他送走了,她成功地为他贿赂了警卫,卑躬屈膝。多年后当他回来时,他找不到村子了,周边的人向他描述他的妈妈和弟弟,两人埋在一个坑里,都在妈妈的身体里。

起初他们过来是为了带走牛群,然后带走山羊和马。他们在林子里或耕地里什么都没抓到。连动物都感觉到人类的行为发生了变化。起初人类像动物一样。他们吃草、树皮和树叶。然后他们转向了动物,转向一切。他们抓住虫子、苍蝇、老鼠、野兔、野鸡、山鹑、青蛙。他们大肆捕猎它们,第二年它们在这里都灭绝了。他们抓住狗和猫。他们写了很多从未被收件人收到的信。信的每一页都咆哮着"面包"一词。

一声带着香脆面包幻想的尖叫溜掉了。

在国际红十字会抵达当天,一切都已准备就绪。一周前几辆卡车载来了来自其他世界的人们,他们身材圆润,脸上带着微笑,身着当地的服饰。大眼睛离开小木屋,登上了卡车。

饥饿的眼睛不知被带往何方,永远也没有人知道,在他们身上发生了什么。司机和穿制服的人们说着俄语。村庄后面的坑被填满了。

大儿子塔拉斯在电影院里看了这部纪录片。他看到坚定的陌生乌克兰人,如何在他的家门口讲述着,他们不能卑躬屈膝,他们耕种肥沃的田野,他们将夺取这次斗争的胜利。假乌克兰人对着镜头微笑,挥舞着手里的书。

后来,甚至是这些人都要登上卡车了,他们被带到林子里，在自己挖的坑旁边被扫射。这个在纪录片里被捕获的村庄成了孤儿，里面一个人都不剩，这个幸福的象征破碎了，木头腐朽了，风吹散了每一丝痕迹。没有人在这里竖一块纪念牌。

大儿子明白，他无处可归。他已经知道，饥饿并没有遍布全球，他知道，饥饿留在了他家乡人民的头脑中，他们的头脑永远也无法摆脱饥饿感。

"你必须试试。"妈妈那时曾如是说。他像小动物一样沿途搜寻和觅食，隐藏起来。他明白，他必须模仿它们，模仿田鼠们。他不会模仿鸟类，他不会模仿燕子。在边境只响着俄语，他听到男人们的声音，其中一人说道：

"犹太人也同样会做这一切。"

大儿子整夜都在扒开土壤，扒开肥沃的黑色土壤，他用脏手把土刨松，挖出一个深坑，用绿色的草作为掩护，自己藏在坑里。他紧张地竖起耳朵听，周围每隔一定时间就响起震耳的脚步声，他像田鼠一样，全身褐色，只有眼白是亮的，脑袋在暗处，但只有一半在暗处，他在夜里屏住呼吸，多亏了在这一刻他们往反方向跑去，他才得以成功爬过去，他们在看不见的冰冷的高墙右边又抓住了一些眼睛干瘪、腹部鼓胀的怪兽。注意力被吸引到了这个方向，于是大儿子塔拉斯消失了。他是机灵的，他没有快步奔跑，因为呼吸很可能会出卖他，他手脚并用贴着地面小幅跑动。他轻轻呼吸，平复脉搏，镇静心跳，再次小跑了一段，这是乌克兰式跑。

  他唯一可以依赖的便是双手。他工作，双手挥动着，一千米又一千米用力地挥动，他没有在工作的地方透露自己是从哪里来的，当他感到不安时，他便继续小跑。他曾经变成了小动物，但因为他不是为了变成小动物而生的，于是他现在成了怪兽。

  当他们突然袭击苏联时，他很开心，当真正的战争打响时，他很快乐，他内在的怪兽加了餐，然后默不作声。这让他感到疼痛。他很开心自己将要战斗。他很快乐。他站在希特勒麾下。这只小兽已经知道，约瑟夫他们杀死了他的母亲。

  他做他们交代他做的任何事情。他什么都做，因为他什么都经历过了。他在这些经历中长大。他被分到拉脱维亚人和立陶宛人的小组里。他们向西行进，在那里他们消灭了主要的敌人。

  "犹太布尔什维克们。"指挥官对他们说，这个奥地利人的制服上绣着两道闪电①。

  他们在他的指挥下操练。只要给他们以香喷喷的面包、伏特加和香烟的美好幻想就足够了。他们憎恨约瑟夫，每个人都被愤怒冲昏头脑，他们每个人都失去了某个家人，他们每个人在描述某个家人的离世时，甚至都会失去理智。一些故事无法挤出音节，难以用文字描述，转而代以怒吼。他们

---

  ① "SS"为纳粹党卫军简称，图形为两道闪电。

热爱德语，仅仅是因为他们憎恨俄语。他们从俄国人的残暴中侥幸逃生，他们都经受了训练，他们本身就是猛兽，青春期的青年们，毫无规律的生活。希特勒给他们提供了一个遥远的幻觉，就像在毛驴前方悬挂干草一样。他承诺，乌克兰在他的领导下将会实现自治。立陶宛和拉脱维亚均是如此。

奥地利人指挥小队中的每个人，他们大多是奥地利人，他们自愿成为集中营的指挥官，比起身处前线，他们更乐于此职。在集中营里，争斗更为容易，对于权力的渴望也更为强烈。"希特勒是奥地利人，"他们的长官对小队说，"我们奥地利人是艺术家。我们富有经过良好训练的想象力。"

货车车队抵达名为华沙的城市。大儿子塔拉斯很愉悦，因为他每天都能填饱肚子了。他看到世界，他旅行。

这个城市很美。城内有着城市的规章。世俗常规和宗教仪式中隐藏着多少秘辛。

任务并不难。他们必须把牛塞到货车里。

塔拉斯三十三岁。离了婚。饮酒。牙齿少了几颗。他在各处留意鸟巢。鸟儿们却没有注意到他。然而无论发生什么，它们依旧搭建巢穴，在巢里下蛋。

塔拉斯，鸟巢收藏家。他杀死鸟儿们，以便检视鸟巢。

警察无法理解塔拉斯的故事。他触摸着这童稚的笔迹。这笔迹像是喝醉了的走钢丝的女人，弯着膝盖勉强维持着行间的平衡。铅笔写下的字母们在绘制的电报线上荡着秋千，沿着木质尺子，吐着舌头。警察埋头阅读标着"英格丽德"的一行行文本。他略懂波兰语。黄色的纸张旁放置着英语、德语和捷克语的抄本。

英格丽德十五岁。有人用黑煤画了一个她的小像。她一头黑发，巧克力色的眼睛。她居住在华沙，她并不生活在华沙。她同爸爸居住在城中被看守的城区。英格丽德对此并不介意。一个男孩经常到他们的小公寓来，帮着誊抄乐谱。他的爸爸和她的爸爸都演奏小提琴。演奏还是被允许的。只不过不能够演奏费利克斯·门德尔松·巴托尔迪①和弗里德里克·肖邦②。爸爸和男孩坐在桌边。英格丽德蜷在桌子底下。他们只有一把椅子和一个小凳子。她坐在黏土地板上。盘着腿。裙子在膝盖上铺平。在她水平视线里的是穿着磨破了裤子的两具身体的膝盖。她瞪大了眼睛看着四个膝盖。男孩赤脚穿着鞋，鞋子上没有鞋带。爸爸穿着缝补过的袜子。一个大脚趾从一只袜子里露了出来。脚趾头爬出并不存在的鞋子。裤子和袜子边缘间的皮肤白得发亮。爸爸和男孩誊抄着乐谱，纸张扔到了桌下。英格丽德将纸张在身后展平。有时她会和他们一起誊抄乐谱。他们把相似的小圆点穿在细

---

① 费利克斯·门德尔松·巴托尔迪（1809—1847），德国犹太裔作曲家、德国浪漫乐派最具代表性的人物之一。
② 弗里德里克·肖邦（1810—1849），波兰作曲家、钢琴家，欧洲19世纪浪漫主义音乐的代表人物，被誉为"浪漫主义钢琴诗人"。

线上。

"咱们在穿珠串呢。"

没人回应她。英格丽德只有爸爸。在她十一岁时,他们住在哈里奇①,她的裤子上出现了深色的污渍,褐色如染了瘟疫一般。她觉得是瘟疫,她在学校里学过关于瘟疫的知识。她换了衣服。她把裤子洗干净。褐色的污渍又再次出现了。她大哭起来。她告诉爸爸,她要死了。爸爸什么也没说,移开了视线。这一天他没有送她去学校。他敲响了隔壁女邻居的门。女邻居在围裙上擦了擦手,招呼英格丽特到她身边来。她让英格丽特在桌边坐下。她在炉灶旁忙碌着,蒸气腾腾做着午饭。

"这是月经。破烂玩意儿、印第安人。妈妈没来得及跟你说这个吧。"

英格丽德观察着,这断裂的身体。就是戏剧也不了解这样的异化效应。身体肆意做着它想做的事情。胸部鼓起,在耻骨和腋下草丛冒出嫩芽。并拢的大腿间流着血。身体以自己的方式生存着。而关于这具身体她只能向女人们发问。暗地里,悄悄地。

爸爸和男孩坐在桌边誊写着音符。钢笔摩擦着纸张。爸爸的手颤抖着。英格丽德没有准时到家。

"你快去,带着她回来。"

---

① 斯洛伐克南部城市。

男孩开心地跑出了门。同往常一样,他看到了一群群人。他和英格丽德同岁。他看见一些尸体,放置在墙边,上面盖着报纸。报纸覆盖在罕有人至的角落。城中城。也许他还要穿过城中城后边的小城,这儿还有十五个通道。出去和回来都必须有通行证。那些有钱的人就有机会,他们把口袋里的一部分交给德国人,一部分交给波兰人。波兰人和德国人的手臂伸出同样的长度,手掌摊开。德国人和波兰人在犹太问题上达成一致。甚至是穿着红鞋的教皇,也同他们意见一致。男孩儿到熟人那里跑了一圈。他跑到了公寓里用作厨房的角落。爸爸从乐谱纸张上抬起眼。他张开长长的、仿佛结了冰的喷泉般的手指,放在小提琴琴颈上。男孩上气不接下气。

"她回来了吗?"

"没有。"

"也许我们恰好错开了。"

爸爸沉默地呼吸。恐惧开始在提琴上上演。男孩退了出去。他跑出门,视线扫过地面,习惯性地搜寻美味的形状。眼睛搜寻着一切可以被吃掉的东西。他走近餐厅,那里曾被允许举行室内音乐会。喊叫也无法阻止他。在通向餐厅的门口站着两个波兰人和两个乌克兰人,他们在执勤。他们是不屈不挠的,尤其是塔拉斯。在他的脑海里是一幅看不见的饥饿之墙的图画,他的亲人没有一个能溜到这道围墙之后。德国人挤满了街道。他们没人注意到男孩。

他们快速跑进家里，扯着头发将女孩们拽出来，只挑那些特别漂亮的。不是总有人说，漂亮的女孩们会有比较轻松的人生吗？

女孩们被带进餐厅，已经有几个女孩在那里了。她们没有觉察到恐惧，因为恐惧早已渗透多年。就像她们总被命令安静一样。她们必须脱下裤子。必须用裤子把地拖干。有几个女人犹豫着。其中一个鼓起勇气，用流利的德语低声说，她的日子到了。德国人点点头，示意女人可以离开。其他女人也如此声称，但她们激怒了德国人，这一次他摇了头。恐惧慢慢地替代了羞耻感。女人们脱下裤子，其中一些人的血顺着大腿流到了小腿上。她们必须把地拖干。她们不停拖着地，永无止境。

只有那些最漂亮的姑娘，才会被带入旁边的屋子里，那里被划分为城中城提供每日定量服务的地方，那里甚至还会上演室内音乐会。在那里立着两台电影摄像机、起重机、投影仪和几个男人。其中一个用短鞭摩挲着大腿。他们命令女人们脱下衣服。在这里，羞耻感也爬上女人们的身体，这是比恐惧还要糟糕的感受，因为耻辱无法掩藏。他们命令女人们抚摸自己。抚摸乳头。互相品尝对方的乳头。拿着短鞭的男人拍摄赤裸的身体。他命令其中一些女人躺在桌子上。另一些，则被命令把漂亮的腿举到肩膀上。一些女人必须趴着和跪着。一些则必须坐在面露惊恐的脸上。

"舌头，我没看见舌头。"拿着短鞭的男人安静地说道。

鞭子抽打在光裸的臀部上。

摄像机嗡嗡作响,男人们沉沉地呼吸着。这是一幅没有开头也没有结尾的影像,身体们相互连接着,这幅影像不断衔接着,这是地狱!身体们彼此相互连接,彼此勾缠,变得迟钝,身体们不断彼此连接彼此勾缠,因为她们不知道,这是否真的是最糟糕的,尽管她们觉得确实如此,这是最糟糕的,因为她们宁可不要这样,宁愿死掉。这样一部电影诞生了。没人会再提起她们。也没人会提,是谁在柏林放映了这部电影,谁在观影过程中手淫,谁看着这些身体自慰,而这些身体,在短短几个月后便辗转到最后的暴露。这并不是这部电影的制片人的初衷。类似的场景已经经历了剧院首演,类似的场景已由维也纳的奥地利人导演,在当地市民家中的地窖里,在他们庆祝德奥合并①的时候。他们并不是德国纳粹。他们是优渥的市民家庭中的男人和女人们。那时他们最喜欢的便是抢购最漂亮的犹太女人,并把她们囚禁在家中的地窖里。

英格丽德也在其中。英格丽德是这些女人中的一个,她惊恐地看到,其中一些身体发着光达到了高潮,尽管这些身体的主人并不想如此,身体背叛了她们,她们唯一剩下的东西背叛了她们,赤裸的身体,一些女人尖叫着,但那并不是欢愉,而是惊恐,是厌恶,因为尊严随着汗水流逝。这是终

---

① 1938 年 3 月 15 日,德国吞并奥地利。

点站。女人们不去看彼此。她们避开视线。当她们被允许拆下胶带、拆下链子时，她们匆忙地穿上衣服。她们很快消失。制片人让几个女人留下。还有几个年轻男性的身体被带到她们身边。

英格丽德爬进第一个通道。她打了自己的身体一个耳光。脸上一巴掌。肚子上一巴掌。大腿一巴掌。她划伤自己。她想把皮从身体上剥下来。不能再进一步了。一步都不行。

有的人前进了一步，这一步有着晾衣绳的样貌，或者是高高的窗户和窗下的路面，空空的肚子。有的人拒绝投喂这具肮脏的身体，它们已经非常虚弱了，所以过不了多久，身体就停止了呼吸，清早它被拖到人行道上，放在墙边，脸上盖上报纸。有的人向亲人倾诉，却得不到任何回应，只有沉默。有的倾诉被报以挑眉和鬼脸。有的人倾诉，仿佛以此便能为了他人释放自己的身体。身体开始腐烂。

爸爸练着小提琴。他没有问她去了哪儿。英格丽德没有寻求帮助。英格丽德只是暗自抽打身体，这具身体关押着她，不放她走。燕子代表着身体唯一的希望，它们自由地翱翔。英格丽德直勾勾地盯着它们。然后站了起来。她决定了，不能再这样。她将其他身体挪到自己身前。她引起了秃鹫的注意，嘘。

警察厌恶地合上这本手稿，塞回小房间里。在这些童稚的字迹上，有人将所有的"仅仅"都加粗标了出来。

他不会再阅读这样的东西。

而且他感觉，来自贝特逊山脚下的这座橙色房子的第二、第三层的文字，这些他被迫读完的文字，是非正常的。不，这样的东西他不会再阅读。

警察的身体颤动了一下，他站起身，有些笨拙地碰到了金属吊灯的灯颈。吊灯晃了晃，若有所思地点点头。

警察忽略了电影产品拱廊上的电脑中的内容。他对数列失去了兴趣。那么接下来呢，都是些以现实主义为主题的电影，都是些片面的主题，想象也同样是现实。

艺术家的世界是精神病的世界。

他逃离欧洲区。在亚洲和非洲喜剧电影区的架子间跳起舞来。他随机抽出一部《马里》。这也不是部简单的喜剧。可能在电影节上会陷入人们选择的困境。一个村子只强迫女孩们去打水，尽管村里的人都知道，在打水的路上她们曾被所有敌方的士兵强暴。电影里选择了一个极具代表性的十一岁的身体。专业分析、法律分析和法庭代表都从这里得到支持，从贝特逊山脚下的这座屋子里。

警察站起身，看了看手表。他已经在这里待了二十五个小时。现在是周日。身体感到饥饿和困倦。房子属于发了横财的阿德勒太太，但愿她对所有这一切都上着心。她的黄铜相片已经被用在显示器上了。

电脑上的内容没有侵蚀警察，儿童的笔记却在吞噬他。这他妈的是什么啊？这混蛋玩意到底是什么？音乐也在吞噬他，提琴切割般的声音。他切断了三层的音乐。

在公寓二层，他检查着闪着光的洗手盆上的水滴；它们已经干了。他用绣着字母的布手帕将洗手盆擦亮。他甚至用手帕将白色瓷地板上的水滴也擦干了。他锁上所有的门。像他从没来过这里。

他从没到过已退休的老电影人的非正常的房子里。

他逃离战争岁月，他对历史不感兴趣。他逃离远古的不确定性的巨浪。他逃离人类生活的不合理性。

他逃到了当下。这是完全不同的。

他犹豫着。是不是应该派人守着这栋房子？是不是应该派人查一下阿德勒太太的账户？他犹豫着要不要拨通老法医的电话号码：他很想看到聪明的猎鹰，想要锉下它腿上的铁球，放置到某个地方。

只不过他永远无法做此假设了，这个铁球并不存在。

贝特逊山脚下的房子上方飞起密密麻麻的鸟群，在天空上啪的一声炸开，然后飞走了。就好像有人抛撒了一大把罂粟一样。

警察在家里长时间地用黄色的香皂擦洗身体。他清洗牙齿，刮擦牙菌斑。将火热的舌头伸到水流下边，用牙刷刷着舌面。水滴从粉色的蹦床上弹出来。他用梳子梳理黑色短发

129

上的水滴。他剃须。电动剃须刀在咆哮，收割着胡茬。

他用培根煎蛋，撒上很多盐和胡椒。他狼吞虎咽，艰难地咽下一大口。他还吞下了之前吃剩的奶酪洋葱冷比萨，把它塞到胃里。

他播放摇滚乐。抽着烟，唱着歌。他感觉自己像个放弃了堕落腐化的贵族之位的平民。他沙哑地唱着歌。他起身给自己倒了杯威士忌，又倒了一杯。他将音量调大，调到最大，他心想着得调到最大，否则该如何活着。假若他没有插手，假若他从未到过贝特逊山脚下的橙色房子里，假若他从未卷入其中。他起身给自己倒上第三杯威士忌。

他给寡妇发信息，附上了他们晚上见面的餐厅地址。如果寡妇有时间的话。

在网上，在他最喜爱的旋律构成的解脱式喧嚣中，他敲击着葵欧电影公司的字母。网络吐出一条条女导演埃里卡·艾伊索娃的电影条目，跳出关于古典乐、文质彬彬穿着夹克和燕尾服的音乐家的纪录片。警察哈哈大笑。

她拍摄了几十年电影，这位引人注目的环球游览者在近几年却自甘消沉。她漂泊不定，时常讲述某个国家的问题，为此拍了纪录片，拿了奖。她的获奖列表很长。黛安娜·阿德勒是女导演的赞助人。

去他妈的这个拿着奖笑眯眯的女士，这是什么，什么狗屁玩意，我不想再研究这个葵欧了。

警察怒火中烧，他追踪访谈，却一无所获。他点开纪录片的预告：充满激情地搅和着无聊和高尚，缓慢的节奏，源自生活的无忧无虑的快乐。这个女士的回答总是那么快乐，积极得令人生疑。她的照片只有新闻发布会上的官方照。

警察冲着浪，跳跃，交替输入各个名字，数百万的网页和信息的矿藏，毫无意义，只是将他灌满，雪崩之下，一个个姓名相互铸造和撞击，潮起潮落，鸟群的海浪，它们从页面中分散了注意力，从屏幕前飞过。

警察叉开腿站在冲浪板上。巨浪翻涌，他自我等待，保持着平衡，输入马克思·阿德勒，来自亿万富翁家庭的可爱的人，一个来自芝加哥沃伦家族的美国人。在那里，金钱并不重要；抱歉的语调充斥着虚伪的谦逊，被授予战争的功勋，他毕生从事情报工作，句号，完成了，结束了；如若还有，那就是一个本不需要工作，但却一直工作的人。

警察的身体疲惫不堪地抵抗着贝特逊山脚下的迷宫和屋子的黑暗，抵抗着三个慈祥的女人、坟墓里殷切的老妇人们欢快生活的渗入，她们现在可能已经步入坟墓了，老太太们，为什么要让他恼火，好好地待在边境外吧，我们在布拉格，我们这儿和平安宁，那样的世界与我们无关，这里已经摆脱了害虫、坏疽、细菌和病毒，已经远没有这些弱点了，他只想做自己的工作，帮助他人，发发疯，而这疯狂不会持续很长时间。

他给从奶奶那继承到的闹钟拧上发条。他快速地拉上百叶窗，窗后很多小身体晃动着，它们守护着他。他再次起身给自己倒上一杯酒。他抵制着使用佩枪朝窗台上厚颜无耻的燕子们开枪的诱惑。

他躺下。他抱着一瓶蜂蜜水。他亲吻球根形玻璃瓶的瓶颈。赤裸的身体步入睡眠的浪潮中,在那里浪潮将他轻轻摇晃。

有人抚摸他的裆部,而他无法动弹。有人抚摸他,腹股沟和阴囊是最敏感的部位,他被链条捆绑住。一只公鸡在他头脑里怒吼。警察关掉闹钟。这是周日的夜晚。身体大汗淋漓,感到筋疲力尽,昏沉的头脑里有些模糊碎片。他只是梦到了这一切。

显示器前的桌上放着手机和记事本。它们破坏了警察的好心情,因为上面塞满了关于贝特逊山脚下房子的数据、照片和痕迹。橙色的房子确实存在。

警察将记事本上的记录撕了下来,把拔下的羽毛扔进了装着空威士忌酒瓶的垃圾桶里。他将所有在制片人的房间里拍到的和拷贝的都抹去了。

他再次淋浴,用滚烫的水。他从蒸汽中走出来,用白色的毛巾擦干身体。他刷牙,梳头,喷上香水,穿上干净的蓝色衬衣。警察对贝特逊山脚下的橙色房子既厌恶又着迷,因为他不知道,该如何处理这一切才好。

布拉格城郊的玻璃房子似乎突然间成为他远远近近唯一的快乐点。在如此短暂的时间内,他再一次违反了他所有的职业守则。他邀请寡妇共进晚餐,尽管她是谋杀案的主要嫌疑人。而她没有拒绝。即便她知道,她也同样违反了不成文的寡妇的规矩:沉浸在悲伤中,不与其他男人一起出门。她本该和丈夫一起被烧死在界限上的,世俗常规和宗教仪式中隐藏着多少秘辛。

他们违反了规则,并开始享受起来。他们的身体彼此需要。警察有种不确定的感觉,贝特逊山脚下的橙色房子解放了他,仿佛房子用食指指腹点了点他的额头,便擦出了电火花。

房子是它自己命运的主宰。

他们对坐于一家泰国餐厅中。纤细光滑的手指握着印有橙色口红的玻璃杯。一个微笑的泰国女人穿着、束着褐色发光的布料鞠了鞠躬,将带着长长花茎的黄色玫瑰插到冰桶旁的花瓶中。警察心不在焉,仿佛丢了魂。他注意到女人的发型,甚至衣着还是守寡的丧服;她想把警察叫到身边来,消除嫌疑。她慌慌张张,几乎喘不过气来,是的,是的,她周五就已经飞回来了,但是她很不愿意回家,她不想跟丈夫碰面,您知道的,我们之间的问题已经存在很长时间了,可能是暂时的婚姻危机,但这很正常,这不是自杀的原因,我不想回家,我只是想等一等,等到他从山里回来,我待在朋友家里,这位朋友很谨慎,他什么都没问……但是天哪,这也不意味着什么,因为您知道的……是的,我知道,他是同性恋。警察接过她的话,这一点我们已经核实过了,我们是专业人员。警察说完这些话后喝了一大口白葡萄酒,又从湿漉漉的酒瓶里倒上一杯。我们是专业人员,是的,是的,我们是的。专业人员。或许吧。

也不是争风吃醋的原因,女人轻声说。

我从不争风吃醋,警察说。

抱歉,我忘了。她沉默地舀起碗中的茉莉香米饭。

警察被卷入一股洪流中,他被困在往事的罗网中,过去的事件又牵扯出新的事件。他困在了燕子的罗网中。

他们小口喝着葡萄酒。他们将不安一口口吞下。他们吃饭。如此简单而幸福。他们交谈,有的话语被抓住,有的被略过。警察感觉,他们现在正站在花洒下,将周末冲刷到身后。他在和某个理解他的人交谈,某个与他世界观相近的人交谈。现在。这是个奇迹,这是另一个世界。他想要向她吐露过去的数小时的经历,但他不会这么做。他喜欢这个女人。他想要保护她。在他的头顶上方永远不会悬挂着紫色的十字架。

不会是他。

不会。

他们在这里一直坐到打烊,他感觉时间仿佛静止了。他坐在赛车的方向盘后,赛车在弯道上疾驰。这是一趟美好的车程;没有刹车,一直踩着油门。他感激她同他说话,也感激她让他可以喜欢上她。

◇

  问候太阳,一套动作强健身体,强健后的身体能强健灵魂。脊柱发出噼啪声,关节咯吱作响,门上生了锈的合页,蒸汽机的轮子与齿轮的节奏,甲板下挥着汗的机械工们填着锅炉,激动不已的船帆和撞击。爱与魅力的能量之图,黛安娜优美身体的图像,固执地做着示范。身体将能量传送到能量流失的地方。时间不能治愈伤口,时间只会给伤口保鲜。

  雷声隆隆。在暴风雨里,即便燕子也会筋疲力尽。当它们感受到危险时,它们本能的反应便是逃离,飞走。但有时变化如此之快,本能反应都不够,一九五七年的秋天是潮湿阴冷的,便是那些已经准备好要飞走的燕子,出其不意地因为饥饿和迷失方向从天空跌落。这个秋天从天上掉下的燕子们的身体,密集如雨。这一年英格丽德的身体从天空落下来。燕子们有能力转变和分离。

  埃里卡也已不再是燕子,她是燕雀,独行鸟,她独自生活,苍头燕雀,埃里卡选择了独身。

  你切断了我们间所有的联系,黛安娜。

  你们想要独立、自由。很不走运。这并不意味着,你们不幸福。

  燕子挥动翅膀,从高处观察地面、房屋、男人和女人。它的尾巴因受了惊吓而分裂,它的所见吓坏了它。它愿意留在人类的巢穴中。但是它必须飞走，以便积蓄力量。以便当家乡的灌木丛中某种东西发生了变化后，它还能够带着希望回来。

在这里没人会自我逃离。

埃里卡在祈祷。她看到高个子小提琴手，她看到，琴弓如何割断琴弦。她看到伸长的食指，看到黛安娜手中的琴弦，手拉紧了琴弦，被拉紧的琴弦膨胀，手指抚过琴弦，琴弦发硬，在小提琴琴颈下方的琴身的圆形侧边上变化出两个"f"。

彼吉特舒缓着呼吸，调息、呼吸的技巧，瑜伽里没有"快"这个词，她听着脑海里黛安娜责备的声音，就像来自一场冰冷的演讲：你不一样，彼吉特。两个脑半球执行不同的任务，而男女的脑半球亦有差别，为了让你的机体保持平衡，必须同时刺激两个脑半球，气流均衡地通过两个鼻孔，不能用鼻子呼吸，或是鼻孔有阻塞会对人格的和谐发展产生不利的影响。

她以瑜伽坐姿打坐。伸直脊柱，闭上眼睛，双手放置在膝盖上，将注意力集中在深呼吸上。太阳式呼吸法，太阳的穿透，是的，它对于抑郁、疲劳、压抑有着积极的效果。用右鼻孔吸气，用左鼻孔呼气。属于轻缓的呼吸法。她应该已经感受到身体微微发热，变得温暖。

意识是无法被杀死的。因此必须当心，意识在想些什么，又放过了什么人。自己拿起枪，将意识射杀在额头之后。

彼吉特站起身,拿起写着《三月在暗中》的笔记本。在洗手盆上方将它点着。火焰吞下文字,噎住:它不喜欢吃这些被写下的文字,吐出一个个音节。

她只把由女孩手写下的纸张递给黛安娜。

"米兰卡,那个创意写作课上的女学生。"

"她写好了?"

"写好了。你的那个女律师怎么样了?"

"什吉卡?她跟着我训练。有目的的,有组织的,平衡的。"

"你从她那里套点话。"

"这不难。"

"你需要多长时间?"

"她不是一个很开朗的人。"

"她肯定有弱点。"

"有。她的家庭。"

"我们与此无关,而且我们力量太过分散。"

"有一样东西可以让我们联合起来。"

"麦多娃。"

她们穿上衣服,到公园去。燕子飞得很低,要下雨了。她们沿着河岸在秋天的空气里散步,周围有桦树和低伏的柳树,它们的眼睛埋伏在散开的头发后边。山楂的叶子还是饱和的绿色。白杨叶子掉落,还没有掉得很厉害。等到树木完全光秃秃的,秋天就消失了。鸭子们沿河漂浮。其中两只有着绿色的颈项,游离了鸭群并把头扎进水里,身子翻倒过来,腿部向上翘起,垂柳般竖直,仅仅把头和脖子浸到水里。当它们突然扎入水里时,看起来就像花样游泳运动员一样。

瑜伽的延续——花样游泳。

黛安娜背着路易威登的包,这个包她过去还没有打开过。彼吉特拿着一个带塑料口袋的公文包。她们以挺着白鹅颈般的姿态走出小旅馆。她们留下装着新衣服和旧报纸的垃圾桶。她们上了出租车。她们搬到带家具整租的公寓。黛安娜坐在司机边上,断断续续地对女人们说着捷克语,却并不看向后座。她说,她想要加快当地的任务。她们将要把贝特逊山脚下的橙色房子清理出来,转交给蜂鸟们,她们将在北部定居,在海边,在乌瑟多姆岛①上或是阿姆鲁姆岛②上。她想看看海,那些太过冰冷无法洗浴的海,但里面却游动着很多生物,它们喷薄着力量。她只想跟自己的身体还有海风待在一起,她永远不会再想着其他的身体。

主要是加快任务,嘘。

---

① 波罗的海上的小岛。
② 德国北部海域上的岛屿。

燕子的独立

关于寡妇，他调查了周围所有的线索和冒出来的各种版本。寡妇有可靠的不在场证明，警察对上司说。他恭顺地央求，卑微的声音为案子的重开和多余的拖延而道歉。他想要结案，想要忘记。然而现在结案却有点儿行不通了，上司面露怪相，则像他骑在高高的马上。

警察这些天埋头于工作，处理其他的案子。强迫自己忘记贝特逊山脚下的橙色房子。他在脑海中把这个案子锁到了保险柜里。他在逃避这个案子。这在过去是，现在也只是一个谋杀案罢了。

这在任何时候都是个谋杀案，他脑海里发出幸灾乐祸的哔哔声。这个声音名叫"良知"。良知很有幽默感。没法甩掉头脑里的叽叽喳喳。若是他向上司展示橙色房子，有可能把嫌疑引向史达瑟洛娃夫人，这可真棒。只不过上司很可能会嘲笑警察，他可能会捧腹大笑，笑到喘不过气来。上司需要一个熨帖的、简明的故事。寡妇的故事便是熨帖和简明的。但史达瑟洛娃老太太能有怎样的动机呢？

喏，动机，同事笑了，可能他没听话，没把他自己被划伤的标记给划掉。

同事在他之前就曾进入贝特逊山脚下的橙色房子,他给史达瑟洛娃副教授写了信,徒劳地联系她。最后他写信联系了英国的国际教育中心的经理,史达瑟洛娃副教授在这个中心教授大师课,经理帮她把附件打印了出来,转交给了她。

我又亲自打电话和他确认了好几次,可靠的同事说道。如何?警察沮丧的声音问道,他喉咙发紧:漏斗没法吸进空气。

喏,那是段没完没了的对话、闲聊和胡扯。实际上是黛安娜·阿德勒拿到了这封信,整个事情也是她在处理,她们俩在教育中心交流授课,那是一栋宏伟的大楼,新建的,全玻璃式,高十七层,提供语言课程,任何你能想到的语言在那里都可以学到,绝大部分人到那里去学给外国人开设的英语课和中文课,还有表演工作坊、舞蹈课、绘画课、冥想、太极和功夫、武术、瑜伽、创意写作课,课程都是九月开班。经理最为热切期待的就是阿德勒夫人的到来,他们从三月开始联系。经理人很好,很能干,他不停地说,他们设计了一个特别的瑜伽课程,高强度的大师课,对阿德勒从布拉格提前给经理寄来的一个名单上的人有优惠。

我不得不把他从他的独白里扯出来,然后提醒他,我只对史达瑟洛娃夫人感兴趣。哎呀,是的,是的,创意写作课,啊哈。她能在这里授课,我们感到非常自豪。我们很骄傲,她们俩都选择了我们以及这个闪闪发光的地方。如果她们渴望改变,渴望远离国际大都市,虽然不能在我们这儿直接实现，我这么说吧，宁静的温泉、温泉长廊和泳池，在这儿生活确实非常不错。我们不向学校提供创意写作课，因为这可能会占用市里发给我们的专项补助金，但是这一次我们必须向这里的一些学校派发名额，这些学校是史达瑟洛娃副教授明确指定的，在阿德勒夫人之后她也寄来了名单。但您别生气，我们没有对如此狭窄的目标群体进行争辩，因此我们将课程提供给更广泛的公众，我们这儿是为所有人设立的，这是我们这些世界性工作的民主原则的核心。几个小时内课程就被抢购一空了，即使它是我们这儿从未有过的最昂贵的课程，史达瑟洛娃夫人还是将我们的基金拨款敲骨吸髓了一番。她们的所有信件都会寄到我们的地址，哎呀，是的，当然了，您别客气，我很高兴我能提供关于两位高贵的女士的信息，我也很高兴您能保护她们，我们教育中心也非常感谢她们不仅在中心给予当地人关照，而且她们同时选择了我，选择了我们。这简直是个大礼，她们就这么飞过来，我还想跟您说的是，我们的第一次会面是那么难以忘怀，阿德勒夫人扫了眼名单，赞同地点点头，她把名单塞进黑色的小皮包里，然后对我表示感谢。我还把创意写作课的学员名单递给史达瑟洛娃夫人，每一个人名后面都用括号注明了年龄、地址、性别，有的还有学校，她犀利的眼睛X射线般检视名单，她朝向阿德勒夫人，失望地摇摇头，说，只有一个。她随意地把名单折叠起来，恼火地塞进微微带闪的天鹅绒裤子口袋里，就没再多说什么。这让我有些震惊，更确切地说，这让我感觉受到了冒犯，我把学员写作的文本放下，这是她想提前看看的，我把它们打印了出来，堆满一辆船形独轮车，我们把它从表演课程上借出来，我的两个助理忙活了整整一周。我对两位女士给予同样的关照，我真的努力这么做了。但是只有善良的阿德勒夫人让我感到尊敬。她的名字就是招牌。她们在非常有限的时间内跟我签订了合同。阿德勒夫人从下午就开始忙碌起来，跟我们说好的那样，每个人都因她感到兴奋不已，大人、小孩，甚至治疗师和老师们。我们保持密切的联系，真的非常紧密，但是同史达瑟洛娃夫人的接触就晚得多了，就像我小心翼翼地说的那样，她已经冒犯了学生好几次，冷血无情。我处理的第一件投诉来自当地的一位多才多艺的艺术家——市长的前妻，她还患有严重的足疾，她的脚背高高隆起，无法行走。史达瑟洛娃夫人在与我的第一次会面时仅仅一言不发地男性化地和我握了握手，她放倒独轮车，抖动它，松动的地板也震颤起来，紫色的棉质长袍在她身后飘动。在我们的第二次碰面期间，她依旧只是沉默，然后给我写了一封短信，让我从基金拨款里支付市长前妻自我认知课程的费用。这门课程我们到明年才会开设，但是说了这么多，天啊，我不是想要暗示什么，我很高兴，我们很高兴，她们两个能在这里……

    警察很想用抹布堵住同事的嘴，想要塞住因忧虑而灼热的耳朵。他什么也不想听。让他烦恼的是，同事知道这栋房子的存在。同事还在鹦鹉学舌经理的话。我还确定了,她们最初是住在小旅馆里,中下水平的小旅馆,据说她们看起来就像好奇的鹅颈一样。旅馆的主人是个印度人,他也跟着阿德勒上瑜伽课。所以常常是这样,两位富有的退休女士挣了一笔又一笔,在郊游时,她们整整几周只是慵懒着,在城市里、在河边闲逛,可怕的不是阿德勒,而是她的能力。

这个星球上的每一个生物种群或其分支,都使用信号来相互沟通,它们追寻气味,所发出的信号对其他物种而言几乎无法察觉。同事将回信放置在警察面前。信件是手写的。

警察认得这个笔迹。

同事哈哈笑道,你个蠢货,你知道的,这个史达瑟洛娃惯用紫色的墨水手写,现在这世上已经没人这么干了,如果她既没墨水瓶和羽毛笔,又没有信件,那她可能是在某个与世隔绝的荒凉之地上她的课了。

信件表达了对于这名男子令人难以置信的死亡的深切哀悼和惊讶,死者虽然没有文学天赋,完全的艺术性阳痿,也不懂得尊重他人,没有同理心,但这个"阉人"非常喜爱写作,确实如此,他不缺乏品味。但他直接把它葬送了,暴饮暴食,是的,在他那儿总是很难行得通,教导这样的人总是一项非常悲伤的工作,一个人无话可说,要如何教他去说呢。案件发生的那个周五她本该和他见面的,但遗憾的是他没有来,他抱歉地说,他要离开布拉格去过周末,和朋友们一起。如果她没记错的话,其中没有他年轻的妻子和年幼的儿子，是的，大概是去山上，他喜欢高处。在山谷间时间过得很快。通常患有忧虑抑郁症的老年人会为子孙留下遗嘱或是回忆录，以便他们将故事的规则、意义和痕迹带到遗失的生活中，虽然他们也可能对此毫无兴趣，这在文学中并不新鲜，但这个事件并非如此。除此之外，很遗憾她帮不上任何忙了，她和他并不熟，因此她甚至并没有感到特别遗憾，由衷地致以问候，我尊重你们，主要因为是你们的毅力和勇气，男孩们，但真的请不要再因琐事而打扰我了。

同事勉强拼凑和打印出了回信。上司拒绝了个人会面的请求，并批注一道：这没有必要。警察说，是的，我同意，有她这封离谱的回信就够了。

拔牙可能都得经历诸多。朱莉在白色的走廊上碎碎念。她很高兴，这事儿已经过去了。如此一来，一切就都解决了，她天真地想着。

"那个护士真的很可怕，她的心可能是花岗岩做的。我不得不和房间里的其他女人们躺在一起，权当休息。她们既不给我们检查，又不放我们走。她们的那些话语，您都无法想象，真让我反感。那些老太太的废话，她们都不小于三十岁。她们对生活一窍不通，对性倒是知道得不少。我不喜欢她们那样谈论男人们，就像谈论什么娘娘腔似的。我最好的朋友都是学校里的男孩们,女孩都是背信弃义的人。"

朱莉抽出一支烟。

"这事儿过去了。我真想喝一杯。"

黛安娜把烟从她嘴里扯出来,用指甲将烟掐灭。她沉默,呼吸渐缓。她拽着朱莉离开。她的力量那么大,斑鸠都不敢反抗。通过触碰,信任被打开如同圣杯,如同黄色的郁金香,黛安娜需要她的信任,她需要尽快弄清楚,优素福公寓紧闭的门后还发生着什么。

黛安娜将她拉到门前带着花园的小公寓中。公寓就像一个小笼子。桌上放着一个绑着绿色硬绸带的礼盒。看起来就像黛安娜缠着的腿。黛安娜要求她躺下来。

"如果你想撒谎,你可以。但你不能对身体撒谎,身体已经经受了惊吓,它可以应付一些事情,但它必须有意识地这么做,你必须喜欢自己的身体,必须了解它的感受,并且好好照顾它。"

她从冰箱里取出搅拌杯,里面盛满了绿色的液体。她让朱莉把加了冰的鸡尾酒喝完。黛安娜站在朱莉上方,直到她的喉咙咽下最后一滴。她命令朱莉躺到尖锐的绿色垫子上。朱莉没有反抗。黛安娜按摩着朱莉的身体,手指按摩着它的紧张和痉挛。朱莉哭了出来。

朱莉的身体呜咽着,陷入了洁净的睡眠中。这是她人生中第一次洁净的睡眠。她还不知道,她属于哪里,是属于短翼、长翼还是涉禽。全世界失去了的青春。她不知道这个事件对她的骄傲和无拘无束的灵魂会有多深远的干扰,她是受损的,因为她否认自己是可怕事件的受害者,而罪犯们本该为此付出代价,她对自己的身体撒谎;身体是困惑的,它将不断地想要复仇,只要它想杀死的那人还没有死去。可恶的是,鹈鸪优瑟福是如何轻松地跨了过去。

黛安娜咬着舌。

她要守护被开膛破肚的朱莉。

眼睛观察着鹌鹑身体的曲线,心理年龄与年纪不符。这是个心智超出平均水平的孩子。她没有发育迟缓。在这体内附着一个穿着长袍的魔鬼。黛安娜做出既不公正又非不公正的宣判:她管它叫"燕子的仇杀"。

黛安娜看着被她放在一边的绿色的袋子做练习,这不是瑜伽。吸气充盈每一个细胞,意识以及黛安娜贫瘠的子宫里也被灌满空气。力量缠绕进盘起的蛇身,毒液混合在黛安娜的血液里,从这混合的血液里可以尝到最后的审判。

黛安娜的身体在练习格斗术,里边融合了身体的能量,她一生都在接触这些身体,一生都在拥抱它们。只要冷静地、专注地用食指指腹触碰敌人的身体就够了,毒液就可以转移过去。只有决心是无法被战胜的力量;黛安娜从人类的失败中挣脱出来。她冲破那些被盖上印章的、保护仪式般的举止和行为,这些对于身体不过是装饰罢了,空洞的矫饰主义。黛安娜深入练习。她不需要呼吸。决心是一个词，它自身包含着大量其他的词汇。若是决心缺失，整个人就会摇摇欲坠，意志、内在的坚定、品格均会动摇。你必须意识清醒地握紧剑，才能真的杀死对手，少林僧人如是说。

她拉开绿色的袋子，里面放着一卷男士领带，在他们离开美国来到战后的欧洲时，马克斯·阿德勒曾把它套在脖子上。黛安娜闻了闻它。她展开领带，打上一个新的结。

梅纽因小提琴的琴弦，它曾被扯断，也曾被作为纪念品赠予为之沉迷的埃里卡。琴弦让黛安娜的身体想起了一个女孩，她的身体沐浴着音律而思绪却空无一物。黛安娜的左右手食指指腹抚过琴弦。

英格丽德在自家阁楼上死后，黛安娜剪下了一段浅灰色的牛绳。牛绳是最后感受到英格丽德鲜活身体的体温的东西。黛安娜抚摸牛绳并亲吻它。

信件上缠着绿色的丝带。它们来自混凝土浇筑的布拉格，来自不苟言笑的人的被诅咒的森林，彼吉特在战后写下了它们。一些词汇在句子中被画上红圈，永远地丢失了。污渍斑斑的纸上审查的小红球星星点点。小女孩写下了这些词语，她缺乏规律生活的才能，尽管如此，她的生活是完整的、坚定的、牢固的。因为她不属于任何人。因为她只一个人。她通过张开的鼻翼呼吸。

左手食指的指腹沿着少女微型的字迹一行行移动。

当朱莉困倦地醒过来,绿色袋子已经蜷缩在柜子的暗处。斑鸠身上的骨头感到疼痛。痛苦过后的眼睛有些浮肿,脸上有些褶皱。黛安娜坐在窗边,她戴着眼镜,窗台上放着一杯凉茶。朱莉想开口说话,声音透着胆怯和惊吓。

打着盹儿的黛安娜醒过来。她抚开朱莉额头上汗湿的头发。她为她的身体准备了薰衣草浴。递给她桌布大小的干净的白毛巾。

朱莉走出浴室,她感到昏昏欲睡,十分温暖。刺耳的音乐响起,打扰到了朱莉。身体不安地颤动。幸运的是这提琴声没有持续很长时间。

"维瓦尔第①?"

"啊哈。"

"《四季》中的乐章《春》。"

"现在是秋天。"

"春天燕子们就回来了。"

"嗯。"

黛安娜将礼物推向唧唧喳喳的女孩。礼物用不易弯曲的绿色带子捆扎起来。朱莉拆开礼物。在光亮的金属盒子里藏着几个小包裹。朱莉在桌子上方欢呼出声。她有些困惑地翻转着手上名为《身体记忆》的两件套书籍。

---

① 安东尼奥·维瓦尔第(1678—1741),意大利巴洛克音乐作曲家、小提琴演奏家,代表作《四季》。

"这些是您写的？"

"是的。"

"嗯……我其实不怎么读书。"

"我也不怎么读。"

"真的吗？"

"有那么多的书和作者，他们损害了人类。"

盒子里还包着一部关于某个骨瘦如柴的小提琴家的电影纪录片。还有用丝绸纸包着的一个小盒子，盒子里是坠着十字架和红宝石的金项链。在没有父亲的家庭里成长起来的孩子，更有可能承认物质实用主义的价值，而这一价值与不信任紧密相连，埃里卡常这么说，不不，在金色的小袋子里装着四小瓶指甲油：蓝色、桃色、黄色和宝红色。朱莉贪婪地拿起最浅的小瓶子。黛安娜看着朱莉如何给被啃咬的指甲涂上黄色的甲油。

"蓝色已经过时了吗？"

"是的。"

朱莉在空中摇晃黄色的小球。她推开了小十字架。

"我不是……信徒。"

"没关系。"

"没关系？"

"宗教是未来的战争。"

"这是真金吗？"

"是的。"

"我可以把它卖掉吗?"

"当然。你把它当作护身符来佩戴吧。我的朋友说,上帝和信仰是没有问题的,有问题的是教会、是机构、是每一个这样的意识形态。她来自一个无神论的国家,你不会知道,那里的人们为此都做了些什么。或者你也有相同的感受。"

"我一会儿必须走了。"

"好的。"

"合同我……改天再签。"

"不行。"

"不行?"

"不行。就现在。"

"好吧。生意是生意。"

"这不是生意。"

"好吧,我告诉您关于这个男人的事情……他什么时候在哪里把我放下的。不过您再给我倒一点儿这个毒药吧。为什么它这么绿?"

"里面还放了……菠菜。"

"但它尝着不像菠菜。"

黛安娜倒满一杯绿色鸡尾酒。朱莉深深呼出一口气,通过张开的鼻翼呼吸,释放出信赖的信号。朱莉是装满锯屑的麻袋。她命令黛安娜把麻袋划开一点。锯屑纷纷散落。黛安娜不听她的。她努力冷静下来,但是鸡蛋已经被孵化,而债务已经被黑色粉笔写在了烟囱上。

黛安娜看着朱莉，她对于激情的、野性的和成熟的生活是那么快乐和感激，她这样生活着，对所有这些快乐报以激情和感恩，她能够飞出金摇篮和金笼子，能够觉察到路途的尘土中的灰色麻雀、马厩中的燕子和雨燕，帮助它们回到树上。她的一生都是分裂的，就像燕子的尾巴那样。

黛安娜眼前浮现出自己覆满了羽毛的图像。她拍摄了令人着迷的身体群像，她们定格在某些动作上，这些动作练瑜伽者都不认识，她们站着，然后在照相机前列队游行，鲜活的缎带被风吹起，她们不再活着，她们中的女孩们没有月经，没有头发，没有胸部，没有牙齿，但是却理所当然地为士兵们提供了最后一口剩余的肉，这块肉坚持附着在她们的骨头上。被聚集在一起的女孩们，还有她们中间那些，每个人都触摸过的女孩们，她们的面孔如何免受处罚地闪现在照相机前。历史学家的眼睛漏掉了这些面孔。身体拥有面孔，却没有姓名。

朱莉讲完了自己的故事。她惊讶地盯着黛安娜，后者已经走神了。

"夫人……"

"没事没事，朱莉，我只是……"

"什么？"

"我不相信文字，不相信文化的各方面。我必须慢慢走过的那条路，秘密地铺在嘴中。我相信身体的语言，它对于世界上的所有人都是一样的。"

"您真奇怪。不过我现在跟您说的这些，我永远不会在任何警察面前或者任何法院上重复。我已经惹过一次麻烦了。您最好只是看看，他们是怎么对我的。他们是怎么看着我的。还有。没什么。他们自己说的：现在这事不过如此。"

黛安娜沉默地将小背包里的餐巾纸、绣着赫梯①字母的绿色钱包以及镜子倾倒在桌子上。她把礼物放进空包里。她知道，她不会再看到这个黑色皮背包了，并且斑鸠朱莉不会再向她吐露什么了。对于朱莉在练习课上从黑色皮背包里偷了钱这件事，黛安娜沉默不语。

多年后朱莉的身体会想起她。这些记忆将牢牢附着在齿状的指甲上。她紧紧地拥抱朱莉。

"我送你回家。"

她没有从地上捡起叶子。她看向天空。鸟群在那里飞翔。也许雨燕、燕子，她最喜欢的尾巴开叉的鸟儿，是或不是，亦无法决定，所有的一切都在一个锅里炖煮。神圣的茶壶缓慢地冒着泡。

燕子，这是她特别喜欢的一种鸟类。它们只在飞行中生活，就像她们三人一样。它们只在飞行中生活，甚至在飞行

---

① 赫梯国是公元前19世纪中叶在小亚细亚地区出现的奴隶制国家。后被亚述帝国所灭。

中睡觉，科学家们长时间以来都不知道这是如何做到的。最终谜底揭开，当一只燕子睡觉时，另两只就在两侧熬夜，它们之间连接着某种看不见的能量纤维，也许是本能的力量。当一只燕子掉下来，当它脱离了队列而费劲地试图从地面挣扎飞起时，只靠自己是无法成功的，必须有人来帮助它。它至少需要在树上尝试再次起飞。它永不知疲倦，永不，永不，永不，永不，它甚至在飞行中交尾。别无他法。

◇

警察赶着身边的苍蝇：围绕女人们产生的问号嗡嗡作响。

他在家里，坐在电脑屏幕前。她们是从哪里冒出来的？他像渡鸦一般投入到橙色房子住户的生活中。很显然，她们在布拉格只有工作往来。阿德勒夫人和那些来上她瑜伽课的人来往。史达瑟洛娃夫人在二十年中只在布拉格开设了一次创意写作课，她有规律地在国外授课，她不与学生们联络。艾伊索娃常去听音乐会，她与外国的指挥家和小提琴家们有私交。她们大半年时间都在世界各地飞来飞去。得益于马克斯·阿德勒在二十年前买下了这栋贝特逊山脚下的橙色房子，她们非常喜爱布拉格。布拉格很便捷，布拉格在欧洲中心，而它没有中心；史达瑟洛娃夫人来自这里。只有她有孩子，她的儿子们过着平静的生活，没什么可疑的。

警察强迫自己再次投入到史达瑟洛娃夫人写的书里。他已经通读了一本,其他的也快速浏览了,有一些卡顿在英文上。他查阅有关艾伊索娃作品的电影理论研究,他在多余的段落上睡着了。他点开一个自八十年代开办以来的成功的瑜伽俱乐部,阿德勒的身体在这里做着示范。他不明白。这些有趣和精致的女人。她们在手提包里装着成功而非口红。

这三个女士所做的一切让警察眼花缭乱。她们甚至可以把相片一行行装裱在身后,然后按照需要滚动浏览。这些女人如此漂亮如此有爆发力,仅仅是因为想要把关注点从她们生活的本意以及贝特逊山脚下的橙色房子上转移开来,已令警察感到眼花缭乱。

那么多的能量。那么多的能量。

上个世纪的女士们那么理所当然地切换着不同的语言来羞辱他,她们自一九四五年相识并一直保持联络。警察暂时是孤身一人,他一无所有,他对生活感到疲惫。生活劳累着他。他开始感伤。他比自己想象的要软弱。

我肯定要和她们有个了结,警察愤恨地想。我不管她们。最主要的是,但愿这些闹腾的蛾子也能让我清静清静。

当他刷牙时,他抚摸着太阳穴上的发茬。蓝色的珐琅釉碎片替代了他的皮肤剥落下来。

警察赶到城郊的新建筑。他想见寡妇,想听她说话。他不敢触碰她。

他们一起做饭。土豆饼属于秋季，这是他们自幼便知道的。他们各自在白色深碗里刨掉土豆黄色的外皮，然后放到擦丝器上刨成丝。他刨得很粗，她刨得很细。他们各自和着面团，将饼的两面铺在沾了油的圆形平底锅上煎烤，然后放到餐巾纸上晾干。他们不知不觉地相互抚摸起来。女人从背后掀起警察扎进蓝色牛仔裤里的黑色衬衫，她细密地亲吻着警察腰带上方的背部。警察的身体受到了惊吓，他的神色却装作一无所知。

小男孩是骄傲的评审团。妈妈的土豆饼因为加了一小勺酸奶油而胜出；给幼鸟留下印象是非常重要的，它们在从蛋里孵化出来之前就能觉察出父母的声音。不过，他又添了点警察做的土豆饼，那上面混着红色的培根块。警察把剩下的面团装在小烤盘里放进烤箱，类似祖母约瑟法过去常做的一种小肉饼。烤的面片和切开的面团堆放在盘子上。女人将油腻的餐具放到洗碗机里。小男孩在地上玩耍，他拒绝去洗澡。警察冲着他躺在地毯上。他们两个趴在地上，跟着玩具车走。到了某个地方，两人挤进塑料玩偶中，那些拿着冲锋枪的战士们。还有毛绒玩具、小老鼠、小毛驴、小狗。唯独缺少毛绒玩具鸟。他们把车厢连接在火车头后。小火车开动起来。小男孩手里拿着一碗小熊软糖，随时都可以抓上一把。警察假装想要拿一颗糖果，他故意伸手拿起一个毛绒玩具而不是糖果，看也不看就要塞进嘴里。小男孩的身体发出尖叫，滚在地上，咯咯直笑。两具身体都哈哈大笑起来。

寡妇看着他们。她拜托警察把小男孩哄进浴室里。警察翻转过来,手脚着地。小男孩跳到他背上,抱住他的脖子,催促着小马。寡妇轻轻地把小男孩从马背上抱下来。她给他脱衣服,把他放进充满泡沫的水里。警察突然有些尴尬,他走出浴室来到厨房里。他整理玩具,寡妇哄孩子入睡。

警察看着秋季的花园。一个个燕子的小脑袋埋在翅膀下。分叉的尾巴保持着平衡。光线渐暗,他在厨房里等待着。

寡妇在他身边坐下。我需要感受这个世界也有的另一副面孔,警察对她说。您觉得是什么样的面孔呢?寡妇问道。这样的,警察回答。他看进她的眼里,睁大眼睛。只是坐在这里聊聊天。这对于我而言并不专业,但是案子很快就要结案了。我还想再跟您见面。而我绝对不想以任何方式伤害您,永不。为什么您可能会伤害我呢?年轻的女人真诚地问道。

两个人同时站起来。女人煮咖啡。有那么一会儿她停了下来,感受身后的人。她转过身,直视他的眼睛。男人的情绪像雾一般涌起。她从未如此长时间地直视一个人的眼睛,这是勇气和忠诚的表现。她吻上男人。

你爱我。
疯狂地。
你爱我。

永无止境地。

男人吻着女人。充满快感的身体慢下来，舒缓着紧张。这是最简单，也最难的一种瑜伽变体，身体的紧张仅仅因为感觉到安全和信赖而得以消除，而不仅是因为欲望。当灵魂感觉到安全和信赖，当内心感觉到安全和信赖。他们在废弃的地方休息，这是他们对于欢乐史的贡献。他们尊重彼此的差异性。风在吹。哎呀，你。真希望将来我死的时候能够看见你。只有当灵魂相互尊敬、四目相望时，才能做成这样的瑜伽变体。男人的嘴唇在女人的脖子上徘徊。他们品尝着彼此嘴上的皮肤。男人的嘴唇移向双乳的顶峰，继续向下。双手帮忙，不想让任何东西破坏这一刻，除去所有障碍，扔掉衬衫、裤子、女衬衫、胸罩和三角裤。女人的嘴唇紧贴着她所渴望的香气，他们的身体像钟摆一样轮流交替，这次轮到她吮吸了，他们移动到卧室里，在那里做爱，彼此触摸产生语言的地方，他们花了很长时间，并不急于达到高潮，他们做爱，因为他们都惊讶于欲望的力量，他们只希望给对方带来高潮，并拥抱彼此；这种紧密证明了他们存在的合理性，女人有生以来第一次没有闭上眼睛，而是直视着男人，她放松下来，每一块肌肉都是那么柔软和柔韧，他进入她，进入腹部，这再自然不过，如此自然，这是无乐器演奏的音乐，只有他们两人能够听到的音乐。他想要保护她，而她想要屈从于他。她想要保护他，而他想要屈从于她。这是爱。他需要她，因为他爱她。这是第一次。他长大了。这一刻他默然无声地叫喊,我不想孤单一人,我需要你,因此我爱你。在神奇的高潮中喷薄着希望和绝望,他为童年的根源而啜泣。他们静静地躺着。然而她想到了某个他所看不到的东西。

你是因为性和我在一起的。

我和你在一起,因为我喜欢你。也因为我不认得其他会跳伞的女人。你呢,你介意我没钱吗?

可能我们的彩票会中奖。

我们不会中奖的。

为什么不会?

因为我们不下注。

◇

会议室的桌子上堆放着一大摞信件。前台的女助理在清早将它们整齐地分发给了律师们。

什吉卡拆开用紫色墨水手写的信件。上面没有邮戳。信件是被直接投进信箱的,散发着轻微而奇怪的香味。小指划入缝隙,抽出信件。英格丽德·维森塔尔太太需要向她紧急咨询某件事。她着手安排会面。她确定好日期和时间:今天,下午一点。

现在是上午九点。信上没留回信地址,没有联系电话。这封信名为无礼。

信封和信纸的奢华让她惊讶,手工制作的纸张上印着英格丽德·维森塔尔的首字母"IW"。她想把信扔进垃圾桶。凑近信封闻了闻,她感到眼前发黑。

她没有扔掉这封信。她不会这么做。当晚上丈夫问她为什么不会这么做时,她回答,我不知道,怎么说呢,这些微型字母构成了奇怪却又优雅的催促,那么有力地直击我的思维,就直直地击中额心,这里,你知道的。

丈夫惊讶地挑眉。

什吉卡往后倒。喏,现在还有谁手写信件呀。这对于律师的乏味而言,也是一种很受欢迎的变化,我不知道,你别再问我了。

英格丽德·维森塔尔太太没有依约而来,坐在前台的是黛安娜·阿德勒。她蜜棕色的头发染上了红色。脖子上的围巾搭配着鞋和新的皮背包。伸展开的手上覆盖着黄褐斑和昂贵的乳霜。无名指上戴着一枚铂金戒指。

她是一点钟到的,她想预付现金。虽说有舍才有得,但是前台的女助理不明所以,黛安娜为什么急于付费。她谢绝了水,谢绝了咖啡,谢绝说话。

什吉卡打开自己办公室的门,表情一下子便化开了。在访客中,她认出了自己现在的瑜伽教练。什吉卡道着歉,她没有时间。她的日常早就提前排满了。她的计划还被某个着急的太太打乱了。

黛安娜说，哦，是的，英格丽德要向您道歉，很遗憾她没有来，她让我替她过来。好奇的水面达到了顶点。什吉卡想不明白，为什么黛安娜不在她们两人碰面时直接和她商量会见。她们一起聊了七分钟。惊讶的什吉卡也就能说上几句话。她并没有弄清楚英格丽德太太是何许人也。她令她惊讶，却无从了解她。什吉卡是专业人士。黛安娜也是专业人士。

黛安娜曾在瑜伽课上嘱咐道，如果他们能像静止的栏杆一样屏住自己的呼吸，他们就不会对任何事物感到惊讶。这是个避雷针，甚至是个武器。

黛安娜有个请求。英格丽德甚至也打乱了她早就定好的日程。她向什吉卡提议，能否在律师所外的地方进行这次额外的会面。在午餐的地方吧，她请求道。简短的午餐。她在楼下等什吉卡。什吉卡同意了，她没敢拒绝。也没有找个借口回绝。黛安娜弯腰靠近什吉卡耳边，在她耳边小声说了什么。什吉卡耸耸肩：她确实不知道，她能否如此迅速地找到她所需要的信息。

黛安娜礼貌地坐在前台隔墙后的小椅子上，就在正门对面，从旋转门旋转的磨坊那儿带起的风拂过红发。什吉卡在自己的办公室内翻找、搜寻、扫荡电脑。女助理忙乱地打印着需要转发和标注好的材料。

什吉卡跑出办公室，高跟鞋嗒嗒作响，双手往身上套着黑色的制服外套，眼睛扫过一行行打印稿。她边跑边扣上衣服，并告知助理她半小时后回来。她跑向正门。光鲜亮丽的身影从小椅子上站起身。两人走进磨坊里，磨坊将她们研磨，并把磨好的她们吐进广场的喧嚣里。什吉卡从包里取出车钥匙。一沓文件在腋窝下嘎吱作响。从它们那儿可哄不出所要求的音调来。

那儿离这里只有一小段距离，黛安娜触碰风笛手的肩膀。

什吉卡紧张地坐进车里。她推开副驾座的门。黛安娜在伸展开的翅膀面前犹豫了。她上了车。汽车发动，然后驶出。

◇

贝特逊山脚下的房子对于警察的身体而言就像一块磁铁，埋在皮肤之下。易碎的泥灰粘在额前，放置在意识里，徘徊于警察的头脑里，吸食着他的时间。思维便是行动。周六，甚至周日的清晨，警察的双腿迈入这栋房子，就像进入公共图书馆一样。

有其他的眼睛注视着这栋房子。曾在这里居住过的女人的眼睛。

警察挨个翻动文件夹。他在寻找照片，他倾倒信封，疯狂地翻找……

他总会找到它的。

紫色的小十字，在谁的头顶上方。警察慢慢停止呼吸。空气变得浓稠，这是岩浆。贝特逊山脚下中世纪房子里的人们，他们运用这一黑魔法，他们决定将自己的生命投入到某种非法的、变态的事物中去，并以正义为名行事，他们并不是唯一这么做的。他们张开网，为全世界各地掉落的鸟儿筑巢，教他们在马厩和谷仓的屋檐下飞行，它们成群结队，并不受限于行政区域的划分，宣扬另外的价值体系，就好像每个国家都会建立自己的中央机构，就好像每个国家都成了一个不起眼的、蜷缩着的小而坚韧的橙色折叠小屋。

折叠小屋们之间的全球计划网，在紫色十字架被摇晃、悬挂的关键时刻，被扯成一段又一段。它们隐藏起来，并学会在信息噪音喋喋不休的表面下飞行。警察开始感到筋疲力尽。他正在成为橙色房子看不见的盟友，而他没有反抗。

麂皮手套里的食指抚过冰凉的金属盒子和红色文件夹，手指在筑巢地图上漫游，从阿尔巴尼亚到津巴布韦，再返回来，戳一戳印度，一张穿着制服且令人喜欢的男子照片吸引了他。十七岁的鸟喙自杀了，她在遭到集体强暴后没能在警察那里获得帮助。侦查员，当地的讨人喜欢的警察，既没有写下这个案子，也没有开展调查。他们甚至拼命地说服这个女士，不要对强奸犯们提出指控，要与他们商量，并且嫁给其中的一人，现在明确的就是一个，哪一个都行。在包着塑料封皮的蓝色笔记本页面上，有微型笔迹在边缘写上了讽刺的评述：但是好吧，我亲爱的鹌鹑啊，你为什么要给他们添麻烦呢？

捷克警察认得这个微型笔迹。字母堆积成音节、单词和句子，而句子堆积成为信息，隐藏的蠕虫并不知道猎鹰以何为乐，但它以生命为乐。句子构成的信息却意外地不是关于袭击者们的，而是关于这个令人喜欢的警察的。

他的制服上有一个平头钉大小的紫色污点，紫色的十字像烟雾一样从制服的口袋里升上天空，在头顶上方盘旋：总统勋章、荣誉军团勋章、精锐部队缎带。

捷克警察脑袋里嗡嗡作响，烟幕弹在地窖里燃烧，责备声在他的头顶上方徘徊，未来已经不再是过去的样子。漩涡把他向下拽，把他揉成一团。警察的眼睛破解着草草书写的页面。放大镜下，他在一张熙熙攘攘的人群的照片中搜索和筛查着，这是一张在旁遮普①举行庆典期间的照片，他想要在这些随意抛撒的大头针一样的脑袋中找到一个黑色的小脑袋。女人的脑袋。在她上方飘着紫色的十字。风扯下了她脖子上的薄围巾，然后把它扔到其他人的脑袋上。

警察浏览着天蓝色笔记本的内页。将它摊开。被粘贴的飞蛾挥动着翅膀，重新组合。他用台灯给它们增加负担。他跑向电脑。他比较着数据和会计项目列表。流星开始照亮他，开始在迷雾中为他指引方向。闪电的光亮穿透黑暗。位

---

① 现代印度的一个邦，位于印度西北部。

于贝特逊山脚下布拉格的房子没有参与其中，它只是在这儿无聊地打着哈欠，给自己寄钱。

它还贿赂了当地官员。

资金流向各个方向，因为这儿不玩钱。

它们通过张开的网和黏黏的蛛丝落到鸟巢中。警察在残缺的笔记本上画着一张小地图的草稿——一家航空公司，从布拉格向世界各个方向延伸出空中航线。前三天伸向雄性翠鸟们，到达苏黎世银行。他面前的蛛网越来越浓密。贝特逊的阳光有着长长的光线。长长的手指触摸和伸到所有的大洲。它们沿着光线滑行，就像在长长的坡道上乘坐资金的缆车一样，这些源自马克斯·阿德勒先生和黛安娜·阿德勒太太（原姓布萨德）基金会的钱。它们滑进张开的鸟喙中，塞住公鸡的嘴，鸟语迷惑了警察，语言无法为任何事物命名，小老鼠们在鸟巢里没对年轻的麻雀们做出回应，嘘。

讨人喜欢的警察被地方解雇了。某个高层报告了这个案件。只有两名强奸犯被捕；一个女人被追查出为他们提供了帮助。紫色的十字变得苍白。

燕子和鹌鹑诉说着和平与和谐。

直到根除邪恶。

警察站起身。他在二楼摘下手套。他用冷水洗脸。他劳累过度？但，好吧，要有勇气和耐力呀，男孩。

◇

在中餐馆里已经坐着两位女士。如此善良、美丽、聪慧、妆容精致、衣着整洁的女士们。她们就像变老了的电影明星。黛安娜和什吉卡加入了她们。她们赞美什吉卡的紫红色套裙。什吉卡在这里和她们坐了七分钟,三十分钟,四十分钟,一个小时。她对她们一无所知。去年五月的一个案子引起了她们的兴趣,而她早就忘了这个案子。朱莉,一个十五岁的女孩,羽翼未丰的小松鸡,那时明显喝醉了,闯进了一家餐厅,砸碎了乌克苏尔斯克-贺蒙酒吧的柜台,鸡毛蒜皮的琐事一桩。

句子是神秘的气球,漂浮在中餐馆里,撞到玻璃窗上,头骨咔嚓作响。

黛安娜有时会把视线转向天空,燕子们,冬天的分离,我会再次适应的,我保证,我保证。

史达瑟洛娃夫人说着话。艾伊索娃夫人说着话。

黛安娜显然转出了她的语言配额。

什吉卡不再分辨是哪一位女士在说话,她们音调相同,但双音、高音和低音,粉色和紫色间有着二十岁的差别。什吉卡感觉自己像是坐在一个自封的法庭上,她得到一碗干米饭,直到她开口说话,她们强迫她感到内疚,而她不知缘由。她要疯了,而这不会持续很长时间。她用眼睛盯着黛安娜的沉默。黛安娜愉快地笑了,她鼓励什吉卡成为一个沉默的、不可侵犯的、公正的辩护律师;善良的人们常常被骗,嘘。

来自中国的女服务员愉快地在桌上摆放好碗和盘子。家常面条、鸭肉片、酸甜酱鸡块、一圆碗米饭,一小盘煎饼配木须肉,一种用百合花和打散的蛋液、木耳一起炒成的菜品。圆润的小手倒上茉莉花茶。埃里卡将糖碗还给服务员。

"在中国喝茶历来是不加牛奶、柠檬、糖和蜂蜜的,亲爱的。"

什吉卡给自己点了道汤,黛安娜点了干米饭和菊花茶。女士们熟练地挥舞筷子,用黄色的餐巾擦拭嘴角,她们就像等待黛安娜夸奖的孩子一样。她们呱呱叫,在一小口一小口如喂鸟食的间隙提着问题。什吉卡回答着。她朝着微笑的司芬克斯的脸回话,对它感到尊敬,神秘的微笑如同鼓励她咽下茉莉花茶一样鼓励她回答。微笑的面孔专心地咀嚼着干饭粒。

"我不理解,为什么您对这个案子有这么强烈的兴趣。我答应过黛安娜太太,会尽我所能查清楚。然后我查到了,她脱身了。"

"脱身了。"

"脱身了,只是被警告了。"

"喏，我们对她在警局的证词更感兴趣。"

"您知道的，如果您不是她的直系亲属，那么……"

"朱莉到底说了什么?"

"她坚称，有一群男人不停地检查她。"

"她说他们不停地检查她，是什么意思?"

"喏，意思是他们多次强奸了她。"

"对此你们没有进行调查。"

"没有。但是案子被延后了。因为她自己看起来以及表现得就像个罪犯。她的那个措辞……"

"措辞?"

"她对警察说，他是笨蛋和五月的屎。"

"措辞。"

"她本该高兴的，只是警告一下就脱身了。"

"你们不相信她。"

"她不值得信任。她出生在一个没什么社会地位的家庭。喝酒，很有可能也嗑药，还经常翘课去喝酒。"

"如果这是你上司十四岁的女儿，如果她宣称她被强奸了，是不是也就摆摆手，不值一提呢?"

"什么，我——"

"您不尝一尝鸭肉片吗?"

"不，谢谢。"

"味道很棒。在正确的时间里和正确的木板上被烤干了。不油腻。"

"不，谢谢。"

"如果我们付您钱，您说多少我们就付多少，您可否说服您的上司，重启这个案子？"

"但这个没什么可重启的。"

"您那么聪明又能干，是这个城市里最好的律师。英格丽德知道这点。"

"您指的是让您替她来找我的那位太太，英格丽德·维森塔尔。"

"她没法儿来。我们仅仅只是为了她的兴趣做这件事情。"

"缺乏证据。唯一的物证是……在她的内衣上找到了一个男人的DNA，她指认这个男人是老板。是那个乌克苏尔斯克－贺蒙餐厅的店主。但是随后她就推翻了她的证词。据说他是她的男朋友。"

"但是他已经四十多岁了。"

"但若她是自愿和他在一起的呢？"

"如果不是呢，您可没法把水包在包装纸里。您尝尝这个，木耳。"

"不，真的谢谢了。只有这个作为证据是不够的。"

"我们来收集证据。"

"她是您的亲戚吗？"

这是第一次，黛安娜轻声开口说话。她轻抚什吉卡的脸。拇指在颧骨上复制这林蜂和印度女人们在战争路上的污垢。

"小姑娘,我们所有人都是亲戚。"

◇

每一个鸟巢中都遵守着一个规则,那就是:杜鹃卧在蛋上。葵欧电影公司的分部都与斯沃洛①媒体公司紧密相连;领导它们的既不是女人,也不是男人。杜鹃不组成固定的伴侣,把嗷嗷待哺的幼鸟寄生在别的鸟巢里。这些孤立的人们有着距离和分离的视角,他们不能像蒲公英的毛絮那样被大量繁殖,不能被当地的习惯浸染,也不能被当地的文化阻隔,亦会在黑暗中深深膜拜这些文化,彼吉特文字的网袋又捕捉到一个罪行的紫色十字,它是警察所熟悉的。他开车冲入了人群涌动的街头,风惹怒了街头抗议和骚乱的浪潮,即便是神明和天才的人们也会失去一次自己的宝剑,嘘。

燕子们飞着,它们看到,这样的欢乐每一天都在全世界上演。一个二十三岁的女学生被残酷地、大规模地强暴。由于严重的脑部损伤及腹部和肺部的感染,她没能活下来。

警察的手伸向第二个天蓝色的笔记本,眼睛浏览着微型笔迹。夜晚她和男朋友到电影院去看英国电影《相见恨晚》。

---

① Swallow,原意燕子。

没有人力车可搭乘回家了，他们上了私人的公交车。公交车的车窗非常昏暗。在公交车上他们开始骚扰二人。他们用铁棍击打男友。女友试着呼叫警察。他们夺走了她的手机。他们的身体被扔出公交车。开车路过的人，没有一个人停下来。他们慢下来，看一眼赤裸的身体，然后开走。在漫长的，甜蜜而漫长的时间后，警察们到了。他们在温热的身体旁争吵，他们到底归属谁的管辖范围。

警察们到离事发地最近的酒店借来破烂的床单，以便遮盖赤裸的身体。女学生严重出血。

警察跑向电脑，算盘在他脑海里嗡嗡作响，红色的算珠飞快移动，来回拨动，计算单位被合并在一起；屏幕上列的总和与蓝色笔记本边缘上的潦草数字相吻合。如此愚蠢而精美的儿童游戏，比《大富翁》要好。资金流向制片人，流向猛禽律师，但主要流向媒体。

媒体尤其拼命地守护着贝特逊的太阳。媒体带动起城市里杜鹃鸟巢的数量水平；一旦鸟蛋们被孵化，管弦乐队便会在猎鹰翅膀强大的指挥棒下开始演奏。专业地、周到地、冷静地，指挥家名叫广告公司和咨询服务。首先他们戏剧化地将案子炒起，然后在世界范围内通过网络进行评论，飞吧，燕子，飞吧。警察在网上下载那时的新闻的记录。它们没吓坏他。

这里发出的嘲讽声、叽叽喳喳和刺痛的声音，在浅橙色和深黄色的迷宫中,更让他害怕。奥匈帝国被遗忘的颜色与野鹅群中的事件结合在一起,吓坏了他。

言语粉碎了警察身在其中的玻璃墙。玻璃墙曾是一个可靠的和宁静的距离,世界隔着这个距离面对他。信息网络和互联网的杂乱噪音曾是不真实的,它们不能是真实的。他的身体才是真实的。

警察的身体瘙痒起来,真相是疥疮。他站在行车道边,手里拿着一张破烂的、肮脏的、有着黄色污渍的酒店床单。他的身体在闪烁的长方形里同印度警察的身体联系在一起。他不想和那人联系在一起。燕子的口水将他们粘在一起。它在空中像拉扯糖果一样拉扯着他们。燕子们嘴里叼着糖果,粘连世界。

死亡女孩的父亲登上电视进行了触动人心的讲话。一张瘫痪的脸,语言如催促马匹的马鞭,这个世界上所有美好的话语都是竖立在行动上,绝不在书本上;当地的电影和媒体公司斯沃洛共同策划了这个新闻发布会,它们指导了这位父亲的表演。颤抖的手展开了女孩面部的照片,虽然印度的法律禁止公开强奸案受害者的身份。父亲高喊道,他上电视是为了让其他的强奸案受害者们不惧怕向警察报案,为了让罪犯被绳之以法。

在讲话结尾,他说了一些句子,这些句子显然不是那么对他的胃口,它们吃力地爬出他的双唇,它们并不出自他的大脑，潜意识阻止着它们，就好像他所忠于的宗族在阻止他，他的眼里流露出惊诧，事实上为什么有人会介意在战斗部队里侵犯第二等的、低劣的身体呢，这种第二等的身体，他自己也曾侵犯过，关键只是在于别杀人，其他的都不重要。难道昏暗的公交车不是种开放的、常见的捕猎女人的工具吗？还是移动的超市？

他们在世界上开得还少吗？

印度女孩的文盲父亲哭了起来，双手痛苦地绞动。六名袭击者应该被绞死，尤其是那个强奸了女学生的未成年人，他甚至在女孩失去意识后再次施暴。就是他提议他们把她扔出行驶中的公交车。他突然悲伤地声称，他所进行的是一次有组织的、勇敢的、自豪的、无畏的、不同政见的抵抗，因为女孩看了英国的电影，且有必要抵制英国的一切，因为英国人长期将印度压在盖子下令其窒息，十九世纪末英国人故意将数百万印度人留在饥荒中饿死，这一法西斯主义正在被遗忘，当权的人知道，最好是指出一个巨大的敌人，最好是异族人，把他推下台，然后羞辱他。

但女儿的身体并不是战场。抑或是的？

父亲呼吁公众支持修改法律。他想要改变法律，他想让修正案被通读，他请求其他人不要害怕，请他们在网站上签名和附议……

父亲前后不一的台词，有教养的讲话风格，包括一字不差的修正案提议，正放在警察面前的桌上。全部由微型字迹手写而成。他再次打开记录,审视讲话稿,痴迷的口译员,痴迷的笔译员。第一枪用捷克语写就。然后用英语填充上子弹。更复杂的版本是用他看不懂的语言书写的,不同于微型字迹,是印地语和乌尔都语、孟加拉语、尼泊尔语、吉卜赛语。装满墨水的钢笔紫色的污点并没有宽恕这些哗哗声:一堆印欧语言,先生们看起来并不懂这些语言,并对燕子表示轻蔑。

一阵凉风。秋季渐深。他在寻找出路。就像燕子一样,它在布拉格城郊的住宅阁楼里绕圈飞行,直到它找到屋顶的天窗。他播种了多少想法,又在脑海里唤起了多少紫色樱花、隐藏的蠕虫以及秋风的叹息。

黛安娜喝完菊花茶。壶底留下白色的花瓣和黄色的花心。彼吉特喝完一杯紫红色的葡萄酒。什吉卡点了杯青岛啤酒和矿泉水。埃里克要了杯加奶咖啡。中国女人意味深长地对埃里卡笑了笑。她端过咖啡。没有糖,也没有奶。

"我是多么喜欢这个呀,"埃里卡直视中国女人的眼睛,说着中国女人听不懂的语言,"这不是食物。这是哲学。通过对立的统一,达到正确的和谐,阴和阳。"

"我必须告辞了,我得赶回去工作。"什吉卡喝了口矿泉水。

"阴和阳不只在精神领域。阴是柔软的、冰凉的、阴暗的、女性的；阳是强壮的、温暖的、光明的、男性的。我做饭就不是这样的。我在统一中烹饪，我不管这叫对立的统一，就只是统一。"

彼吉特的眼睛冲匆匆经过的中国女人眨了眨。"有人能在女儿刚出生不久就杀死她们，因为她们的价值低于儿子。"彼吉特的眼睛微笑着。中国女人微笑着回应。

什吉卡听不懂哐当作响的彼吉特的声音。

"抱歉，您刚才说的是什么语言？"

"捷克语。"

"切臣语？"

"捷克语。"

"我真的必须走了。"

桌面上进行着关于天气、孩子、家庭和政治的礼貌交流。彼吉特特意示好，以使什吉卡冷静下来，她说自己也有三个孩子，是三个儿子，一个在苏黎世当医生，另外两个都是咨询公司的律师，他们在马克斯·阿德勒之后接管了公司。她有一个孙女、一个孙子，孙子是妇科专家。她还有个未曾谋面的曾孙，等到将来有时间了，她要把他接到身边来，一年一次，假期的时候，可能待上一周，嗯。

彼吉特还想补充些什么，但黛安娜盛着菊花茶的茶杯猛地敲在了茶碟上。彼吉特缩回壳中，并弯腰靠近什吉卡的耳朵。

"用镐挖掘文字就像挖掘冰冻的土地一样。触到痛处。以便文字能被孵化出来，展翅飞起，活泼而真实。得快一点，赶在世界驯服以及教会它们撒谎之前。它们会跟其他人交流，会汲取故事中的经验，会去适应，以便自己被接纳。它们的自我被削弱了。自我还在，但只会叽叽喳喳。"彼吉特的嘴唇冲着耳垂轻声说，"我善于交际。因为男人，因为懦弱的自我。过去我为了孩子们而社交，为了让他们看到，与他人进行面对面的、快乐的接触是多么美好。这就叫作与世界保持联系。"

什吉卡很不安。盛着菊花茶的茶杯第二次猛地落在了茶碟上，破碎了。

她们走出中餐馆。在她们身后，桌子上立着一瓶未启的青岛啤酒。中国女人站在桌边，微笑从唇中逃走。

阴天，灰蒙蒙的忧郁弥漫空中。化了妆的什吉卡总是只有一只眼睛能被看到，黛安娜的思绪跳跃到了距丹麦不远的弗里斯兰的阿姆鲁姆岛上。海滩宽阔，沙子细腻柔软，天空自由。那里的沙丘看起来就像休息的骆驼的驼峰；桦树是倒置的扫帚，扫过云层，独眼的狗鱼从天空中消失。下雨的时候，云里会射出灰色的箭头。

什吉卡朝停放在停车场的车子走去。黛安娜朝什吉卡挥挥手，好像在她那里落下了什么东西。引擎熄灭。什吉卡摇下车窗。她面露中立，这是一张柜台后的女人的脸，在火车站提供不经停此处的火车到站和发车的信息。黛安娜提供着信息。

"问题不在于强奸。"

"那在于什么？"

"在于羞辱。身体记得这种羞辱，如果它不诉诸法律，那么余生它都会被这么对待。它会招来更多羞辱。"

◇

警察拼凑和粘贴着燕子马赛克的碎片。他拔掉在花坛外恣意生长的蒲公英。为什么蒲公英不是教皇呢？

他从吃早饭开始直到睡前都坐在显示器前，他搜索着。这是他紧张的内在斗争。他曾觉得，他居住在城市里、在地方、在国家、在大陆上，这些地方是安全的，也是离谱的。离谱的故事情节、照片和新闻在装饰考究的电视演播间里，在漂亮的、衣着整洁的、面带微笑的女人和男人背后飞速闪现着。

这不安全。为什么恰好是我被卷进这样的事件里，这种我处理不了的情况，它飘在全球的空气中，而这个全球的空气到底是他妈的什么玩意，为什么我被卷入这种必须涉及警察和他国情报部门的事件中来，卷入这深深吸引又将毁掉我的事件中去。老欧洲文明的马戏团正在结束。

哪一个警察部门在牵头，这个跨国公司又是什么样的，实际上它他妈的到底在哪，做什么，谁在操控？抑或它们相互控制，有没有人来控制它们？这可能是一款过时的游戏。

贝特逊山脚下的老太太们百无聊赖，玩起了多米诺骨牌。燕子们是这款电脑游戏看不见的助理。

她们操纵着她们那个时代所没有的技术。

布拉格城郊玻璃房子里的男人嘲弄地将他带到了中心。一只离群的燕子把他引向了一个庞大的群体。这个案件不过是冰山一角，背景发生改变，本是一个主要案件，却成了细节，成了印象派画作中一个褪色的点。在这个残酷的电脑游戏背后隐藏着什么呢？

即便是闪电的一击也不容易。警察在手机上打开网页，上司可以开火，却不允许其他人点蜡烛；他输入"燕子"一词，跳出全世界各种各样不同种类的燕子的身体。出人意料的长长的羽翼和短短的喙，勇气和毅力、勇气天使，三趾朝前，一趾朝后，勇气，文章栏和评论框。是遍布全世界的优秀的飞行员。它们在飞行时捕猎昆虫为食，具有极为发达的通信和信号传递能力，甚至用飞行方式进行视觉通信，普通燕子的鸟喙下都有一个锈色的斑点，通身黑色，黄白色的腹部和前襟，在屋内搭建碗状的巢，就连紫崖燕通常也是黑色的，尾骨部分呈白色，白色的肚子和微微分叉的尾巴。它们在墙上搭建封闭的巢，仅留一个圆形的出口。河燕是灰褐色的，在沙土的袖筒形洞中筑巢。

警察点击字母，血肉和羽毛连接着分叉的尾巴：电影发行公司。电话号码如国际特快列车驶向他，海外分公司、附属公司和子公司的名单长长一列。斯沃洛公司由一个叫英格丽德·卡夫科娃的女人在战后创办，她在一九五七年上吊自尽，她最后的愿望便是在自己的墓碑上刻上英格丽德·维森塔尔。斯沃洛公司大量收购剧情片，甚至纪录片的主题和活动的独家版权，承办各种电影节和展映，建立和共同资助国家电影档案，在最近十年里提供媒体服务，与泰德·特纳①以及哈马德·本·哈利法·阿勒萨尼②酋长合作，在两百个国家和地区拥有三亿六千万用户，其网络层层叠叠，牢不可破，在混合中得到巩固。然而在缺乏社会联系的情况下，思绪难以转化为财富；若想建立起社会联系，即便在互联网时代，仅靠宽带和高速网络连接也是不够的，警察浏览完斯沃洛公司的网页。橙色房子辐射状的光线目的地在警察的记录本中延长，填满沉重的袋子；燕子的鸟喙叼来一个个地址。

这是一趟简单而直接的飞行。

地球上无人感知到燕子的飞行，因为它们就在这里，如果什么时候它们不在这里了，它们也还会归来。它们知道什么时候应该离开原生的巢穴，它们也知道，什么时候该回到原生的巢穴。它们不害怕归来，哪怕知道自己的巢穴埋藏着不幸。

这是如此质朴、简单和简明，完全不是复杂的间谍小

---

① 泰德·特纳（1938—　），媒体大亨，美国最大的有线电视新闻网CNN的创办者。

② 哈马德·本·哈利法·阿勒萨尼（1950—　），卡塔尔前元首。

说，在无风的天气里，树木都静止不动，只要摸清其中的交缠就够了，梳理清楚世界情报网络间的联系、根基和支撑点，还有字母 CIA、NSA、M16 和 GCHO①，巢中巢、欧洲皇室和非欧洲城市的巢穴，只要将窃听技术和访问数据盗取相结合就够了，就能分辨出隐藏的蠕虫的声调，测量翅膀的长度和鸟喙的锋利程度。三位阳光女士常常只是外出郊游，若无其事，满不在乎。

贝特逊山脚下的橙色小房子里的资金乘着燕子的翅膀到处旅行。

小房子啐了一口，轻松地伸了伸懒腰，直到骨头噼啪作响。

终于有人点击了。有关一辆咯噔作响的公交车的完美拼接而成的案件。

一大笔钱眼见着进了那位父亲的口袋，只是因为被强奸女孩的父亲同意了公开女儿的姓名。文字和钞票从贝特逊山脚下的房子里流出，为了不让这辆有着昏暗车窗的公交车永远消失在庞大的世界交通的匿名运营中，为了让其被公众洗礼。公众是傀儡人，有必要在傀儡人的脑袋上贴上符咒②，

---

① CIA，美国中央情报局。NSA，美国国家安全局。M16，美国的系列自动步枪。GCHO，系作者杜撰。

② 指犹太牧师造的傀儡人，头上贴着希伯来语写的咒符，取下符咒傀儡人就一动不动，贴上符咒则会动起来。

以便它正确地处理和描述所见及所闻。周围的世界是难以理解的。

警察的身体沉重起来,在这个迷宫中他无法呼吸。

贝特逊山脚下的房子踌躇满志地培训着警察。关于这,不仅仅是强奸。

关于强奸是罪行。

他已经不能看见这个词了,也不能听,不能感受,不能体会。这个词让他反胃。这个词被贴在额头上,甚至在额头下。落叶打破了他的头骨。贝特逊山脚下的房子兴奋了,它控制住了警察。警察有种感觉,有其他眼睛在追踪他,有其他耳朵在监听他,有隐形摄像机在拍摄和记录他,不,有两架摄像机在拍摄他,不,有三架。

所有在行车道旁、在赤裸的身体上方争吵的警察,头上都悬挂着紫色的十字,对此他并不感到意外。

警察的电话响了起来。

他没有回应老法医的鹰叫。火烧到了他的睫毛,警察睁开眼睛。好几个孩子都因为他们的所见受过太大的创伤,以致多年不语。

寡妇在和孩子玩耍,她觉察到了警察胡子拉碴的脸。她觉察到秋季的胡茬和脸部的年轮。她陷入爱河,却又害怕这样的恋情。她并不求她的爱能得到回应。

她感到害怕,她相信在这个寡居和孤儿的时期她的恋爱是不被允许的。这不合适。她只应该沉浸在悲伤中。她需要宁静，以便获得距离。每个母亲都坚信，当上帝关上门的时候，会打开一扇窗，但在什么时候打开什么样的窗，就不得而知了。她无法自助，上帝已主宰了她，是的，一只鸟不会对自己能飞感到惊讶。

女人哄着孩子睡觉，将额头贴在孩子温热的小脸上。

警察很疲惫，他在沙发上小睡了一会儿。他醒过来，艰难地起身。他的眼睛肿胀，布满血丝。他想和她说些什么，她阻止了他。

我不想知道你不在我身边的时候在做些什么。我想相信你，我不想害怕，也不想感到不安。

她将头靠在他胸前，解开他衬衫的纽扣，鼻子埋进黑色的树丛，然后吸气。男人抚摸着她金色的头发，摩挲着柔软、红色的琴弦在金发中颤动，鸟喙下一颗红色的斑点。他抚摸着她的背部，在两侧划着两个巨大的圆润的"f"。

女人离开。她拿来了玻璃酒杯和一瓶冰镇白葡萄酒，坎蒂纳·特勒民酒庄的灰皮诺。警察拿过她手中的酒并打开。他们接吻，男人像推土机一样将女人一把推在自己胸前。他们挪向卧室。女人向后退着。

他们做爱。身体的激情对她而言是一种附加值。

身体的激情对他而言是一种救赎。在救赎的网中，他忘却燕子的世界，忘却自我。

女人将头枕在他肩膀上。警察站起身，他必须抽根烟。他穿上黑色的三角裤。他半裸着站在玻璃露台上，整个世界从翅膀的高度看着他，他看起来十分迷茫。玻璃是脆弱的。女人穿上带有中文的闪亮睡袍，她端来满满两杯酒，男人和她碰碰杯，但他心不在焉。我在这儿呢，女人说，我爱你。

　　男人吃惊地看着她。他拥抱她。记忆嵌入无法用文字表达的意义中。过去发生的事情在当时可能会也可能不会显得很重要。然而记忆被赋予严重性，泪水无故流淌；男人想要坦白，他到了某种边缘，玻璃裂开，却还没有崩溃。到处都涌动着白色的肚子、黄白的前襟和鸟喙下锈色的斑点。警察将一个手掌贴在玻璃上，玻璃后一个白色的肚子在风行中轻抚着手掌。

　　女人啜饮着第四杯酒。警察开始了第八杯。葡萄酒来自法国的供应商，吊死的男人过去经常弄到这种酒。红酒煮公鸡是他最爱的一道菜，我喜欢喝这种酒，其他的都被我喝了，他很生气。

　　我不想知道这个，警察内心深处想着，我不想。葡萄酒点缀着一杯威士忌。

　　警察的身体里出现了一种声音，它低声地吞咽着说，一切都毫无意义，他的工作毫无意义，他的生活也毫无意义。警察把女人压在玻璃上，不断拍击着闪亮的睡袍，菱形的碎片对准了她。多棒的情人。警察想让她说出所有曾和她拥抱、和她亲吻、和她拥吻、和她耳鬓厮磨、和她睡过的男人的名字，声音摇晃着，不断拍打着，让她说出名字，说出地址，让她交代是谁、在哪里、在什么时候教会了她的身体那么热情地做爱，教会她的嘴吸烟，她在哪里学会了那么棒的吸鸟技巧，说出这个词，喏，说吧……说出来，别跑，别找借口，停……

警察邪恶的声音扯断了链条，手指扣在扳机上。内在的绝望阴险地挑唆着扭曲的声音。内在的绝望刺激着地下的声音冲向高处。要是这位受人尊敬的寡妇，这位成功的掘金女郎，这位成功的铂金挖掘女没有假装爱上他呢。现在轮到他了。她那么快就将他操控于股掌间，也许只是因为，当她有嫌疑的时候，她娴熟地抹掉一切痕迹，她是如此狡猾、如此娴熟、如此聪明，就像燕子们一样，它们若无其事地在四周飞来飞去，在白色的乳房里飞行，在任何时候飞到任何它们高兴的地方，它们飞快闪过，将一切简单化，任何人都没法审问它们。

被折磨的声音升到和掠夺者一样的高音调，邪恶的音调，警察没有察觉到，他的音调快让自己窒息。他关掉了最高音，露台的玻璃破碎了，女人的脸模糊不清，在她身上反射出的有关所有女孩和女人的脸的痛苦记忆让他迷惑不堪，这些女孩和女人曾背叛他、欺骗他、玩弄他、抛弃他。你根本不能爱上任何人，你只爱你自己和你的孩子。现在因为所有这些疯狂的、乱七八糟的女人的事情，这些钻在贝特逊山脚下房子里的事，因为那个破房子我没办法睡觉，所有这些在附近发情的猫，还有那只只是坐在路面上的皮包骨的黑狗。

要么我们互相残杀，要么我们至死不渝。警察的声音吼叫着，声音变得沙哑。

那么第二个选项总是奏效的。

女人不着痕迹地将蜂蜜酒酒瓶从警察的势力范围内挪走。她尝试着改善他的情绪。她用清醒的眼睛看着醉汉，她拒绝再喝。她用黑色幽默、用触摸、用微笑去密封忧虑。她吹走沮丧。徒劳无功。

女人让了步，她也开始喝起来。她喝多了，借着酒精比画着粗鲁的手势。辛辣的声音冲着警察的声音直吼。

是的，她是独立的。永远没有人能再对她发号施令了。声音究竟想听些什么呢？

听什么？你最亲密的那个女性朋友靠什么为生？

女性朋友？

对，你的闺蜜。让我想起史达瑟洛娃的那个。

声音究竟想听些什么呢？

全部。

那我现在就把关于她的一切告诉你。是的，她表现得像个男人,她对男人们从不认真,但对性却很认真。但你必须得这样!对男人来说,性就像枪托上的刻痕①,你不知道吗?对女人来说,性就是把男人拖入更亲密的关系里的机会,这个你没有在任何地方读到过,对吧?两者最终都是一样的。其他的只是意图的不同,嗯,一方或者另一方最终会被欺骗,嗯。是的,她像那些男同性恋一样糟糕。可能比男同性恋还要糟糕。

  她的意图很明确,就跟男同性恋们一样明确。她也会数枪托上的刻痕。性是一种欢愉。这是她对于欢乐史的贡献。对她而言性不是全部,它无法掌控、觉察和绑架任何人。让我更为惊讶的是,你对此感到惊讶。当他们需要在六十岁的妻子和二十岁或四十岁的年轻情人间做出选择时,老迈的身体知道,什么能让他们复活。他们无法原谅,也无法忘记。他们从那些与他们一起合作、一起征服世界的男人那里获得的冲动,要胜过那些和他们一起睡的女人。

  我这个朋友根本不理解"不忠"这个词。她惊奇地注视着丈夫,不明白他为什么那么在意,她不过是做了和他同样的事情而已;她决定自己的性高潮。她不曾也没有不忠。她未曾承诺过保持忠诚。她不理解"忠诚"一词,她的字典里没有这个词。高潮过后她什么也不求。她有过孩子。心在沉睡,她在高潮过后就跑开了。思想和身体是分离的。她不需

---

① 指过去欧洲人打猎时每捕猎到一个战利品,就在枪托上划一道痕。

要约会，当他们离开时，她从不说再见。她是个避难所。她是外部世界的巢穴。她削弱了男人，令他们困惑，她的女性特质并未招来嫉妒。这个团体创造了交响乐，共存突然成为可能。一个男人在几个身体里。男人常觉得女人肤浅，但肤浅便是液态的优势，一妻多夫，是的是的，请吧。她表现得就像一个自信的普通男人。

这个傻×具体跟你说什么吗？

具体？

对，具体地。

老迈和自负的身体只关注自身和耐力，以及大的挑战，过分的礼貌掩饰了骄傲。年轻和自负的身体只关注自身和耐力，以及大的挑战，过分的大度掩饰了骄傲。她没有欺骗他们。他们剥掉姜饼的壳，让自己冷静下来。他们处在一个毫无威胁的巢穴里。她只去感受到他们最好的一面，她迸发出了火花，那是曾被遗忘的愿望。她说服他们，以便他们在过了二十岁、三十岁、四十岁、五十岁、六十岁，或者甚至七十岁变弱了以后，也不要放弃。她建议他们不要离开妻子和伴侣，建议他们把时间放在孩子身上。从一开始她就明确表示，她不想要任何关系或任何情感，啊哈，只是为了彻底地插入，让他们确保她的，啊哈，欢愉。从一开始他们就呼出一口气。啊，这个妙不可言的女人。啊，直白的话语宛如天籁之音。她强化了他们关于自我的形象。他们需要这样一个女人，她应该有自己的想法，她应该是聪明、活泼又独立的，但她同时还应该完完全全、无条件地投入到他们身上。一旦他们加强了更亲密乃至占有的关系，一旦他们闯入她的自我，试图统治、改变和削弱她时，她就会提醒他们身边的女人她的存在，将他们从身边赶走。她只有处在男人俱乐部的整片天空时才感觉安全，她可不会把自己置于一只旋木雀、伯劳鸟、渡鸦、太平鸟或者黑顶林莺的境地。他们走向她找水喝，如同走向一股泉眼。这曾是，如今也是自然而美好的。她给予他们每个人所能抵达的、感知的那一部分，只有这样他们才不会对她旺盛的欲望感到害怕。激情过后，她对他们从无要求，她对他们毫无所求。

你不能再跟她做朋友了！

我就要跟她做朋友。

声音叫喊着，哐当作响，掠夺着空间。

我再告诉你关于她的一些事。

我已经不想听任何关于她的事了。

不，你不能只谈论你自己，你听着！她不带一丝遗憾地跟他们分手，冷静而现实。他们就像装扮圣诞树一样，把希望挂在了她的身上，她本该如此彻底地改变他们的生活。她本该是变革的引擎。她本该为了他们而存在，为了他们的生命。他们没有考虑过她的生活。若是为了他们的身体，为了灵魂，为了生活的美梦，为了新的开始，那他们该去生育孩子。他们都没有问过她，也根本没有考虑过，她本人想不想改变自己的生活。男人们不过图个乐子。男人们都很聪明，他们能够脱身，将注意力从自己的不道德行为上转移开来，就像对待女人一样。他们对她破口大骂，将侮辱喷到她脸上，让她最好别忘了二三十年后更年期在等着她。他们渴望通过这个消除身体间的年龄差异。就好像更年期不是身体的一部分一样，然而更年期却被社会当作自卑的标签，当作脆弱和被淘汰的身体标签。就好像他们能注意到她，她就该欢天喜地了。而非他们应该对她所投入的时间向她表示感谢。到了更年期后，她会继续如此优雅地生活，她这么对我说。

她真让人尴尬，警察的声音喊道。

为什么？世界上到处都是七八十岁的父亲。

那她多少岁？

她对男人们谎报年龄。她知道，大脑对数字十分敏感。她只把身体交给那些不会抱怨的人。她享受这个轻易就能扼住喉咙的世界，因为这个谎言的世界不是现实，而是梦境。那些终其一生都在欺骗自己妻子的男人，他们第一次受骗的痛苦是阴险的，会同他们一起死亡。她给他们洒上活水，把恢复精神的男人们送回妻子们的身边，他们本打算眼都不眨一下就离开自己的妻子。她对我说，这种程度的懦弱冒犯了她。他们和自己不喜欢的女人在一起。她们羞辱他们，检查他们的邮箱、手机、裤子和夹克的口袋。他们必须每小时向她们报告一次。可她们一生都在被骗，她们压根儿没有发觉私生子的存在。

你怎么知道？

她对我描述了这一切，只对我。她们不会优雅骄傲地离开，以便让他们独自生活，比如留他们在单人公寓里，他们是那么懦弱，他们永远都不会放弃舒适，做好的午餐、温热的晚饭，甚至周期供应的疲惫的性。他们等待着，直到碰到那个让他们想要离开的人，他们在等待刺激，而当刺激消失了，他们又会爬回壳里。她把他们送回常规的轨道上；他们没办法假装这轨道不存在。他们勃然大怒，她触到了他们的痛处。他们习惯于由他们提出分手。他们恼羞成怒，她用令人热血沸腾的药丸侮辱了男性气概，侮辱了沾满鲜血的高耸的桅杆。她没有寻找更年轻的肉体。她寻找的是还未在完美编织的谎言中变硬的身体，这身体覆盖着订制的皮鞋和昂贵的夹克。他们认为，作为情人他们失败了，这是一个敏感的点，他们都想成为世界上最好的情人，即便是那些最聪明的男人也会描述，他们找到了能够勃起四小时的方法，他们真走运，这在现今是有可能的。如果她没有那么成功，没有那么真实，没有那么强悍，如果她只是假装高潮，或者如果她说的这些话是由他们说出口的，他们也不会那么生气。这不叫爱情，亲爱的，我们只是酣畅淋漓地干了一场，亲爱的，这才是它的名字。

那么你呢？

我怎么了？

你！

我提醒她，他们是自我陶醉的，他们会喂饱他们的妻子，这些女人主宰着、沉默着、熨烫着西裤，甚至牛仔裤，她们围着男人们飞，为他们服务，害怕每一个更年轻的女人。每一年她们都害怕一群年轻女人，她们的数量越来越多，她们被藏在公寓里、房子里、花园里、泰国和巴西的假期里，以及和精英伙伴们一同到多洛米蒂山骑行、到阿尔卑斯山滑雪的假期里，她们还被藏在乡村木屋里，这些木屋里的每一样东西都有其固定不变的位置，春天里小木屋打开，秋天里小木屋准备好迎接冬季。年复一年，就这样几十年过去。他们在这里停放了身体的欢乐。他们在这里停放了真相。

我不想听这些。

我喜欢她。

我受不了她。

她不害怕孤身一人。她表现得像个男人，但是没有占有欲。她不需要任何人的盲目奉献。她想要自由，她给予自由。她对任何人都没有占有欲，她不理解这种倾向。她不理解为何男人甚至女人都恨她。她不明白，她破坏了一种宁静，小市民们并不想知道自己究竟居住在哪里。她明白，这世上最坏的人就是那些结了婚的人。他们比纳粹分子、比杀人犯还坏。他们永远不会真的冒任何风险，也永远不会真的帮助任何人。

你不能再跟她做朋友了！

我就要跟她做朋友。

声音是身体探索与进攻的前锋。声音互相伤害，然后预防性的语句出击，以免灵魂筑巢的身体受到伤害。以免心脏流血，嗯。声音中流露出不确定性，不知对方是否以及多大程度上真这么想。身体们感到害怕，在一段关系里一方总是给予，而另一方总是接纳，它们被这古老而深刻的经历阻塞。身体们知道，只有在这一刻它们的角色才得到分配。

女人站起身，她摇摇晃晃地回到卧室，手里还拿着玻璃酒杯。她穿着闪亮睡袍的身体意味深长地在整张床上伸展。这里没有第二个人的位置了，她立马就睡着了。

男人穿上衬衣和裤子，系上腰带。穿好衣服的他坐到椅子上。他把椅子移到床边，他看着她。他读着睡袍上的汉字。不，我不打算这样做。我们会相互残杀。

他起身离开，走到街上。

他在越南店里买装在纸袋里的酒。商店附近有夜晚的电车哐当哐当驶过，电车上没有无家可归者。他的身体在贝特逊山脚下的橙色房子里为自己找到了一个流浪者的藏身之所。用脚踢开骨瘦如柴的黑狗，狗没有哀号。

警察倒在客房的白色床上，看向天花板。他看着彼吉特·史达瑟同样厚的两本书的书脊。恋爱和爱情相关，做爱与愤怒相连。他朝书脊吐吐舌头，啜着棕色纸袋中的酒。生活，如此美丽，如此美好。

寡妇在几个小时后打电话给他。警察朝电话屏幕吐吐舌头，手拿起电话。

声音朝油腻的翅膀飘去。

这他妈就是我的本性，我是个混蛋。我只是想给别人最好的，我只做、只给他们提供最好的，而在我内心深处，我根本不在乎，我其实是个好心的混蛋，我伤害自己。

女人的声音很清醒。但是你不必知道，对其他人而言什么是最好的。你必须守住自己的界限。我会帮着你守护它。

女人的声音耐心地询问着。但或许在我这里你就不要这么做了，你不会后悔自己只想给我最好的东西。

还有……声音戛然而止。

女人因焦虑而无法呼吸，她想哭，她想要听到他的声音，同时又害怕他的回答。她快疯了，而这不会持续很长时间。醉汉冲着她的耳朵说话。

等你找到那个对的男人以后，你又会回到顶峰的，风尘女，丑闻已经威胁不到你了，人们早就忘了他的死，公开的丑闻没有把你同正派的女人们划分开，是钱他妈的把你划分出来了。你的肉体，就是个定时炸弹。这没什么复杂的。等到你体内的那个女人最终苏醒过来，事情就会发生。你有一双淫荡的眼睛，一具肉体逆水都能拉动四艘船，史达瑟洛娃这么写的，你怎么不笑呢。对我而言，关于你的一大堆琐事我根本不关心，你对我肯定也是一样的，这是性格决定的，这些都是情绪。

什么样的琐事？

啊，马普尔①小姐正在调查。我现在不能告诉你，我必须在自己生活的背景下才能告诉你。其实都是些乏善可陈的事情。我就像我的同事一样。他有两个年幼的孩子，他也想晚年时独居在乡村木屋里，因为妻子只是离开了，什么也没有给他。

但你因为什么生我的气呢？

醉醺醺的声音一言不发，平静无风的夜里，树木也一动不动，醉醺醺的声音拉起身体，然后把它送到街上再买一包褐色的纸袋。他不知道，他是如何虐待她的。他不知道，他是如何失去她的。她把她所能提供的一切都给了他。女人非常痛苦，她强迫自己抽离，摸着皮包骨的流浪狗，她知道，现在不应该和男人解释任何东西，她应该等待，等他的身体清醒过来，因为他不是在解决她，他只是在解决自己。他对此一无所知。

在一个不眠之夜后的清晨，她给他发了信息。

如果你是想甩掉我，那么你成功了。

欢迎来到情感关系里，鹧鸪。这些关系让人疼痛。身体向她发出信号。

---

① 简·马普尔是推理小说家阿加莎·克里斯蒂作品中的乡村侦探。

男人在市中心醒过来，他立马给她回复。我爱你，对不起，问题在我这里，一个破碎的角色，试图帮助身边的人们，想要给他们最好的，然后喜怒无常、低落、破坏，等等。这是我愚蠢的性格造成的结果，很难维持好一段关系，等我们见面时，我再试着和你谈谈，吻你。

女人亲吻手机。她很感激男人没有对她撒谎。虽然这么做十分冒险。

你不必道歉，我们会解决好这件事的，我支持你，重要的是把它说出来，我很高兴你回复了我，你可能都不知道，我感到多么恐惧，整个人都要崩溃了，有的事情我还不能理解，而我想要弄明白，我好爱你，亲吻你整个人。我正闻着你枕过的枕头。

声音柔和下来。声音将战场清理干净。他们疲惫不堪地拖着身后尴尬的语言铠甲，留下了备受折磨的身体。

男人裹挟着黎明闯进玻璃房子里。他道歉，他羞愧难当。对道歉和羞辱而言，言语是不够的。言语能摧毁很多东西，却无法做出任何弥补。两人的交谈中透露着不安和害怕。他们是否受伤？另一个人有无在欢乐史中玩不公平的游戏？

他没有玩。身体发出信号，他们深深呼气。亲近，疏远，隔绝。他没在这儿玩任何小把戏，他只是依据着这里的规矩。张开的鼻翼，安全和可靠的信号。几个急转弯后最严重的断崖被他们抛在身后。电报线上的燕子们不会重新排序,人类生活中类似的无聊场景在一个世纪里于世界各地不断上演,它们对此并不惊讶。

　　他想吐露那个房子的信息。
　　警察提取和剥离着视线,就像把核从紫红色的李子中剥出来一样。那么再来一遍。蒸馏梅子白兰地,一直蒸馏,直到提取出最后的精华。
　　只有那些褪了色的战争案件才会被坚决审结。一九四五年是特别被关照的、被洗刷的、被遮挡的、被称重的、被测量的、被拍照的、被剃须的、被清洗干净的、被整齐捆绑的一年。陈腐的照片背面印有模糊的情报部门官方印章,还有日期,以及年轻摄影师黛安娜·布萨德的名字。回顾一九三三年到一九四六年间,浓密的芳草被精心梳理。野草被拔除。而在五十和六十年代,芳草贫瘠。文件夹被握在强有力的手中。一些记录是用儿童歪歪扭扭的字迹写下的,摇晃在属于别人的弯弯的电报线上;燕子们落下,坐在一起,它们对被遗弃者并不感到惊奇。这些金属盒子的盖子上,并不像现在的盒子那样标注着代表火腿等肉类的字母"M",而是标着裂开的字母"V":那是分叉的燕子尾巴。

　　字母"V"像是分开的双腿。字母"V"像是被撕咬开的面包片。字母"V"像是被切开的小圆饼。字母"V"像是被嘲弄的、被修饰的战争罪行，没有人认真审视它，甚至没有人认真地称它为战争罪行。受害者知道，要求被剥夺的正义是毫无意义的，他们知道，他们不会获得梦想中的正义。这和当局对十七岁的善良的印度女孩的案件采取的含糊不清的处理方式类似，也是无人把其放在心上，没有登记在案，没有付诸调查。遗忘被武装、被塞进瓶子里，开瓶器不知所终。

　　十三年中被选中的案件得到了狂热而小心谨慎的对待。带着明确的目标找到罪魁祸首，并对其施以惩罚，躲在门后，将其杀死。受害者并不知道，有人接手了他们的案子。青春期的少女被给予了特别的关照；空中的方向感是燕子的又一显著特性。

　　第二次世界大战期间及其后的被发掘出的厚厚一摞案件冲着警察叫喊。名字被标注着紫色十字及腕上文着字母"V"的名单。战争罪犯们。惊恐的罪犯们所犯的罪行明白无误：强奸。

　　胚胎的刮除术和排出。当清理完所有十年间可清除的一切时，燕群内部产生不稳定的分裂。

　　接下来的十年中，一条夯实的、连续的地下河消失不见。精疲力竭的弹簧和毛细血管破裂开来，全世界各国被监视的身体堆积如山。燕群四处逃散，领头的母燕在鹰的羽毛中失去了呼吸。这一切直到变幻莫测的八十年代末期，才在一只鹌鹑的帮助下找到了解决办法。

转变军队的观点。

并非每个堕落的身体都被耗尽。这已经不是个人的清算。力量在鸟群的仁慈庇护中绷紧，在温热系统的改变中绷紧。只突出鸟群中唯一的一只鸟，一只从鸟巢中掉落的鸟，点出这个代表性的案件，把它钉在横幅上推广。燕子能够辨明基本的飞行方向，它根据方向感判断出正确的方向，根据太阳和星星的指引制作视觉的导航图，并向海鸥学习如何根据磁场曲线进行导航。力量绷紧，以便改变相关国家的法律，燕子的善举比政府的法律更有分量。

警察觉得自己必须喝点酒。

立即。

警察坐在法医的工作间。您很长时间没出现了，朋友。

我现在有很多……很多……工作，警察说。

我能为您分担点什么吗？

您不能。

我听说了，您那个吊死鬼的案子要慢慢结案了。

嗯。

这下又给我们在布拉格的墓地里增添了一支虚幻的红色蜡烛，不是吗？罪过和无辜并不能影响我，在我们非理性的生活背景下，无辜常常是罪过，反之亦然。唯一遗憾的是，我们对那修剪过的指甲下的碎屑究竟是什么一无所知。

法医倒上猎鹰威士忌，加入冰块并摇晃。他递给警察未经稀释的蜂蜜酒。法医放下烟斗，将雪茄递给警察。他转过身，以便取过窗台上的玻璃烟灰缸。

　　她究竟是什么样的，片刻后鹰背问道。

　　特别棒，警察说，特别棒。

　　嗯。

　　她很聪明，毕业于两个大学。

　　嗯。

　　结婚后她就待在家里了，当家庭主妇、洗衣妇、厨娘，模范的妻子。还照顾孩子，她不过是个母亲。

　　我们还有着相同的幽默感。

　　我从没拥有过比她更好的情人。

　　但是，但是，但是，您现在命悬一线。这样的事情可能根本不存在，法医叼着雪茄笑着说。警察喝着酒。他彻底沉默了。

　　我不在乎您是怎么想的，我不在乎您是否怀疑我在包庇她，她没杀他，这是个自杀案。

　　法医咂了咂舌。雪茄放在玻璃的杯口。热情的吸烟者右手拿着点燃的烟斗，左手夹着燃烧的雪茄。他做了决定，吸一口烟斗，再吸一口雪茄。

　　我真羡慕您，我已经老了，而且辞职了。最后一任女朋友谈到了爱情，然后她强迫我去参加换妻派对。我就像个疲惫的皇帝，这像是罗马帝国的堕落，她是醉醺醺的皇后，是常去妓院与不认识的男人交配的梅萨琳娜①。而我则完全失败了。在团体的规模上，我失败了。我害怕今天的这些女孩，她们在某种程度上很了解我们。这对任何人都不好。

法医吸了吸烟斗，放下了竖直的雪茄。他伸展了一下背部。您不想偶尔和我去钓鱼吗？去挪威，钓鳕鱼。北海会治愈您。当场就可以挖舀鳕鱼肝。您看起来非常、非常的疲惫，您的脸都发青了。那儿只有男人们拿着鱼竿。还有，您该剃须了。

◇

麦多娃自信地穿过橘红色的珠帘。她从餐厅老板那儿取过现金，老板轻松友好地亲吻她的双颊。她报告着晚间聚会上胜利的鸟儿的数量。麦多娃是很有纪律性的。她一天天秉承着原始而古老的生活计划。第二种生活是不存在的，白天对此一无所知。

她弹了一小时钢琴。

她学语言。

她去上芭蕾课。

麦多娃和妈妈有约，她们去购物。她们逛了很长时间，她们非常享受。麦多娃是挑剔的。

---

① 梅萨琳娜（17—48），罗马帝国皇后。

埃里卡在品牌商店的玻璃后观察着她们，她们拿着战利品走出商店，车子开出地下车库。埃里卡没有坐上出租跟着她们。她知道，车子会停放在私人别墅前。她知道，她们将会一起做饭，实验烹饪书上的菜谱，爸爸会给她们打下手。他们会围坐在桌旁。神圣的核心家庭。麦多娃没有兄弟姐妹。晚饭后麦多娃弹起钢琴。父母在各自的工作室里工作。麦多娃亲吻他们。

她回到自己的房间，写作业，然后睡觉。爸爸在她睡前端来了蜂蜜牛奶：加了蜂蜜的热牛奶。她早早就睡了，因为她非常脆弱，因为她在两年前就崩溃了，好几个月她都不说话也不出门，过劳的后果，她对自己要求很高，对自己非常严格，于是他们没有强迫她去上为她选好的私立学校，只让她去上那些她自己想上的兴趣班，他们晚间和夜里都不去打扰她，她需要安静以及一成不变的秩序，他们对医生说，她没事，这不是精神性的疾病，即使某段时间里她无法忍受在家里见到任何男性。甚至洗衣机修理工都只能在她不在家时进入。

夜里，麦多娃从后门离开了别墅，游离的身体像是眨着眼睛的磨砂玻璃。

埃里卡在等她。

埃里卡走进乌克苏尔斯克 - 贺蒙餐厅。优素福领着埃里卡在靠窗的桌子坐下。两个上了年纪的男人在充满节奏的音乐里吸着烟，漠然地看着她。

埃里卡点了一份蜂蜜味的、非常甜的条状点心，还有一杯浓茶。她用微型字体写着记录。黄昏来临。餐厅里人满为患，拥挤不堪。黑顶林莺、鹡鸰、伯劳鸟和捕蝇鸟们在这里坐下，他们盯着电视或手机，噪音喧闹。三个年轻人借用酒吧洗手间里的水，流动的水从一只手流到另一只手，拍打到脸上。乌克苏尔音乐响起，跟着节拍，暗香浮动。两个上了年纪的男人不停地抽着烟。

她在厕所里四处张望。砖墙上用图钉钉着一张牢固的海报。是神奇内衣的广告。埃里卡环顾四周。一个又一个镜头，每个镜头都眨眨眼。她透过一个窗子看到麦多娃如何踏着被阉割的夜晚走进了对面的房子里，渡鸦是有着成熟行为的最大型的鸣禽，它们杂食，居住在世界各地。两只悬挂的虎皮鹦鹉朝麦多娃围过来。餐厅老板切断了细长的贝都因①语调；年轻人刚才便等着这个信号。

捕蝇鸟的队列开始移动，这种鸟类在短距离飞离观察点的过程中捕猎昆虫。他们共同给未成熟的麦子脱粒。夜晚低声嘀咕。

埃里卡跟在他们身后出了门，背靠在餐厅旁的砖墙上，她盯着楼上的几个窗户。

一个新的女孩从夜里跑出来，是只胖乎乎的虎皮鹦鹉。

---

① 以氏族为部落生活在沙漠中的阿拉伯人。

麦多娃在她之后冲出来。种马的跺脚声和母马的跺脚声、尖叫声;他们尖叫着扭打起来。一个男人从车上下来。尖叫的小公鸡闭了嘴。虎皮鹦鹉倒向他,消失了。她拥有鸟类王国里被开发得最完美的大脑。埃里卡追不上她。

"你必须追踪到她,"黛安娜说,"她是新鲜的。他们这么说。"

"但她……"

"我不想再知道更多了。"黛安娜不想要细节,刚开始时她犯过几次这样的错误,在她对身体进行专业检查时,她吸收了太多多余的细节。有时她会对身体感到遗憾,有时则非常愤怒。她不想在工作时被情绪左右。她对森林感兴趣,而非树木和碎屑。

虎皮鹦鹉没有在这个区域出现。

"她之前是其他学校的,"埃里卡说,"鸟贩子在扩大地盘。"

◇

一桩桩案子从遗忘中跳出来,跳到警察眼前,它们没有装扮成盲眼老太太,它们向上爬,并抓住光线,就像一串孢子。警察坐在电脑前,在燕子的新闻里、在工作里挣扎。他的脑袋嗡嗡作响。他不睡觉。在这褪色的时期里,各个大洲上都闪着这样的小红光,让他失明。每个国家的乡村和城市里都闪着光，透着光芒；这红光没有尽头，呈现出紫色的影子。

贝特逊山脚下的橙色布拉格房子在到处觅食，秃鹫是食腐的物种。长柄勺将高汤盛进深盘里。紫色十字的招牌被镊子夹住并刺伤。

警察对城郊的男人感到遗憾，他的驴跑动着，但男人想让驴白干，不给它干草，布拉格郊区房子里的男人在这里也有自己的文件夹，在闪着光的金属盒子里，在塑料板上，作家和微型笔迹都厌倦了，只是根据惯性短暂地处理了他。他缺乏视觉、能量和激情的敏锐性，而这是关于战时和战后时期女孩们的微型笔迹的立足点。这个案子对微型笔迹而言只是个单调的惯犯，愚蠢、笨拙。

警察认出了棋盘上方男人的照片：他和总统一起笑着。空气没能将照片吹动，它皱皱巴巴的。

警察无法理解自己。他不知道，为什么他的身体没有对任何人提起这些。他不知道，他为什么要保护这栋橙色房子，以及这几个素不相识的老太太。他不知道能否相信自己的眼睛。

他清点计算着这个可怕城堡里的文件夹，他站在村子里供大家娱乐的空地中间。他是闯入这个房子里的唯一一个怀有内疚感的人。他鼓起勇气，直到读完最后一个文件夹。他试图冷静下来，他还没有检查所有的细节；可能这些真的只是电影剧本。

他在自欺欺人。他在迷雾中读着，再次在混乱中无法分辨谁是受害者，谁是被告。据称是罪犯的人却是受害者。

警察想要证据。

他在迷雾中阅读，越来越接近现今。一个个案件像干面包一样粉碎，崩溃，在他手下的碎屑就像抛给鸽子和天鹅的面包边和羊角包。来自布拉格城郊房子里的男人的部分文件夹里的是那个边上的总统，他虐待自己的妻子和两个儿子，照片上的妻子大约是七十岁，在她的眼镜下掩藏着瘀青，但她从未报案和公开，吝啬的丈夫是如何把年轻的男人们领到家里，大部分都是律师，她耐心地替他掩饰。花岗岩做成的女人①，彼吉特的书里如此上演过，警察想了起来。她影射的便是罗丝·肯尼迪。

为什么会有人把这些聚集在一起？这些陈腐的快乐背后是什么？

他不会离开。好奇是一位强大的女士，沉浸在阅读里吧。在这儿已经不仅仅是强奸案了。

他从红色的文件夹里翻出其他的"V"；被镊子夹住的身体，"V"代表谋杀。燕子们随机追踪两起库尔德女孩谋杀

---

① 意为铁石心肠。

案。贝特逊山脚下的房子将认知推到警察鼻子下,存在着这样的社会,对女人而言无法逃脱,这样的社会在哪里存活着并不重要。存在着这样的社会,自己的父亲们、兄弟们都像是军队的士兵,甚至当他们在各方面都失败时,他们也有一个领域,在那里他们以梦幻的、无限的权力进行着统治,他们对自己的统治并不失望,因此他们永远不会想要改变,永远。因为这样的统治现在是、将来也是唯一的一个领域,在那里他们可以为自己族群的、宗教的、自信的、力量的、自负的独特性而沾沾自喜,他们在世界各地随身携带这样的统治。家庭移居到哪里、在哪里寻求庇护都不重要,因为他们的女儿们在世界上任何地方都找不到避难所。他们在此统治着,国王和领主们,他们决定生与死。他们统治着女儿、妻子和姐妹。当他们接近或是身处这样的教育中时,他们不理解,为什么有的人会因这样的统治指责他们。

在一个案件中,哥哥在公交车站两次射击,打死妹妹。第二个案子中,哥哥射杀了十八岁的妹妹,因为她和欧洲人谈恋爱。这意味着是和一个劣等的、不被上天选择的人谈恋爱。最终的解决方案是:法院裁决八个兄弟姐妹中的五个有罪,他们谋划了这一惩罚行动。谋杀案后,父亲给了长子一块金手表,因为没有价值就不会得到丰厚的奖励。文件夹里有一张爸爸的照片,他坐在半空的审判庭里,在他头上悬着紫色的十字。法院拿他毫无办法,因为他是这个家的头头,而这个破碎的家庭里,主子的仆人们撒了谎。没人能把他怎么样,尽管他能够阻止其他子女对女儿的处决。甚至也没人把他带到法庭上控告他共同参与了谋杀,因为爸爸扯断了案件中关键的一环。

爸爸被发现时已经死了。

他在自己居住的柏林带阳台的别墅阁楼里上吊了。

他们两情相悦,这是如此简单。

她信任他就像信任圣福音。

他信任她就像信任上帝的话。

寡妇在家中陶醉于他的名字里。在寂静中说出他的名字。啊,你呀。

周六下午警察来到了玻璃房子里,寡妇正招待两个同龄的、也带着孩子的朋友。她们喜欢聚在一块儿。她们盯着他,眼睛惩罚着警察的身体。她们都对警察感到好奇。寡妇骄傲地环抱他的脖子。这是信任的姿势。

片刻后女人们叽叽喳喳聊了起来。言语的水流嘀嘀咕咕,愉快的是她们没有怀疑警察。她们没有相互审查。其中一个女人接过话题,言语抛向寡妇。

你想象一下,我们坐在那儿,我,丈夫,还有我们的朋友们。

橙色的嘴唇转向警察。为了让您明白，我们的一个朋友离开了她混蛋一样的丈夫。橙色的嘴唇接着说道。

我坐在那儿，他们完全不知道如何解决这事，为什么她要离开他呢。他们在慌乱中说，这个有着四个孩子的女人找了一个十八岁的情人。他们完全是胡说八道。

他们从未处理过某人的分手，他们也从未处理过你丈夫的自杀，没有过。

没有。

这是一股恐惧的浪潮。这浪潮在这些年近四十的男孩间涌动，他们聚在一起，以喜欢什么乐队为傲。她对他们来说突然就成了婊子。

我不明白这个，另一个女人害怕地对橙色嘴唇说道。

你知道的，这是一次直接的进攻……我该怎么跟你说呢……喏……进攻他们的……

但是这样的恐惧呀。

他们可能害怕年轻情人这事有传染性，会传播开来。高中将被这些兴奋的女人包围。

她们笑了起来。寡妇惊讶地转过身。她看到，甚至警察也笑了。寡妇是幸福的，警察理解她们。两个朋友告辞了。她们还带上了小男孩，要将他转交给寡妇的父母，他们在途中接上他。

警察精疲力竭，像是蜷缩在寡妇的小皮包里的小娃娃。他不想对寡妇撒谎。他没有撒谎，他只是没有说出实情，身体对此很不满。寡妇把腿伸在他的大腿上。警察抚摸着她赤裸的脚掌，水底的漩涡在耐心的圆圈里盘旋。

在贝特逊山脚下的房子里有那么一个……特殊的档案馆和图书馆。

寡妇靠在他身上，看着他褐色的眼睛。她问他，明天要不要一起去乡村木屋，她想带他去看看。男孩会留在外公和外婆那里。

这是一个明确的信息。这是一个明确的鼓励。野性身体的语言。

他不能去，他必须回到贝特逊山脚下的房子里。

那么它现在决定着你的时间，寡妇垂下眼睛。

很可能还有我的生活，警察叹了口气。很快这些摇摇晃晃的日子和动荡的时间就要过去了，脑袋快速地补充，就像喷壶一样。这是条漫漫长路，而在这漫漫长路上负重并不轻松，警察说，他亲吻一只甚至另一只脚掌，晒得黝黑的双脚放在地毯边缘的凸起上。他不甚确定地说，在其他的犯罪侦查部门，他还听说了一个非常特殊的案件。

一个行人从窗外路过，你别去看他。他掰碎了另外几块有关贝特逊山脚下房子的暗示，寡妇对此会怎么看呢？

寡妇一秒都没有犹豫。

她们都会变成精神病人的，她说。

她亲吻他，眼睛如满月，手抚摸着他靠到沙发垫子上，再摸进裤裆。

警察轻轻推开热情的女人，他没有后退。话语倾泻而出。懦弱、松弛、颤抖、懒惰、堕落的言语只是无聊地眨眨眼，躺下，滚动着，分散着注意力。言语不懂得如何担负在背上，关于警察在摇摇晃晃的日子和动荡的时间经历了什么，寡妇真诚地试着联系和反映这一内容。

她不理解关于三个杀人女法官的血腥故事，完全不理解这几个穿着蓝胡子长袍的女人。

你跟我一起到那儿去吧，警察祈求道。

女人本不想去。但是为了他，她平静地点点头，然后再次拥抱他的身体。

他们在天黑后出了门。燕子们的身体没有统治天空，它们没有宣告幡状云的到来，为什么她也在一起；它们消失不见。

他们在警察的公寓停留。警察将麂皮手套借给女人。他感受到了即将暴露在她的看法前的兴奋，他不知道，他要如何为自己的行为辩解。他掩盖着橙色的房子，从那里刺探出内脏。她从冒险活动里感受到了兴奋，一个陌生的房子在等着她，她要和心爱的男人一起闯进去。

你不害怕她们会抓住你吗？她转向警察。

不，警察说。

他领她进到迷宫里。一个新鲜的、金属的黄色盒子的一角从一排架子上伸了出来。警察抽出黄盒子，打开盖子。盖子里有一个"肉"的首字母"M"，"M"代表了麦多娃。盒子是空的，暂时。

我知道，她们在哪儿。我有感觉，她们在那儿做什么。她们很快就会回来。但不是今天，别怕。

警察领着女人看了所有被擦净的套间和给客人使用的小房间：城堡主人骄傲地对城堡内部进行了罕见的访问。他们在每一个套间停留，他描述凸起的墙面的女住客。寡妇没在听，在浴室里她注意到了昂贵品牌的香水、指甲油和抗衰老面霜及精华。

厨房看起来就像化学实验室，白色，设施齐全，有内置烤箱和冰箱、冰柜、微波炉以及只使用蒸汽的烤箱。这里还有切割搅拌机，奇怪的咖啡壶，厨房秤，洗净的、干燥的烧杯以及弯曲的玻璃管。在这些东西上方寡妇注视了良久。刻着希尔德加德·冯·宾根①的配方铭文的小小的研钵里有些研磨好的混合物。墨西哥兰花未成熟的花苞和香草叶。蜂蜜、蜂蜡和蜂王浆。寡妇只肯定她能认出五种中国香料的混

---

① 希尔德加德·冯·宾根（1098—1179），中世纪德国女神学家、作曲家及作家。天主教圣人、教会圣师。

合物,这些她也常用,胡椒、豆蔻、丁香、香菜和茴香。他们彼此亲吻,警察说,对每一种食物而言,最好的香料是爱。你别犯傻,寡妇回应道。

在客房里,警察在书架边徘徊,他选了一些史达瑟洛娃夫人写的书,展示给她看。寡妇摘下手套,她只对床头柜里薄薄的音乐唱片感兴趣,从而忽略了这些书。她在死去的丈夫的工作室里见过这些书,她最想做的是对它们吐口水。琼尼·米歇尔①、琼·贝兹②、比莉·哈乐黛③、妮娜·西蒙④、伊迪丝·琵雅芙⑤和卡罗莱纳巧克力豆⑥。警察小心地将银色唱片从她手中取出。他清理着指纹。他亲吻指尖。他把它们套进麂皮手套里。

警察跑开了。

等到他们从埃里卡·艾伊索娃的套间返回时,整栋房子响起了音乐,小提琴发布着它的长篇大论,门德尔松·巴托尔迪、64号作品、热情的快板,一位相信善与美的具有超凡

---

① 琼尼·米歇尔(1943—),加拿大流行歌手。
② 琼·贝兹(1941—),美国民谣歌手。
③ 比莉·哈乐黛(1915—1959),美国歌手,20世纪最重要的爵士乐歌手之一。
④ 妮娜·西蒙(1933—2003),美国爵士歌手。
⑤ 伊迪丝·琵雅芙(1915—1963),法国著名女歌手。
⑥ 卡罗莱纳巧克力豆,美国弦乐队,音乐组合。

魅力的人文主义者的小提琴音乐会，两双麂皮手套相互锁定，身体们思维一致，在承载着整装待发、井然有序的军队的架子下狂野地做爱。身体做着爱，房子，甚至贝特逊山的地基都摇晃起来。

他们手拉手往下走进迷宫里。这是个压抑的、无聊办公室般的阴间。寡妇注意到，这儿像是出自上世纪八十年代。她增添了勇气。麂皮手套分开了，她摇摇摆摆向前行进。

警察向她展示左右两边。

他们走到了最后。

警察测算着空间。应该还有几厘米长。房子正咬着一座名叫贝特逊的小山坡。警察向寡妇展示时间最久远的文件夹。它来自第三纪，寡妇在童稚的笔迹和微型笔记书写而成的页面上方说道。它们被困在金属盒子里。

我可以吗？

警察点点头，亲吻她的脖颈。在这里他已经不是孤单一人，他不会发疯了。

寡妇幸福地笑着，打开了写有字母"V"和铭文彼吉特的文件夹。这一文本有着好几个不同年份的版本，它们有着相同的名字。寡妇的身体读着彼吉特·史达瑟洛娃的回忆，紫色的微型字迹写出了好几个版本。

三月在黑暗之中。

地堡，给身体带来安全。地堡是惩罚，是隔离，是捣蛋鬼的稻草人，是孤独。是实验室。大部分人在这里或早或晚都会发疯。监狱中的监狱。在开放的空间和建筑物中，人们遵守着纪律和系统，人群被要求匿名。在这里，一切都无可假装。脸对着脸。身体对着身体。想法对着想法。主拥有无尽的权力。罪犯是垃圾和玩具。实验室是双边的。警卫看不见罪犯，罪犯也看不见警卫。他们只是脸对着脸。没有证人。没有人能自行逃离这里。我便是如此。我决定着自己的行为。我是否要将手放到其他人身上，以及我如何伸出手。

她挪动三米，右手压在墙上，左手在身前摸索，感受到了障碍，一堵脆弱的墙。她将额头压在墙上，她转过身。于她而言，地堡是拯救。她整个蜷在这里。远离其他人。在光明背后。光明有着黑暗的形态，光晕模糊。几束光线从铁门的门洞里穿过，穿过带孔的金属片。她挪动三米，左手压在墙上，右手在身前摸索，感受到了障碍，一堵脆弱的墙。她将额头压在墙上。

三月十四日。她唯一穿在身上的，是四面墙。三面长三米的正方形。她只走过一边。对面的墙边立着便桶。她身体的一部分。身体摆脱了肮脏的垃圾，头脑却没有。每一米她都在比较着，有什么东西萦绕在脑海中，直接深入到被承认的隔板上。她无视回忆，下意识地跳过了所经历的这些时日。她直接深入到所有那些没有削弱她的隔板上。而这些东西也是多余的。作家的名字以及他们所写的书籍的内容、乘法表、数学公式、奥林匹亚诸神的名字、希腊神话、歌剧人物、电影以及它们的导演和演员、化学公式、植物的名字、鸟的种类、捷克语的句子，以及她跟黛安娜学到的英语句子，跟埃里卡学到的德语句子以及跟英格丽德学到的波兰语句子。诗句。黛安娜的名字。黛安娜的名字。黛安娜的名字。当有形世界的记忆刺穿她的意识时，她残忍地掐自己的肉，掐大腿或者脸颊，触摸和扇自己的身体，以此驱赶记忆。身体是与当下唯一可靠的联系。她从脚开始冻僵了。脚指头从不存在的鞋子里探出头来。

她只能通过在水泥地上来回走使身体热起来。地堡是在地底挖出的洞穴。她想起同样生活在地底下的动物的名字，它们在地里钻来钻去。她从黑暗中盗取所有的语言。她没被混凝土钻出孔。在这扇打着补丁的铁门对面是一张木板床。四天后她得到了一张毛毯。她挪动了三米。她创造出一个奇幻的世界，坚实而新颖；脊柱是真实的，它在头脑里整齐地直接深入到文件夹和货架里。

每天她有两次到访。清晨的日光令她目眩。她本能地遮掩乳房和羞耻。她看见两个人的轮廓。骨瘦如柴的囚犯的轮廓，他怯生生地将一杯监狱的咖啡放在地上，杯子的边缘遮住了一块面包，他飞快地后退。不安的年轻看守的轮廓，他监督着囚犯。囚犯没有正眼看她。他分发每日的食物，以其他方式瞥见她就够了。看守在等着。她仔仔细细地扫视洞穴里被冻僵的动物，光线令她目眩。他们面对面站着。维纳斯和她的放牧者。看守吹响了号子，笼子里的动物们必须绷紧身体保持注意，手掌从胸脯上拿下来，紧贴在身体两侧，汇报自己的名字和编号。它们毫无遮掩地站着，等待着。她从来不看自己的身体：在光线中，她害怕它。身体是最软弱的部分。思维支撑着她活着。身体挂在思维上，思维将歇斯底里的身体拖进生活里。当铁门砰地关上时，光线像侍从一样随他们离开。它瞥一瞥，以便能看她一眼。

她闭上眼睛，再缓缓睁开。她逐渐适应了黑暗。左手压在墙上。她没有挪到三米。脚掌小心翼翼地在水泥地上移动，一厘米，又一厘米，直到大拇指碰到杯子。她小心地跪下。碎屑般细小的石子压进膝盖里。她摸索着面包。她拿起面包，整个塞进嘴里，嚼着，吞下，然后想象着货架上的一块块面包，没有尽头的货架上摆着热乎乎的一块块面包，她可以把它们掰断，把脸埋进去，让脸颊温暖起来，一块块面包就像妈妈的子宫，爬进去，到安全的温暖里。她用两个手掌环抱住铁杯，手指压在铁片上。监狱的汤是温热的，这是馈赠。她贪婪地喝着。温暖和快乐在身体里流淌。她喝着，即使杯里早就空了。然后她用尚且温热的杯子在全身滚动，从冻僵的脚趾到大腿，再往上到脸颊，铁杯在全身滚动，就好像它是块滚烫的熨铁似的。带着对热面包和烧红的熨铁的想象她站了起来，颤抖地挪动了三米。杯耳捏在手指里，把杯子贴在墙上，拍打着信息，并进行回复。

第二次来访在夜晚到来。光线不再令她目眩，她只是惊讶于它淡淡的粉色,因为外边正值黄昏。黄昏仁慈地掩盖了他们眼睛所追寻的东西。老囚犯在地上放下一杯监狱的咖啡,他低下头,仿佛对泥地上的什么东西感兴趣似的,杯子的轮廓遮住了一块面包。下巴埋在胸前,就像一个悲伤的客人一样。葬礼上的假人将空便桶扔到墙上。金属声大声响起,寺庙里奏响管风琴。然后他伸手捡起空杯子和半满的便桶。圆圆的看守,那么美丽,他等待着。她轻声对胸脯诉说。身体紧张地保持警惕,肮脏的污垢保护她免受看守的触碰。

铁门吞噬了黑暗。她的脚掌小心翼翼地在水泥地上移动,一厘米,又一厘米,直到大拇指碰到杯子。她小心地跪下。碎屑般细小的石子压进膝盖里。她摸索着面包。她拿起面包。面包边被咬掉了。手指愣愣地摸了半圈,剩下的部分在嘲笑她。她将柔软的面包塞进嘴里,眼泪浸渍了她。她可以叫喊着你这个下流货。现在她没有叫喊。她只是哭泣。身体感到奇怪,震惊使它麻痹,身体不被想起。身体沉默着,它占了上风,它从一开始就劝告思维:伙计,这你是忍受不了的。被囚犯咬下的面包块折断了她。这里没有水。身体擦着墙,就好像想要擦碎和剥掉皮一样。身体沿着墙壁转过身,轻轻地呻吟。

意识背叛了她,身体被意识用钩子钩住。意识开始释放回忆。它试图塞住裂缝并缝合穿孔的门板。意识将她引向拉丁字母，引向英国城市的名单。她裹在毯子里，在木板床上发战。最坏的情况发生了：睡眠障碍。意识害怕睡着。身体也和它一起。身体依赖着意识。意识低语着，但身体在反抗，它缺乏动机，还充满好奇心。她没有杀死自己的力量。她没有抵抗身体的力量，当饥饿与寒冷责备身体时，身体削弱了她的意志。

夜晚将身体调整到正常。在指挥部大楼后。

房间里有一个灯泡，在屋顶上神经兮兮地闪烁着，就好像有人被强光晃得睁不开眼。

看守从洞穴中爬出来，地堡和其中的肮脏在他身后。从高处来看，地堡就像一个长满了草的突起。他爬到高处，呼出一口气，把大衣扯向膝盖，硬质布料盖过皮质的腰带。看守的腰带系得很规范。他忽视了带有铁丝网的斑驳的区域。他通过夜营去往指挥部大楼。牲口栏里的一头牛卧在营地上，白色的雪花点和黑色土地的深色色块。阳光普照，春天困惑不已，带着巨大的忧郁承诺和叹息。天气将会回暖，燕子也将回来。

地堡里不会变暖。看守不想把饲料带进地堡。他对一切都有办法，只有这个除外。他知道，这些都是什么样的人，谋杀犯或小偷或发了横财的暴发户或德国人或犹太人或茨冈人或政治犯，非法政党的笨蛋或破坏者或暴徒或富农或逃兵或工人或祭司或研究太多的人或想得太多的人。他不懂得将想法藏在心里，抑或是夸夸其谈，因为他生来就是个花花公子。如果看守是个讨人喜欢的人，并且知道尊敬主人，那么关键角色就会起作用，这些标签甚至都会褪色。只是这些地堡该怎么办呢？

没有人清楚地对任何人说过一个字。长官意味深长地沉默着，一个最有意义的机会，最高的机密，最高的附加福利，他没有出手，一个领袖的后人，他拍电影、导演歌剧，他曾为纳粹拍电影，将来也常会继续拍电影。他们曾送来一个男孩。这次是个女孩。

看守非常生气。这个人他不能动。抽打某个人是很令人陶醉的，他曾在日什科夫①打拳击，出击、猛击、冷静下来、刺激起来、遗忘，然后渴望。他站在强者这边。形势在过去清晰可辨。在这个蠢货坐镇地堡之前。

他找到了一个反抗的缝隙。他要让他们瞧瞧，谁才是这里的主人。

"只有两个看守来跟您轮班。要不然谁也不能在那儿逗留，免得聊闲天。"营地长官对他说。

他们已经不被允许随身带着囚犯了。他们本该自己拖着咖啡杯和面包，还有这些该死的便桶。年轻人做这个，只因年轻人是热情的公牛，他完成指令，并感觉战争还将继续，

---

① 布拉格的一个区。

下一个转角还有战争在酝酿，冷战。他不知道，他必须聪明地保护自己。他不知道，一个拖着便桶的看守，会失去权威。这么多年来在囚犯中树立的权威，一旦失去就回不去了。决心和拳头，小男孩，带上一个囚犯跟着你吧。看守违反了规定。

囚犯在看守身后摔了一跤。想要变得和小丘后地堡里的茧一样的男孩，对此轻轻地沉默了。看守想出了一个诡计，即便是在红十字会面前，他也能为此辩解，一个他打算独自控制的诡计。他要做一件好事。他把茧拖进人类社会里。牢房里的男孩们会因为他这一点点人性的温度而感激他。他要让他们感到感激。

"关于这事儿，囚犯，你可别吭声。否则你自己到地堡里涂上那些玩意儿，好好地吞下去，你这小偷的杂种。"

囚犯吞咽着，面包溶解在唾液里，变得更甜。就好像他咬到了蛋糕一样。

寡妇的身体在扭动。她沉默地呼吸着。寡妇不想再读下去了，她把额头靠在桌上。光线滴进她的头发里，她喘不过气来。

警察不会知道，女人的身体是相互联通的，女人的身体不懂得如何命名这样的联通，这对她来说是新的和陌生的，是对这个世界的怀疑。这些怀疑在四个女人的身体里发芽，她们溶解和迷失在贝特逊山脚下的房子一层的迷宫里，怀疑在鲜活的肉里发芽，因为身体的记忆与被选择的记忆不同，被选择的记忆如此喜爱与幻想亲吻。

一千年的身体的记忆没有撒谎，身体立即发出不同的语言，它自己的语言，那么在某一天，一具被虐待的身体将和每一具其他的在这个世界上任何地方遭到虐待的身体团结在一起，想让它变得轻松，因为它想摆脱回忆，但如果这样的事情还会在任意地点、在太阳底下、在月亮底下发生，那么它就无法成功。

燕子们愉快地点着头。

女人将附着的照片翻转过来。在黄铜烛台下的晨光后，她看到了一些东西。与在清醒的台灯的光晕中看起来似有不同。她们看起来像是一家人：三个青春期的少女和一个年长的姐姐。她们笑着，她们在北海边游玩，吹起强劲的青春之风，吹吧，你这个疯子，吹吧，大海是荡漾的、微醺的希望，风吹乱了头发，强劲的牙齿将宽大的连衣裙从身体上撕下；她们眯着眼睛，被困在太阳光线的魔爪中。

寡妇眯缝着眼，抑制住给自己戴上太阳镜的想法。手抚过脸庞，在掌中的沟壑里她捉住了一颗沙粒。寡妇赶紧将手在大腿上擦了擦。这张照片是被构思出来的，这张照片不是抓拍的。就好像鹰爪抠进三个孩子的肩膀一样；镰刀般弯曲的鹰爪属于有创意的黛安娜。

骨瘦如柴的孩子站着，朝摄像机摊开手掌，鸟儿从他的手掌中飞出来，或是从手中掉出拉了保险的手榴弹。并不确定这是个女孩儿还是男孩儿。身着燕尾服的小提琴手被一个骨瘦如柴的、赤脚的、邋遢的女孩绝望地拽着，她弯曲的腿上包扎着绷带。两个小女孩，一个身穿制服、头戴船形帽的年轻貌美的美国女兵杵在她们上方，将她们双手反剪在身后，并抓住她们瘦弱的肩膀。她看起来就像战前电影里的女演员。女孩们的手掌受到了威胁，被那么牢固地抓着，几乎要折断了，女孩们眼睛恐惧地抬头看向士兵的船形帽以及强壮、弯曲的鸟喙。

寡妇翻着从自己国家的多个时期的报纸上裁下的剪报。有关边境入侵者。在叛徒的名单上，彼吉特的名字被画了下划线。

寡妇从桌上站起来，走到警察身边。他的后颈被其他身体的故事吞噬着。

女人从背后抱住他，亲吻他的头顶。

寡妇通过狭窄的峡谷返回，就好像读完这被驱逐出境的文本并弄清楚结果是她的义务一样。她没有阅读，她跳过一行行文字，身体出着汗，双手交叠放在外阴。她用力收紧阴道。句子在其中旋转，词语不知该归放到哪里。她捕捉到它们，把它们写进记忆里，射向空中，没有命中。鸟群散开。句子如被风吹散的纸屑一般离开她。燕子们分散开来。

有关她的庭审过程不会公开。

为什么。

她拒绝讲捷克语。她想用英语作证。

这是敌人的语言。

她必须消失。

◇

她们坐在乌克苏尔斯克－贺蒙餐馆里，用叉子小口吃着鹰嘴豆泥。埃里卡没完没了地说着她自己是怎么做鹰嘴豆泥的，要放多少芝麻酱，在哪个国家买了什么样的鹰嘴豆。

黛安娜照着小镜子梳妆。小镜子从一只手换到另一只手上。手扣动了扳机。优素福将关注点放到了桌上。

"只提供给老朋友和老熟人。"

"我们是老朋友。也是熟人，"彼吉特没有否认，"这家餐馆你开了多长时间了?"

"十年了。我和兄弟一起开始经营的。"

"兄弟在这儿吗?"

"他一个月前回家了。为了找老婆。"

"他不喜欢当地的女人吗?"

"他想组建家庭。他需要强壮、年轻和体面的女人。太太。"

"他不喜欢当地的姑娘。"

"您知道本地的年轻人什么样。"

"我不知道。"

"她们不懂得什么是合时宜的,也不懂得自己归属哪里。"

"这她们确实不懂。"

"自甘堕落。毫不服从。如果你们还需要什么……"

"您真好。非常感谢。"

好男孩优素福朝枯萎的优雅眨眨眼。他离开,走向酒吧去寻他的帮手们。他们流利地切换到母语。

黛安娜注视着他。黛安娜小声说话,覆满羽毛的小脑袋们赞同地点点头,鸟喙上满是鹰嘴豆泥。

埃里卡和彼吉特出发去学校。黛安娜结账。她不小心碰到了优素福坚硬的手背。

◇

警察坐着,不再匆匆翻阅。他希望门被打开,走进三位女士。

他对寡妇说,他正失去立场。将来总有一天他必须解释,为什么他推迟了橙色屋子的披露以及对三位老太太的定罪。

可能是她们填补了祖母约瑟法离去后你内心的空白,寡妇说道。

也许是吧，也许我想象着她老年时也是这副模样。像一位太太。我本该保护她们。

到了这样的年纪，还能保持思想，保持幽默、玩笑和魅力这些生活所能赋予一个人的最美的东西，也是一个女人梦寐以求之物。

她们的身体是这样年轻，警察说道。在这几个祖母的替身中，我最喜欢的是黛安娜太太。这样具有领导力的、充满激情的类型，即便她并不渴望权力。

女人抓住警察戴着麂皮手套的一只手，并他把带向自己的灯下。她向他展示了穿着美国制服、头戴船形帽的黛安娜。警察说，黛安娜是美国大亨及情报人员的遗孀，这个大亨在战后拍起了照，黛安娜是摄影师、美国人类学家和民族学家；她曾到西欧和东欧以及印度进行一系列调研，她修习瑜伽，她在印度师从瑜伽大师艾扬格，这是个印度人，他曾照顾小提琴家耶胡迪·梅纽因[①]及比利时女王伊丽莎白的身体，在网络上甚至有一张老照片，照片上黛安娜用头倒立，照片下配着"伟大女性"这一标题。

我感觉她们就像童话里的王后一样，在这个童话里白雪公主从很早以前就是冷漠无情的，女人笑道。我也最喜欢黛安娜。哎，你看，小彼吉特·史达瑟洛娃，那时她还叫布霍娃。

---

① 犹太裔美国小提琴家。

我很遗憾我必须告发她们，警察说道。

你不能告发她们。

我必须这么做。

你别忘了，她们为我做了什么。

她们为你做了什么？

她们解放了我，女人认真地说。多亏她们我才认识了你。你看看那个你读到的关于印度的文档。每二十分钟就有一个女人被强奸。

如果对犯罪保持沉默那么我就会成为共犯，警察说道。

可是没有人知道这个房子，女人说。只有我和你。哎呀，你。

在这一刻，贝特逊山脚下的房子竖在了他们之间。她的眼神毫无焦点，听从着身体的信号。警察一直有种感觉，这个房子是被开采的矿井，多亏了它，布拉格成为世界的首都，这个房子管控着世界，看不见的细线在此地纠缠，隐蔽在这灌木丛里，然后又编织成新的绳索。这根绳索这一次会令他窒息，她们已经为他准备好了绞刑索，而他不知道它被放置在哪里。他多么想去喝一杯，但是他了解，他知道，俄罗斯男人喝得可不少，嗯。

句子从雾中浮现出来，从水中浮现出来，由无形的文字写就。盲人学会了盲文，并终于开始埋头于他所感觉到的故事；正进行着怎样的战争，并每天都在进行？

甚至郊区玻璃房里的寡妇也曾进行自己私人的战争。

警察永远也不会知道这场战争的细节。

警察和寡妇回到布拉格城郊的玻璃房子里。玻璃露台的门敞着。他们靠在门框上，两人都在抽烟。两条裂纹穿过地面瓷砖的缝隙，里面夹着些叶子。未熄灭的烟蒂弹进夜色里。在身体周围，红色的光点闯入鸟喙中。燕子们还在这里。没有人投喂它们。有人在它们下边，昆虫；受害者的链条在这里有了意义。

他们坐在玻璃露台内的日本地毯上，翻看父母、祖父母以及他们自己小时候的照片。以后我给你放在我和我的兄弟姐妹长大的房子的花园里拍的视频，那儿最多的是樱桃，我们从不缺樱桃蜜饯吃。祖母约瑟法希望这个巨大的花园能够在一年四季都被拍摄，祖父死后房子就被卖了，而她的眼睛也看不见了。祖母曾被发现在那里短暂逗留，只有三次。她看起来就像一朵草丛花，像罕见的蒲公英，像一朵樱花。每次见到她，我都会哭。

那你别放给我看了，寡妇说。

但我喜欢哭，警察说。

他们看进夜色里，然后点燃新的烟。

别碰我。

怎么了？

今天别。

在爱情里语言是多余的。在爱情里身体会说话。而它不会说谎。

若是我害怕你，我就不会跟你在一起。当我跟你在一起时，我就不害怕你。

若是我害怕你，我不会允许你跟我在一起。

他们在一起无话不谈。寡妇手里拿着婚纱照叙述着，父母是如何暴力地把她关在家里，每一个女孩都害怕被男人抛弃，就像农民害怕失去丰盛的收成一样。她讲述着，和前夫的性生活是什么样的。她不理解这个男人，但他的勃起永无止境。一开始他有些惊慌失措，然后他吃了药，就是，能让他一整天都硬着。现在我在家里可有的玩了，她那时如是说，年轻而愚蠢。她在他身上看到了她所想看到的力量、坚定、和蔼以及支撑点。他在她身上看到了他所需要看到的。她不知道她是属于男人们的，他们只能从性、从性爱的质量中获得自信。如果她给自己找情人的话，将给他以致命的打击，他可能会杀了她。他甚至会给前妻们发攻击性的邮件，一旦他确定她们和谁生活在一起。他永远都不会知道她和警察之间发生了什么了。他没有意识到，性暴力和性能力毫无关系，却和权力及羞辱有关。他不理解，他不能对女助理们随心所欲，这不是战争，他不会侥幸成功。

他永远都不能理解，即使她不和一个男人睡，她也可以爱上他。他不明白，真正的爱和快乐是无私的，毫无所求的。她与警察长时间地做爱，目的并不是高潮，而是彼此的联结，目的是注视着彼此的眼睛并相互爱抚。他总是要和某人上了床之后才会与之坠入爱河。而在做爱过程中，他只注意自己的满意度。一旦他想要了，她就得重新安排这一天。他在酒店的房间里点了她，就跟点一个早餐或者午后甜点一样。当他有空时，他会在早上攻击她，为此她不得不推迟工作，只有他的工作是重要的。他会直接脱光衣服，阴茎勃起，不和她交谈。他会耐心地叠好裤子和衬衫。直到她怀孕，他们从未一起去过一个展览，从未一起散步，一起参加音乐会、郊游、看歌剧。她嫁给他时还年轻，她想要从第一天起就为他创造共同的环境。而他明显地总是把她抛在身后。

最近这段时间里，他常跟她引用彼吉特·史达瑟洛娃，即娘家姓布霍娃的作家书里的句子。他不断重复伏尔泰说的，女人在生理基础上就弱于男人。规律性的出血消耗了女人的能量，他说。长时间的孕期和母乳同样消耗了女人。这一切都证明了，女人本就不适合需要力量和耐力的工作或活动。他总是唠叨让-雅克·卢梭及他的《爱弥儿，或论教育》中的句子。女性不过是永远幼稚的、无法进行理性思考的。而当她反对他时，他就会大叫起来，说史达瑟洛娃副教授也同意这些观点，史达瑟洛娃副教授是国际权威。他完全受到了她的影响。完全。

他们聊着，坦诚以待毫无谎言；警察有一栋没有女主人的房子，女人有一具没有男主人的身体。

在无人擦除灰尘的男人的工作室里，他们翻阅彼吉特的书，以便弄清楚彼吉特在什么上下文里进行了引用，以及她是如何对引文进行评价的。她肯定是个聪明的女人,但却像钢铁一样冰冷,警察说道。我害怕这个女人。我不害怕阿德勒夫人。

他们打开红酒,坐在沙发上。警察从包里拿出一些副本的复印件,他说,彼吉特太太不接受采访,她只在书籍首发时发表一些短小的评论及对读物的不满。埃里卡·艾伊索娃在采访时简短和概要地回答,记者们对她也不甚满意。这些女人掌握着说话的艺术,不透露有关自己的一个字。警察给寡妇展示其中一段采访摘录。

答:我一直关注着形势。我没有参与其中。

问:因此您投身于执导电影?

答:我没有其他动机。

问:他们指责您愤世嫉俗和使用非商业模式。

答:他们指责得很对。

问:您对于您的电影刚刚入选戛纳电影节感到惊讶吗?

答:不。您很惊讶?

问:这是毫无疑问的一种惊讶。

答:毫无疑问的惊讶是属于生活的。还有问题吗?

问:咱们都还没开始呢。

答:我已经不想开始了。

问:最后一个问题。您在何处看到了现今世界最不安全的一面?

答：在低龄化里。

问：我不明白。

答：现代消费主义、媒体和互联网不只把欧洲人和美国人变成不断寻求新鲜事物的小孩子。假如没有一个临界点，他们将无法分辨游戏和现实的界限。

问：我可能更想问——

答：在人类的行为中，就算是敌意倾向都没有低龄化倾向那么危险。

问：这个读者们是无法理解的。我想还是回到电影吧。

答：您知道卡尔·麦①吗？

问：不。我——

答：阿道夫·希特勒您知道吗？

问：当然。

答：幼稚是不可预测的。希特勒对于卡尔·麦的小说有着幼稚和热烈的爱。

问：这不属于咱们的话题。

答：希特勒不像其他人那样在小男孩的年纪里狼吞虎咽地看书，而是在他二十到三十岁之间。您可以看到从温内图②身上他找到了怎样梦幻的想象。希特勒是个自恋者，对于自恋者而言，幻想比有形的现实更真实。

---

① 卡尔·麦（1842—1912），德国著名探险小说家。
② 卡尔·麦主要作品中的主人公。

问：我想我们还是回到您的第一部关于小提琴家梅纽因的电影吧。

答：您知道作曲家本杰明·戈达尔吗？您不知道？您不认识。您去听听他的音乐。

警察将另一篇文章递到寡妇眼前，这是一篇几年前发表的彼吉特·史达瑟洛娃的文章。他将文章递到寡妇眼前，就好像他给她写了封情书似的，我们得不断地准备好承认，这第二篇文章和我们在这儿读到的其他文章不一样，或者跟我们想象的有所不同。阅读它肯定是某种不同的体验，可能和我们读到的其他文章完全不同。

寡妇累了，她没有在听，她只是点头，只是享受着警察的热情，只是如痴如醉地看着他：她用目光抚摸他的脸，流连于他的嘴唇，双腿间感到刺痛，欲望不允许她倾听话语，她那么爱他，爱到了骨子里。

也许这一次行得通，女人想着。说话和做事都非常直接。对男人而言只有根本：转变才行得通，没有后退和后悔：只有这样我们所有人才能获得自由，并进入新的、平等的关系里。结束这种支配—从属的关系！女人如此想着。

她看着警察说。

对男人而言只有根本转变才行得通，没有后退和后悔；只有这样我们所有人才能获得自由，并进入新的、平等的关系里；结束这种支配—从属的关系。

是的。警察赞成地点点头。是的。

我不想知道当你不和我在一起的时候在做些什么,你知道吗。亲爱的,随她们去吧。

我已经对此上瘾了。我做不到。

那你去找她们吧。

◇

她行走于世,用手指指出她们。她不是懒散的,而是有条不紊的。她们黏在她身上,发出愉快的咯咯声。与麦多娃做朋友是一种荣耀,她们挺起胸膛。麦多娃是被选中的那一个,时髦的小姑娘们紧紧挨在她两边,能走在这样一个火辣、狂野、成功及漂亮的女船夫身边是很荣幸的事。

她沿着一座狭窄的小桥从童年走到了成年——沿着这样一座无处可通、终点在肉食海洋中间的小桥。

她忽略了同龄人,他妈的,你这傻子,是的,只要看着就行,但愿你能明白,你这个蠢货,但你看看这些山羊,傻子,你是看重胸部还是看重屁股?她们紧紧地围在她身边。所有人,甚至玛姗喀和耶妮奇科娃都莽撞地奔向她,她们礼貌地手牵手,渴望品尝成年的姜饼以及吮吸诺言。来舔舔,来交媾吧。他们在掌中结束。

麦多娃教一群柔软的、迷茫的鸟群如何飞。她亲吻她们的鸟喙。她啄出她们的眼睛,剪去她们的翅膀。麦多娃给她们提供免费的毒品。麦多娃知道位于主干道上的公寓。麦多娃有钱。麦多娃是性感的门房，她在眼前挥动着通往圣殿的钥匙，她转动处女阴唇间的钥匙，果汁涌出，刺激着她。她们的思维与麦多娃相爱，身体暂时劫掠了她们。

这是只秃鹫，埃里卡想。

不，每个人都会因为秃鹫的丑陋而转身离开，不屑一顾。她是一位罕见的、迷人的杜鹃创造家。毛茸茸的虎皮鹦鹉、斑鸠、鹡鸰、紫崖燕、圣马丁鸟、灰杜鹃、攀雀、山雀、青山雀、山椒鸟、白腰朱顶雀、交喙鸟、鸽子还有寒鸦围着她叽叽喳喳，叽叽喳喳。

麦多娃是傲慢的。她剎碎了她们中惊恐的红腹灰雀，嘘。

埃里卡在暗中监视着麦多娃。麦多娃是个谜。她有钱。她有一个和谐的家庭。她成绩很好。年轻的男孩们在她身后直流口水；年长的男人们窥探着这个小仙女，她跳着拜月式，脚尖在芭蕾舞裙里晃荡。也许是存在的，埃里卡心想。也许是存在的。她不知善恶。她只是无聊。她想得简单。她不知道，同感或同情是为何意。她只是在玩。

若我是十四岁，我可能也会放任自己被抓住，我会依偎在麦多娃甜蜜温热而又危险的翅膀下，我会感到高兴，埃里卡意识到。我可能坐在甜蜜的粘鸟胶上，放任自己投入到美丽中。

又一只鹈鸪紧贴着麦多娃。麦多娃向她承诺会给她更好的食物,然后把这多彩的羽毛关进了笼子。她小心地将笼子带到捕鸟人的房子里。你想要强效可卡因,但你如何付钱呢?你的骨头上一直都有足够的肉。

这些美丽的鸟儿被关进笼子里。他们轻轻地从笼子里取出柔软的身体,轻抚毛茸茸的皮肤。他们顺着燕子的毛发,确切地说是羽毛,然后握紧它们。

麦多娃每天都在鸟巢里喂这些小鸟们。她每天都给她们带来白色的肉片。这不是麦多娃,这是个甜蜜的怪物。白天里没人谈论这个。永远也不会谈论这个。备受折磨的小鸟们没有警告后来者。

埃里卡扯下罗勒叶,把它郑重地放到舌头上,吞下它,就像吞下祭坛的圣餐一样。她需要一棵榆树。

◇

他爱她,不想放开她。他们没有闭上眼。他们视线彼此交缠。你是不可假定的,他对她轻声说。你是流动的、不可理解的、任性的、武断的、不可承受的,虽然像个孩子,但却是我仰望的神明。他们低声耳语,你是怎么喜欢上的,你又是怎么喜欢上的。当你第一次进入我、弯腰俯在我上方时我就爱上你了,当我把它含在嘴里时我爱着你,当我在你身上时我爱着你,当你舔舐我、把手指弄湿并揉捏我时我爱着你,这是欢愉之王,你知道的。当我品尝你的时候我爱着你,当你在我身上时我爱着你,当我在你屁股里时我爱着你,当你吮吸我时我爱着你,我爱你火热的身材。他们彼此诉说,所有的语言都温柔地躺在柔软的双臂里,这个世界上没有任何语言不是粗俗的,语言毫无意义。

只有肢体语言和真空。不捆绑的姿态。非常珍贵。

他们叙述着,第一次是什么样的。当她失去童贞时,是什么样的。当她说她那时非常好奇并充满了爱意时,他很高兴。没有任何油腻的陈词滥调,没有嬉闹的聚会,她既没有喝醉,也没有被青春期的朋友们强暴,他们照着网上看到的东西,互相传阅黄色录像,越粗暴的越好。或者在父母的沙发上,或者在年长男孩的压力下。她的第一次发生在大学,在她十九岁的时候,那时她已经对自己的身体有所了解了,她已经看过、听过、感受过在身上所发生的一切了。身体知道它想要什么。很多男孩想要在口交时按住女孩的头。而她已经没法儿对他们说,不要这样。最糟糕的是承受着压力,大众的压力,当十二岁的女同学们说着:我已经做了!今天她知道了,她们是在撒谎,当她们坚称她们已经经历过时。这很奇怪:在前几个世纪里,人人都只想要处女,而现今,没人想要处女。

他失去童贞时是什么样的呢。他对她描述着,他如何跟一个芭蕾舞演员做爱,他如何等待她,如何与她同居,如何不理解她这个女色情狂，他们如何每天做好几次爱，当他有一次三天没同她做爱时，她便控诉他不爱她。每当他满足了她之后，他在夜里学习，她会在凌晨四点把他叫醒，以便他们再共同进行一小时顺畅的性爱。而一旦他疲惫地回来，脚刚踏进家门时，她就会朝他扑过来。寡妇对他说，她一定很爱你。不，警察说，没有其他任何东西连接着我们，只有性，我那时还年轻，我一直都硬着。这不正常，不正常。然后我观察着我是怎样和她缠绵的。之后她不声不响地背叛了我，而我当然也怨恨她，连同所有她的朋友们。之后我把这段经历割下并进行修剪，我，一个彻头彻尾的玩弄女性者，她深深地伤害了我，那么疼，我们一直在一起，但我当时已经被工作吞没了，于是我辞职换了其他工作，因为我不想被束缚着，然后我对自己说，我根本不在乎女人。我很享受我的新工作，我有种感觉，我在这个世界上改变着自己，同时我也在改造世界。这就够了，我将变得更能干、更踏实、更体面，我将去感受他人，然后结局一定会很好，这是我对于欢乐史的贡献。

那现在呢？

现在我也坠入了爱河。我曾以为，我不会嫉妒的，但我嫉妒了，有史以来第一次。我将要四十岁了，我一直在发现这个世界。

他和她做爱。他们放松着她脸上的肌肉。她是那么温暖，像个小火炉一样，他让她放松，愉快的、全身心的。他品尝着她，嗅着她。他想吞下她。她吸着他的那里。他们想了解皮肤上的每一个毛孔。

当他们并排躺在一起时，他们沉溺在彼此的眼中。一个尖锐的箭头扫过警察的脑海。箭头尖儿上挂着一滴蜂蜜。返回的嫉妒。她并不介意从肛门进入。而这对很多人而言是变态的。她曾和其他的身体做爱。和几个人做过，他们有着什么样的名字。

和几个人做过？他们叫什么名字？

嫉妒如此劈下，他忽略了她。那些往上奔涌的语言，停了下来。他粗暴地吻住女人。

燕子们在玻璃墙后飞过，并没有做鬼脸。

警察独自在家。黎明在黛安娜的窗后抖动它的羽毛。燕子们划过窗前；警察有种感觉，它们在用白色的肚子冲他眨眼，而它们抬起尾巴只是为了让他正确地读出胜利的"V"字。

寡妇不想进入这栋房子。她害怕燕子在空中创造出的以及在迷宫里隐藏的文字。它们追着她。她曾用眼睛吞下这些文字，而这些文字刺激了她胃部的神经。

警察做事是周密的，他命令自己逐字通读，逐页翻阅，若想了解主人，首先得观察他的仆人。这些记录涉及埃及、叙利亚、阿尔及利亚、突尼斯、尼日利亚、美国、西班牙、马里等,一个又一个国家飞快地走到队伍中,仅仅依赖于律法的说明从而改变女性法律地位的努力徒劳无功,也门、阿拉伯联合酋长国、沙特阿拉伯、巴林的教法,阿富汗的女人们试图逃离被强加的婚姻时被割掉鼻子的照片,在尼日利亚灌木丛中消失的女学生们的照片,她们的身体变成了一群燕子;紫色的微型字体搜索着具体的身体。没有被钉死的紫色十字像矛一样在众多身体上方升起。

他没打草稿,直接发电报。暴力在哪里、什么时间、被怎样组织起来。在哪些地方性暴力、暴力,甚至身体虐待如何得到宽容以及被宽容到了什么程度。

彼吉特的微型字迹失去了光芒。新鲜的金属盒子,盖子上刻着字母,富人用自己的金钱达到目标,穷人只能依靠自己的力量;这耗费了那么多燕子的生命,它们无法回家了;它们用不同的眼睛描述事件,右眼所见与左眼不同,它们只能直接向前飞。它们描述了春天……

警察播放音乐。一位不令他生畏的先生,梅纽因的音乐在房中飘扬。广场。游行。地上躺着赤裸的女孩,警察经过她身边,没有注意到她。人群中的男人们将一个女人分开。他们把她拖进黑暗的角落里或帐篷里。最后他们拿起刀子,割伤了她的私处。微型字迹并不喜欢翅膀拍击的节奏。鹰的粗犷字迹都没有失掉光芒,甚至女人们都在每一场人类的革命中扮演着重要的角色。甚至现在也令他们生畏,以至于想让她们从公共场合消失。

身体革命的时间开始了。过去从不曾存在性别的战争。性别的战争在今天是必须的。北方对抗南方。南方对抗北方。

在红色的文件夹里由几种语言清楚地制定了说明、章程和指导，不只适用于媒体活动，甚至对于建立葵欧公司下的公民协会同样适用，女性的身体可以投靠这里。

警察没有感到疲惫，头跟着小提琴的节奏摆动。橙色的房子是一个鸟巢，他在里面恢复了精神。他在那里与他所居住和工作的国家断开了联系，在那个国家他的工作是徒劳的。

他理解这三只燕子。工作不应该是徒劳的，生活必须要有意义。

警察想着半睡半醒的祖母约瑟法。她被准许出院回家十四天，她打扫卫生，并向亲戚分发自己的物品。一个坚定、牢固、清晰的鸟巢，你别忘了把这个椰子加到蛋糕里，没有自信地活着是很艰难的，她抚摸着他。她给了他一幅画，画上的两个年轻女人在纺纱，在纺车旁站着死神。死亡是宁静和愉快，她对他说。她给了他一个布谷鸟钟，一个闹钟，一沓在角上绣着名字缩写的白手帕。她把祖父的戒指给了他。祖父并不戴这个戒指。戒指圆环上曾有装饰物，但它们并没有被保存下来。祖母手上从未摘下的戒指已经完全磨损和破旧了。警察戴上祖父的戒指,圆环套在他的中指上。祖母会做鸟奶,她在斯洛伐克学会的,最贫穷的人的食物,白色的面粉在温热的牛奶中膨胀。

另一位祖父比他的妻子多活了七年。七年里他备受煎熬,他想去死,想以自己妻子死亡的方式死去,七年里他只是在等死,生活不过是一汪浅滩。他什么也没有加速。七年的生活不过是无望的生活,只是充满了悔恨、对心爱女人的回忆,悔恨与歉疚感是糟糕的导师。警察那时候觉得,这真是无望的生活。他拒绝去祖父那里吃饭,尽管在偶尔看望孙子的时候祖父会做番茄、牛肉、黄瓜、炖肉酱,以及肉和馒头片。

他会塞满嘴巴,然后到厕所里把一切都吐出来。

◇

月亮的问候。她们将想象中的水舀到手掌中,将水舀进黄色的花萼中,以便清洗体内一整天的污垢和泥沙。

燕子在周围飞过,从嘴里撒下"只是"这个词。

黛安娜明面上是马克斯的女助理,私底下是他的情人。他给制服搭配优雅的领带。士兵的船形帽戴在亚麻色、姜黄色的头发上。还有头盔。

战后的燕子们眼里只有强烈的恍惚,它们沉浸在彼此之中。它们没有意识到,它们被拍了下来。它们看起来就像19世纪房屋里的静物画,像丹麦画家威尔汉姆·哈默修伊画中的姑娘。画家姐姐的肖像画自1885年起就挂在爸爸的书房里。当黛安娜目不转睛地看着她时,女孩就变成了展翅的燕子,看起来就像她在那里若即若离。画家在无人看护的时刻抓住了她。她在想,是什么在折磨着她,某种内在的东西,不存于世的东西,这幅画看起来不像是画出来的,而是拍下了一只燕子。

埃里卡靠着墙,她把细木棍插进潮湿的泥土里。她在空中挥舞双臂,她在指挥着鸟群。她食指与大拇指相连,围出一个圈。她看进圈里,眼睛移动着,抓住了云。云从圈里逃走了。云破碎成屑。天空有牛皮癣。

黛安娜第一次给她拍照。

黛安娜没有让冷淡的埃里卡离开相机的镜头。埃里卡站在附近,看着其他的孩子如何玩耍。他们把白色的蛾子穿进细细的木棍里。他们期待地看着它是不是会挣扎着死掉或崩溃。他们抓住蚯蚓的头和尾,将它扯断。几个最粗鲁的孩子在祈求食物,他们撒谎说没有拿到定额的口粮。

美国小提琴家耶胡迪·梅纽因将前往营地。埃里卡将在军医院里体验一场简短的音乐会。高烧向她袭来。黛安娜拍下了高烧。埃里卡盯着精瘦的小提琴家。埃里卡十二岁。她第一次看到手指敲击着琴弦。

她从家庭农场的窗户跳了出来,摔断了一条腿。她拖着断腿跋涉了几公里。

前厅里的士兵说的是俄语,田野中的士兵说的是德语。埃里卡没有说她叫什么名字。妈妈将她拽到跟前,提供给俄国人;她抱着希望,希望能保住房子、谷仓、最后一头牛。

她从窗子跳了出去。他们留下了牛,射杀了全家人,将长靴从哥哥和爸爸肿胀的小腿上扯了下来。

"只是"这个词激怒了黛安娜。她要求调查埃里卡的案子。

他们翻翻白眼,什么纸质记录都没有。没人对这种小问题感兴趣。

她只是被强奸了。

在这强烈的迷茫中它们没有看向镜头。

那时候黛安娜抬起视线仰望天空。她注意到了燕子们。她注意到了它们聚在一起,天空的芭蕾以及历史的惊叹。它们环球飞行,仅在人类这里发现了大量的杀人犯。人类是唯一一种不适应于自身社会的生物。

就好像这些发生在她身上一样。她朝天空伸出手,祈求原谅。如果必须要与这样的时间和解,那么我不想和它有任何关联。他们不会将刑事通告送到任何地方。马克斯很生气。她不在乎犯罪者是什么国籍。她不在乎受害者是什么国籍。

她盯着这不知和平时期为何物的战场。这里有一份沉默的协议和一片未被解放、将来也不会获得自由的土地。这是一片可以被任何人攻克的土地，时至今日每个人都可以踏足。这是一片被耕完的土地。一大片黑色的、肥沃的土壤。它名为"弱者的身体"。身体如战场。对胜利者提出刑事通告是那么的荒谬。

◇

黛安娜坐在什吉卡办公室的会议桌前。桌上排布着一扇崭新的纸币。什吉卡再次清点钞票，她已经点错第二次了，又从头开始。现在已经没人带现金了，除了有钱的俄罗斯人。什吉卡温和地拒绝。

"证据很差。"

"我下腹的感觉不会说谎。"

什吉卡不允许自己掉到陷阱里。为什么她会在黛安娜太太那里练瑜伽。这不过是一种兴趣，一种爱好，一种消遣罢了，所有这一切都会汇入处于汹涌河岸的人类命运之中，只有浅滩区分隔开死与生。两人交换文件。黛安娜甚至把手写的、半幼稚笔迹的纸张也递给她，这些纸张被折成了燕子的形状。

"这是米兰卡的证词。"

"你们三个究竟这样旅行多久了？"

"从战后我们就成为朋友了,一起休息。"

"你们总是一起生活吗?"

"自从我们共同的朋友英格丽德离开我们后,加上彼吉特的儿子们都成年了,我们就一起生活了。我和她们在一起是因为长时间以来,彼吉特,甚至埃里卡的身体都在努力摆脱上个世纪。"

"你们是怎么活过上世纪的?"

"我们一起欢笑。我们开彼此的玩笑。偶尔。而我向她们的身体展现自我净化的力量。同过去决裂,不要转过身去,我告诉她们。我们一起练习。"

"你们从未亲近过吗?"

"您指的是怎样的亲近?"

"喏,你们有没有住在一起。"

"您指的是有没有一起睡?"

"我可不敢这么想。"

"没有。我们只会拥抱。我们非常喜爱男性的身体。我们是一个家庭,但是另类的家庭。坚果飘香。世界为家。"

什吉卡并不理解,但她不再发问。她加快速度。她犯了一个错误,她错过了自己永恒的一秒;黛安娜倒是乐意在这一刻对她道尽一切。

"如您所知,我在新事实再审查的基础上提出了司法流程恢复,谢谢您提供的材料。但是她们不愿意作证。"

黛安娜没有回话。她们不想作证。她们有罪恶感。她们有同谋感。身体阻止了她们。身体是一面镜子。身体曾有过高潮。

"在我看来，黛安娜太太，您夸大了这一切。我生活在另一个世界，这个世界与您向我描述的并不相同。我遵守规则，没有同情感和历史感伤。我需要清晰而有力的证词，我需要证人，我需要证据。法律和法规是不能任意发挥的。您说的这一切都是模糊的，法律对它们是油盐不进的。我曾向您道歉，我们这么说吧，几年前我们都太过鲁莽。"

"太过鲁莽？"

"我们都犯了一个错误。这对我们还不够吗？"

"你们曾逼迫受害者更甚。"

"这我如今知道了。"

"也许某天您能来看看我。"

"在哪里……您的家在哪里？"

黛安娜想到了贝特逊山脚下的橙色房子。

"我已经没有鸟巢了，我也不打算再将它粘黏起来。但是比如，布拉格的春天常常是充满希望和美好的。咱们法庭上见。"

"还有，只是为了符合规定，黛安娜太太。那个曾去警察局的朱莉，她根本不是一个可靠的证人。她断断续续地上学。她和妈妈住一起。妈妈替代了父亲的角色。她是个出纳员，她十七岁就怀上朱莉了。和这里大部分女人一样，她通过了纺织培训。纺织厂是当地的保障。她堕过几次胎。朱莉只是偶尔上学,她装作离开家的样子,她在周围到处闲逛。她总是不停地给某个人发短信。她和同班的女生们在购物中心游荡。她偷衣服和化妆品。一旦妈妈离家去上下午班或者晚班时,她就回到家里。"

黛安娜目视前方。窗玻璃。保护膜。她看起来仿佛坐在罐头里一样。黛安娜是坚定的。

"今天他们将一只燕子赶向了我。六个男人。"

"什么?"

"我的燕子,一个在印度的摄影师。如果这种事情还将继续重演,我就不会退缩,我不会向这支男人的军队屈服。还有女人的军队。她们让这变得轻而易举。因为她们害怕年轻人,因为她们害怕斗争,她们站在了男人那边。于是我便意识到了,一只乌鸦可不会啄出另一只乌鸦的眼睛。女人之间一向逆来顺受。我之所以独自对抗所有这一切,只因为我知道,受害者在经历什么。"

"您在说什么呢?"

"一支庞大的军队。懦夫们。他们成群结队实施强奸,您明白的。就像战争时一样。不是面对面的。他们一起打猎。他们捕猎肉体。他们捕猎那些他们认为只是一块儿肉的身体。他们乐此不疲。强暴是大规模杀伤性武器。"

黛安娜站起身,她朝什吉卡欠了欠身。

"您以后别来找我练瑜伽了。"

"什么意思?"

"您属于他们,您属于这个帮派。"

"什么?"

"您以及你们这些调查员们。帮派在几年前就解散了。"

"我们是根据规则行事的。"

"他们把她们灌醉然后强奸,接着强迫她们去和其他人睡。在一个案子里曾涉及二十个男人。"

"但是证据……"

"证据,证据。这恰恰是有组织的强奸。如果这事发生在您女儿身上呢?"

什吉卡猛地站了起来。她们差点磕到对方的额头。

"我的女儿不可能发生这种事,她被教育得很好。"

"这些女孩的妈妈们都是这么坚称的。"

"拜托您不要把我女儿同这种事情扯到一起。"

"如若不然呢?"

什吉卡停了下来。她知道,她太知道了,黛安娜无所畏惧。但她触到了非常敏感、最为敏感的地方。她不该这么做的。母性的本能不容小觑。

"黛安娜是您的真名吗?"

"这不重要吧?"

她们没有握手告别。

窗外闪过一个阴影,不是鸟,是一片被风吹到窗前的叶子。

她们把东西装进蓝色的塑料袋,然后扔进垃圾桶。迁徙的候鸟们,城市上方下着雪,白色的燕子们在天空中徘徊,没人注意到它们,只要它们没有掉到地上,只要字迹没有在新鲜的雨后在小水洼里晕开,没有把水染成紫色。

这是一回事,又不是一回事。一切俱已在此,却又总有某物缺席。

埃里卡向自己的舌头求救。她播放《德意志安魂曲》,约翰内斯·勃拉姆斯①的45号作品。当彼吉特看见时,她翻了个白眼。埃里卡张开嘴,无声地从《哀恸的人有福了》②唱到《从今以后,在主的恩泽中死亡的人有福了》③。当乐曲渐渐结束,她仍张着嘴,仿佛想为寂静命名一般。她挥动手臂,投喂想象中的鸽子。

---

① 约翰内斯·勃拉姆斯(1833—1897),浪漫主义时期德国的重要作曲家之一。
② 《德意志安魂曲》第一乐章。
③ 《德意志安魂曲》第七乐章,也是最后一个乐章。

俯冲狩猎

警察必须要喝一杯。

我也是。外面起风了。秋风只是一个乞丐,它在城里什么也没剩下。

他和老法医坐在"酒吧与书"酒吧里,夜曲和猎鹰抽着古巴雪茄。他们喝醉了。光是瞥一眼周围的书警察就已经想吐了。法医叙述着腐烂尸体的新案例,警察谦逊地听着,每一杯酒都刺激着他向猎鹰透露贝特逊山脚下橙色房子的欲望,言多必失,他给自己灌入金色的液体,从思维中汲取神秘感。酒精含量在攀升,只为自己掠夺身体的空间;秘密像软木塞一样浮出水面,软木塞落在舌头上,只等被吐出来。

也许是时候了,我……我……我该换工作了。

您说什么呢?处于精疲力竭的状态,年轻人?这是正常的。我跟您说,跟我去钓鱼。

他们注意到了几个女人,她们走进昏暗的灯光里,一闪一闪的蜡烛在她们身上反着光。男人们的眼睛粘在柔软背部的深色皮肤上,深而长的蓝色开衩露出冰亮而闪亮的脊柱,像一条蛇一样爬进奶油色蕾丝内裤边缘之下的诱人凹槽中。警察含糊不清地咕哝,以便不吐露出贝特逊的秘密。这看着像是风尘女？还是女权主义者？

老法医没有把视线从"咬伤他的蛇"上移开。我不知道。我从来都搞不懂这种女人。我只欣赏女性的调情艺术，还有她们能够保持公寓或者房子的舒适与整洁，更别说烹饪了。我曾两次陷入爱河，身体机能崩溃了两次。只有那些不爱的人才能掌握爱的策略。对她们而言什么才是关键呢？

警察狂热的眼神拂过摆放着一捆捆书的华丽的橡木书架，鼻音附着在酒吧的墙上，舞台道具挤满了一个个小圆桌。警察坐在舞台上，书籍这位反复无常的观众紧张而嘲讽地看着他。猎鹰在喝酒。

可能就像《莫哈韦沙漠》中的杜鲁门·卡波特一样。您读过这个故事吗？没读过，啊哈。您已经永远不想再读任何东西了，啊哈，永不。喏，这个您没有读过将来也不会去读的先生说过，女人就像苍蝇一样，她们聚集在糖堆上或者粪便上。

史达瑟洛娃女士，她就是那个我因为这个案子不得不研读的女作家，她……

您的那个快乐的上吊自杀者。

她可能……她可能会对您说，这不是卡波特说的，而是他的角色说的。

好吧。不是卡波特，而是他的角色说得很有道理。

卡波特是……"男同"。

法医大笑起来，吸入烟雾。

他就像我一样爱着风尘女们。但是这样的女人们想要实现什么呢。她们通过这一切实现了什么。

可能……可能……与男人们正相反，作为传统生活中的角色，她们的常规曲目是有限的。

然后她们究竟想要什么。

她们想要……可能……可能想要同工同酬。

您别傻了，当一只大鸟落到森林里时，你们这些小鸟可没什么好叽叽喳喳的，这就是行不通的，男人们工作更努力。

您真这么认为吗？

我，卡波特还有他的角色都这么想，法医笑着说。我的组里从来没有过可能与我旗鼓相当的女人。我也已经不想再招任何女医生进组了。只有一个女秘书和一个女清洁工，她会定期帮我清理窗台上的古巴雪茄和英国烟斗的烟灰。

警察又点了一杯苏格兰烈酒，法医递给他一根粗粗的古巴雪茄。

我喜欢读史达瑟洛娃，她完全不是女权主义者。她其实是一个很直接的人。她理解男人。她不需要在包里带着震动棒。我唯独不喜欢她描写有关强权男性的历史作品时的理论化和那些文学废话。

我还是不知道，您是怎么想的。

只有美学能直达骨髓。她运用的所有假设、这些人物、状态和情景，她展示万物为何，而当她在捕捉时代的精髓时，全无偏见是不可能的。

警察回到吧台的凳子上。

那么您对此有何介怀呢？我也是这么想的。对于历史的展示不能非黑即白，不能把人分成有罪的和无罪的、刽子手和受害者、好人和坏人，如此简单的分类是行不通的，因为老鹰不从自己窝里找吃的。

警察呛住了，他轻蔑又贪婪地组织着句子，他不断琢磨着遣词造句，他害怕错过转向标志，害怕闯进禁止通行的入口，但愿他能及时拉下紧急手刹。

朋友，您总是向我声称您已经什么都不想读了。

我是不想读，但我得睁着眼睛呀，若是闭着眼睛我连只麻雀都抓不到。

嗒好吧，那……我认识一些优秀的护士，也许还有一位女作家。女性还在其他领域有什么本质性的突破吗？

咱们就此打住吧。

就此打住？

嗯。您最喜欢的男作家是谁？

路易-费迪南·塞利纳①。他很懂女人。女人本质上就是母猪，或者女佣，最好的也不过是女巫和仙女。我得提醒您，这可不是他所创造的人物说的。这就是他本人所说的。

---

① 路易-费迪南·塞利纳（1894—1961），法国小说家、医生。

或者这二者都曾如是说。

塞利纳是个……反犹分子。

法医大笑起来，警察的咕哝让他乐不可支。

他的疑似反犹主义对此毫无影响。他所展现出他所知的最糟糕的人，便是他自己，在这一点上他和史达瑟洛娃是一样的。可惜这个狂野的老太太已经不年轻了。若在四五十年前，我会很乐意认识她。我会立马跳到她身上，塞进她那里，我肯定会非常喜欢那个地方。

警察取下嘴角的雪茄，喝一口酒。酒呛到了他。

啫，我不觉得这是邪恶的。一个红头发的漂亮女人，这是所有的罪恶之源。就让他们为所欲为吧。但他们别在上面弄出太大动静来。我办过几桩谋杀案，案犯是一个女人，是被疯狂虐杀的谋杀案。一百个女人里就有九十九个是嫉妒狂。不，女人们可能有必要套着笼头。某些特定类型的女人。所有那些虔诚有礼的儿子们的固执的母亲们，她们抽空了儿子身体的自信和精神生命。因为年迈的母亲们必须存钱，儿子们要为她们奉献一切，是的，当然，母亲们也会照顾儿子，您知道那种类型的母亲，还要为四五十岁的儿子们是否吃饱穿暖而操心，您知道那种婆婆，她们从来不喜欢年轻的小姑娘们。固执的女人只怕被打，父权制是社会唯一的救赎，不是作为一种可能性，而是救赎本身。与之相同的还有民主。目前没人能想出比这更好的了。

两个人都沉默下来，各有所思。

眼睛注视着年轻女性的美好身体。

漂亮女人可能不会太聪明。

不是的。

您知道，我为什么不结婚吗？

不知道。

因为我长期负面地分析周围的环境，除了蠕虫外我还喜欢社会学。

我知道。

世俗常规是一群个体根据自身文化的角度进行的选择——不是人们天生的选择，而是文化的表现，任何人在任何时候都不会打破它。《爱经》说得很清楚。男人在和另一半建立关系的过程中只能用四种方式触碰女人。印度情色大学将四种拥抱分为一年四季。朋友们结束了循规蹈矩的婚姻。本该速度很快。他们拧紧螺丝。这快毁了我。她们开始抱怨一些无法改变的小事。朋友们开始有胃痉挛了；我治愈了他们。他们中的一些人表现得整洁而礼貌，但女人们仍旧一直责备他们，一直挑他们身上的毛病，直到某一天他们勇气爆发，反击这些责备，露出可怖的神色。喏，第二天又一切如常。您懂的，这是一类同男人有着隶属关系的女人，就如轭和犁。你爱我，那么就把我叼在嘴边。但另一方面，现在朋友们越来越老，也越来越弱了，而女人们却越来越强。她们将照顾他们。她们自身有某种能够自我修复的引擎，备用的发电机。而我……我正在变成厌女症患者。

可能这只是代际问题。

也许吧。我只喜欢爱情里的第一阶段。无限的、水晶般剔透无瑕的奉献，如此特殊的屈从。

埋怨附属品吧，嘟囔可卡因吧，这可能行得通，警察暗自想着，他看着蜜棕色的天鹅绒酒杯，他想着寡妇的脸颊。只要退一步便是慷慨大度。说话直白，行为直接。对女人只有激进才行得通，不能有妥协和后悔。只有这样，我们所有人才能自我解放并进入新的、平等的关系。统治—从属关系的终结！朋友曾是两个人，男人和女人是一体。他不明白，为什么他不大声说出这些话。

您听不到燕子的口哨声吗？

您喝醉了，男孩。我给您叫的士。

当警察在酒吧门口上车时，他转过身，紧紧地抱住了法医的身体。

我真喜欢您。

好吧，好吧，不过咱们别道别太长时间了。

警察坐进黄色的车里。他用清晰的、洪亮的声音报出布拉格城郊玻璃房子的地址。在他这一生里他的声音从没有哪一次如此果断和坚定。他长出了翅膀，翅膀没有进到的士里来。

◇

　　埃里卡喂着鸽子们。
　　麦多娃走出学校大楼，一群小女孩们围着她。她用手指点了点，只有两个女孩从人群里站出来，其他人失望地往后退。埃里卡把剩下的面包屑抛向鸽子们。
　　埃里卡走在麦多娃身后。她已经不藏着掖着了。
　　身体们彼此了解，它们感受到彼此的眼神。麦多娃领着女孩们走向购物中心。她让她们挑选内衣，蕾丝内衣。她们触摸着胸罩、内裤、紧身胸衣，她们在吊带袜上方嘻嘻直笑。埃里卡掌心里藏着镶钻的小十字架。
　　"我能和你说几句吗？就一会儿。"
　　"为什么？您需要什么帮助吗？"
　　"是的。"
　　麦多娃放下丁字裤，转向两只紫崖燕。
　　"只是和你。"
　　麦多娃离开两个女孩，她们失望地放下手中还未能一试的内衣。鼓囊囊的钱包抛下了她们。
　　埃里卡把麦多娃带进华服店里，将她直接扔进按摩浴缸中。她说，自己是一个纪录片导演，准备拍摄关于世界各地年轻一代的电影，她平生第一次到这里来，不太了解这个城市，剧本已经写好了，是关于本地的青少年的。

在听到电影、角色、剧本和酬金这些词语时,麦多娃眼睛一眨不眨。她只在对话时说话。埃里卡想邀请她到附近的乌克苏尔斯克-贺蒙餐厅去,在那里她们可以安安静静地聊聊。麦多娃拒绝了。她们留在了购物中心。

她们走下自动扶梯,坐在一个看起来像是咖啡馆的空间里。

埃里卡蓬起羽毛。她开始跑起来并跳过沟渠。她不需要吊桥来征服这些城堡。坚定的声音说道,她在城里偶然碰到了一个非常吸引她的几个月前的旧案例,她已经和朱莉谈过了,她就是通过朱莉了解到她的,这个瘦削的深褐发女孩,她的胸部就像毯子下的小扁豆一样,她们上的是同一所学校。

朱莉向她透露了,当地青少年中的名人是她,麦多娃,只有她能解释这些困惑。埃里卡打算,准备,抓住她。

"你很清楚发生了什么,他们同样强奸并胁迫了你。"

麦多娃一动不动。她没有移开视线。她的心跳没有加速。

"可是我很喜欢这样。传教士的位子,戴着领结,生活富足。这些您可能都已经不记得了。"

埃里卡掉进了她自己挖的沟渠里。渠水吓坏了,水面在她身后闭合。

麦多娃笑了起来。她站起身离开,留下石化般的埃里卡。直到世界归于平静,我们才重新恢复知觉,然而我们的思维却需要更长时间才能平静下来。两只兴奋的紫崖燕朝麦多娃扑过来,就好像有看不见的绳子将她们和麦多娃连在了一起,她们一起下了楼。

麦多娃在自动扶梯下撞进了一个红发太太怀里,红发太太一把抓住了她的胳膊。她的力道使麦多娃瘫软,一股寒气蹿上她的后背,她感到反胃。黛安娜牢牢地抓住她,被勾住的麦多娃跟着小个红发女人进了厕所。麦多娃第一次感到害怕了。红发女人用左手食指的指腹戳着她的额头中间。这几乎让美人喘不过气来。她对紫崖燕们说,让她们在外面等着。

"你停手吧。如果你停手并且帮助我把她们从笼子里放出来,你就什么事也没有。"

"您没资格命令我。"

"我知道他们几年前对你做了什么。"

"我不知道您在说些什么。"

"他们伤害了你。"

"我不知道您在说些什么。"

"你在做的这些,是犯罪。你已经跨过了一切世俗常规。为什么?为了钱。"

"不是的。"

"这能带来特殊感、满足感、卓越感。"

"没错。"

"具体是什么样的感觉?"

"这样的。"

"什么样?"

"我是这里面最好的。"

"谁跟你说的,优素福?"

"我一直是最好的。你应该给你的这个器官上个武器持有证。他这么和我说的。"

"你要是不停手的话……"

"怎样?"

"我就去见你的父母。"

"永远没人相信您说的这些的。"

"这些女孩们总有一天会说出来的。"

"她们不会说的。"

"她们只是怕你。"

"我?"

"我知道你通过什么方法把她们攥在手心里。我知道网络欺凌可以做些什么。你别笑。"

彼吉特在等记者。她答应了教育中心的经理,他们要在当地的小报上刊登有关黛安娜的访谈文章,在采访中她将聊聊瑜伽和鸟类。

埃里卡不在这里。彼吉特用手指平静地拨弄自己的音乐藏匿所。她播放卡罗莱纳巧克力豆乐队的《现在不是任何人的妈妈》。门铃猛地在乐声中响起。彼吉特关掉了音乐。

记者并不年轻。他有着柔软的乳白色皮肤,戴着方形眼镜。他有些紧张:他不怎么读书,却必须采访某一个女作家。彼吉特是专业的。她煮着咖啡,端上金字塔形巧克力和切片蜜瓜,她快速说道,她只有半小时的时间,我们就按您想问的来吧。他们聊着,录音笔贪婪地吞下彼吉特的句子,甚至记者过度自信的"r"音,天鹅绒革命后你们的第一位总统也过度使用"r"音,在他去世的时候他升到了什么位置,非常吸引我,非常。彼吉特意识到,记者只是因为他们共同的过度"r"音而真诚地欣赏这位政客。她说,嗯,没有什么小事比端庄的生活更重要了,标签甚至可以连着皮肤一起揭掉,系统也可忽略,不存在其他的解决办法,宗教,甚至政治信仰都是私人的事务,就像袜子的颜色一样,性别也将是私人的事情。

记者像个一年级模范生一样准备好了采访。你在这个世界上看向这些模板,嗯。

彼吉特面对着这个"r"音过度使用者,眼睛徘徊在初期秃斑上,黑色的毛发里突然出现红色的斑块。眼神飞到对面的别墅上。记者急切地答应,他们可以谈论一切。那么您想对读者们说些什么呢?彼吉特再次重复道,世界对每个人而言都是复杂和难懂的,对女人或男人而言概莫如此,她不区分女性和男性话题,他们都会享受政治、工作、文学,甚至当地的事务。记者点点头。铃声响起,半小时过去了。

彼吉特转变角色。像赌俄罗斯轮盘。

"您呢?"

"我?"

"您还记得那桩疑似强奸案吗?"

"哪桩案子?"

"在这个城市里发生的。"

"在这个城市里发生的?"

"在这个城市里发生的。"

"不记得。"

"嗯。"

彼吉特快速地关掉了他的录音笔。他潦草地敷衍着她所听过的内容。据说那件事在几年前私下里流传开,又被压了下去,一切都被掩盖起来了,什吉卡插了一脚,地毯下被清理干净,但如果记者再到这张地毯下看看,或许还能有所发现。他是那么敏锐,那么聪明。看看这个吧,好吗?看看这个吧。想来杯威士忌,对吗?来杯威士忌吧。

彼吉特将蜂蜜酒倒入未喝完的水中。她碰到了他的手。当然是无意的。她跷起二郎腿,舌尖舔过球形玻璃杯上的一滴蜂蜜色的金黄液滴。

"您应该写写有关阴蒂的文章。"

"您说什么?"

"甚至有时……"

"我现在必须走了。"

记者茫然无助地坐着,他的颧骨上起了红点。红点在他柔软的乳白色脸上流动,湿疹蔓延开来。他必须抓紧时间,授权的截止日期就是今天。

"您必须得自己回去了。我既没有手机也没有电邮。"

黛安娜走进餐馆。她用眼睛审视优素福的身体。朱莉未出世的孩子的父亲的身体。三位一体,爸爸、妈妈、孩子。她没能使埃里卡戒除投喂鸽子的习惯。这拙劣的掩饰手法,以便她观察神圣的核心家庭在沙坑里、在公园里、在游泳池里以及夏季的水上乐园里的互动。对埃里卡来说,观察母爱的场景是最不累人的。如果身体们能倾听自身。黛安娜混淆了人类和鸟类的世界,她只看到了杰作,只看到了燕子唾液粘黏而成的燕窝。

在印度洋的岛屿上,有一种燕子会用只在筑巢期分泌的逐渐变硬的唾液建巢。这样的燕窝对于一些人类而言是美味佳肴。

燕子痴迷于忠诚和燕窝,如果它们不是成对生活,便不会筑巢。公燕飞翔、振翅,衔来泥土和小枝条。母燕搭建巢壁。它们不浪费时间,不浪费每一个春天。鹳们则回到自己原来的巢穴中,它们不建新巢。

母燕在新建的燕窝中下蛋,它卧在蛋上,用自己的体温孵蛋,一动不动,只是卧着。公燕充满爱意地给它喂食,并保护燕窝。我需要你,因为我爱你。

等到小鸟们破壳,母燕和公燕从早到晚不断觅食,并发出警告的哔哔声。苍头燕雀喜欢秩序,而这正是秩序。世俗常规与宗教仪式中隐藏着多少秘辛。苍头燕雀不想听到任何翠鸟向它严肃而粗略地汇报的例外。

黛安娜穿过橘红色的珠帘。珠子冷冷地抚摸她的脖子。

优素福看着被橘红色珠帘舔舐的脖子。优素福别无他法,黛安娜心想。他在不同的传统下长大并生存,他是程序化的,身体也是程序化的,只不过他的程序在这里出了问题。他不明白,他并不能新建一套不那么引人注意的、选择妥协的系统。优素福并不想承担思考的重任。病毒攻击着正在崩溃的程序,他感到恐慌。他不想以"乌龟"① 的结局收尾,他不想养育别人所生的孩子。他像所有几百年以来的前人一样恐惧。他害怕,因为他的内心深处知道,并没有什么规则能帮助一代又一代人免除这样的命运。社会和宗教习俗不能,初婚和初夜权也不能,关键的贞操带也不起作用,深闺制度亦无效,除了自己的丈夫,印度的某些女性与所有男性都隔离开。

毫无帮助。

黛安娜看着他,考虑着自己最后一夜的权力。

---

① 指妻子与他人通奸的人。

现如今蓝色的男人们和黄色的女人们究竟在玩什么游戏？为什么两性关系是如此摧毁性的自由？男人们的目标就只是更换尽可能多的性伴侣吗？女人们的目标就只是找到一个合适的伴侣来确保她们的生计和后代吗？或者他们只是想给鸟巢里的小鸟们找到最佳基因的提供者？或者这已经不奏效了？家庭有着什么样的形式？一夫多妻制和一妻多夫制能被接受吗？乱伦将被惩罚吗？家庭会变成两人行、三人行、四人行等无视性别的形式吗？朋友们会混居吗？生父的重要性会下降吗？毫无血缘关系却真正为孩子付出的人的重要性会上升吗？这对于孩子而言是更大的威胁吗？即使心里毫不在意，男人们也会假装忠诚吗？他们想要告诉女人们他们的幻想吗？强制惩罚女性或男性不忠的法律制度已经失败了。法律制度现在并不考虑爱情。

麦多娃今天也跑过来了。麦多娃爱着优素福，优素福爱着麦多娃。黛安娜承认了这样的事情。麦多娃被珠串的波浪缠住。她从红色的老鹰旁走过，若无其事。她朝优素福倾身，芬芳的呼吸快速地朝他伸长的耳朵耳语，惊讶而善良的眼睛最终落在了黛安娜脸上。警告的寒气舔舐着黛安娜的后背。黛安娜在桌子上留下一杯自来水的钱。她得换个地方。她走出餐馆。优素福在她身后冲到街上。黛安娜不会在黑暗中等待。

她摸着优素福的胡茬。

埃里卡出现在教堂前，在购物中心的经历后她便到这里藏起来。她想着麦多娃，麦多娃被迫承认了，他们强奸了她。还将其他的身体引到恶龙面前，以此保护自己的身体。她像一个从妓女中挑选出来的残酷的老鸨一样。她干起这份营生，并且不会比男皮条客更善待女性。她不使用生理暴力，而是使用心理暴力。男人往往是蓝色—生理暴力的大师。女性则是黄色—心理暴力的大师。最后成为一个被诅咒的牺牲品：不是疯掉便是自杀。这是男性大师和女性大师拥有的共同点。女性的团结只是一个幻想。一个团体越是加强对底下团体的控制，这些低层团体间的竞争互斗就越厉害。埃里卡顿悟，黛安娜毕生的努力为何，她在尝试某种新的东西：女性支持女性，身体支持和保护身体。燕子们不会害怕另一只燕子。

她抬起头，天空压着厚厚的乌云。有人在上方怒目而视。我的主啊，请告诉我吧，这奇怪的不安背后究竟为何，这强迫于我的不安。这不安对我耳语，说我还不够善良。这不安对我耳语着对自我的怀疑，贬低着我。神学里有这么个词：有罪的。整个中世纪在女人们的身体前瑟瑟发抖。他们欺骗妻子，违背你的意志与你的身体通奸，但身体却不让通奸的孩子被杀死。女人的身体是魔鬼的容器。魔鬼能够通过不断孕育孩子把身体驱赶得疲惫不堪。通过体力活，让身体疲惫不堪。如果这不奏效，身体就可能被杀死。奇怪的是，他们没有烧死修女希尔德加德·冯·宾根，她没有把人类的性欲写为魔鬼的诡计，而是作为人类身体的一部分功能，她探索性别，性别多汁而五颜六色地存在于十二岁以上的女孩们狂野的幻想中……

　　我有一具罪恶的身体，因为是女人的身体，我因此而不合格。我亲爱的主啊，彼吉特说的是对的，问题可以以另一种方式发声：即便没有表演和牺牲，我依然喜爱自己，我能够自我接受并只相信我自己。当在皮肤底下分层的几个世纪轻轻耳语着附加角色的音节，从陌生的肋骨里发出的音节时，真的有任何意义吗？所有的这几个世纪越来越深地渗透下去，直到永远存在。

　　狂风暴雨夹杂着冰雹倾泻而下。

　　埃里卡没有撑开伞。

　　她与彼吉特和黛安娜在中餐馆碰面。

　　彼吉特过去和现在都极其喜欢一切男人，这对埃里卡而言是个谜团。

　　彼吉特在阅读。记者跨过入口的门将打好的文章递给她。她在鸡尾酒后用两根手指捏着它。彼吉特读完最后一个句子，声音很愤怒。

　　"当我说了什么时，我也会言行一致。我不能批评这个系统，您审查我并且只挑选那些平庸的无意中提到的关于育儿、时尚、男人和婚姻的无聊句子，以此让我共同参与到这个系统的构建中去。我对高跟鞋毫无兴趣。而婚姻则是一门我完全不懂的学科。"

"我们的目标受众是……主要是女性读者。"

"啫没错。她们没有脑子吗?"

"啫……"

"您不要把愚蠢的角色施加在她们身上。如果您没有别的办法,您就写许多关于她们的其他话题,换个方式写写她们的身体,写一些基本的东西。您的录音笔在哪儿?"

"我是真的必须走了。"

红色斑点爬上前额和颈背,红色的云朵飘浮在被风吹净的天空。彼吉特从他的口袋里抽出录音笔,打开,甜蜜的声音对着秘密的录音机低语。记者在她身后喋喋不休,努力从她手中夺回录音笔。彼吉特用自己的语言牵引着他。

"阴蒂,快感和欢愉之王。阴蒂就像男人的阴茎一样。在异性性爱中他们也一直跟我强调,性交就是高潮,它能使男人满意,如果我的高潮成为别人的谈资,那只能是内里高潮,您过来吧,先生,您还有更多时间,您跳过门槛吧,嗯,我们一起进行一个粗俗的采访,探讨一下在哪里、在什么时候给我提供一个阴蒂,几个世纪以来,先生们看起来都很阴郁,他们认为它不存在,拜托您可别把它同内阴、外阴弄混了。"

"我什么都没弄混……"

"词语需要鞭子的鞭打,以便使用得准确而有力。"

记者将录音笔从涂着桃红色指甲油的手指尖解救了出来。他不只是手心出了汗。彼吉特笑着伸出一根弯曲的食指，指向记者的额头中部。记者的身体转向一边。彼吉特曲起食指，出击。她按下录音笔的按钮，将录下的内容删除。

"我禁止您发布采访。"

浑身是汗的记者祈求道：

"这对您来说是个广告。"

"我不需要做广告。"

彼吉特对女性身体的主题以及强奸的主题从来不感兴趣，尤其是那些女性杂志。它们最好地服务了奴隶主，最狠地羞辱了受害者。

她把记者打发到教育中心的主任那里，有他一起他们肯定能赶上截稿日期。她独自出发，在埃里卡之后到达中餐馆。天空乌云密布，大雨倾盆。这公然是对女性身体和女性高潮的无视，对阴蒂的无视。二〇〇五年她第一次读完了医生和科学家的全面研究：阴蒂有八千个神经。彼吉特愉快地抽出雨伞，她从自己的秘密情人马克斯·阿德勒那里继承到了它，手柄处镶嵌着珍珠。胚胎学还会嘲笑亚当和夏娃的传说呢，你不这么认为吗，马克斯？阴茎体，竖直的国王的权杖，啊，如果它的性能比另一个性别的性器官低呢，恐慌。其他的通道通向女性的欢愉，她曾告诉马克斯，仅靠插入那是盲人的方式。他们进入了煤矿和钻石矿的昏暗矿道里。你知道吗，她曾对马克斯说。胚胎需要发育一段时间，然后才能决定它今后的性别。它不过只是一种生物，这可能意味着，造物主也只是女性原则的一个变体，为什么不可能呢，这个假设怎么样，虽然不重要，别跟我说亚当的肋骨，你为什么吓坏了，为什么那么绝望地盯着我，你为什么沉默，那你和我说说吧，拜托你了，你跟我说说你在害怕什么，马克斯，你别走，你别跑。

她过去没有、现在也不喜欢和埃里卡讨论这样的话题，因为她拒绝以这种原始的形态讨论女性特质，因为她认为，只有精神的道路才是通向公正世界的大道。埃里卡不理解彼吉特的独立性。彼吉特向她讲述，男人们如何徒劳地教她撒谎。因为他们不知道建议的真相。有的人痴迷于侵略性的性欲，在这种性欲里没有爱情的一席之地。他们中没有一个人能忍受我的独立性，埃里卡。更糟糕的是，放任我独立。彼吉特跟她讲述，马塞尔·莱希·拉尼奇①，那个著名的文学评论家，在他生命的晚期在城市的街道散步，他给自己共同生活了几十年的太太指出在哪些房子、楼层和窗户的后面他曾经历过爱情的冒险。你能想象我做同样的事情吗？你能想象吗？想象我和前夫在城里漫步，我给他指出所有的那些窗户。你为什么那么绝望地盯着我，你为什么沉默，那你和我说说吧，拜托你了，你跟我说说你在害怕什么，埃里卡，你别走，你别跑。

---

① 马塞尔·莱希·拉尼奇（1920—2013），犹太裔德国文学评论家。

黛安娜最后一个跑进中餐馆。她沉默地面对春卷和虾饺坐下。桌子中间一口蒙古大锅冒着热气。彼吉特把单片眼镜塞进白色的眼镜盒里。

埃里卡将薄薄的羊肉片、各色蔬菜及面条放入滚烫的、冒着泡的水里，又将它们夹起，放进辣的、苦的、甜的调料里。游牧蒙古人的食物，中国北方的食物；他们从不在任何一个地方待太长时间，因此被迫想出了便于随身携带的、易于存储的菜系。埃里卡正给自己夹起一团热腾腾的柔软面条。她停了下来，因为黛安娜坐下了，压抑地沉默着，因为黛安娜需要向她们快速地总结事情的进展，因为黛安娜是这里的头头，过去从未有过变化，将来也不会改变。

"她们不想作证。"

"一个都不愿意吗？"埃里卡呛得咳起来。

"一个都不愿意。"

"朱莉也不愿意？"

"不愿意。"

"创意写作课上的那个瘦瘦的女孩，米兰卡呢？"

"也不愿意。"

"麦多娃呢？"

"不愿意。"

"她们都害怕网络以及网上的追踪。在这样的追踪里她们没有机会，林子那么茂密，网络错综复杂，毫无尽头，小道变幻莫测；网络会抓住和撕咬她们每个人。一旦被传播四散,她们没办法简单地把这样的'纪录片'删掉或销毁。就像它永远都会存在一样。她们还不知道,只有经历,她们的经历是真实的。而非其他人对她们说三道四的那些内容。"

"那么这将再次靠我们自己了。"

黛安娜给自己点了杯蜂蜜姜茶。

"那么这将再次靠我了。"

她们点了三杯香槟。风将树木吹弯,直弯到地面,草坪上的小草如在静了音的灾难片中一般猛烈摇晃。

它们徒劳地弯下腰,最终却还是被人踩在脚底。一时的错误可能意味着终生的遗憾,终生的遗憾是唾液,燕子们不再用它为新生的雏鸟粘黏燕窝。

"什吉卡呢?"

"在死水里搅和些陈词滥调罢了。她很聪明,因此她装作愚笨的样子,装作被这些小女孩挑衅。她看起来像个成年人,于是我必须向她解释,成年人应该成熟地行事,这意味着,成年人应该保护迷途的身体。成年人的身体根本不能虐待那些正在成熟的身体。它们被设置好,以取悦别人。女孩们尝试着女性气质,这本身再正常不过。她们只是在学着做一个女人。小男孩喜欢玩强盗和枪的游戏。但我也不会因此就跑开、就去申请持枪证、去用尖锐的武器射击他们。"

"我为燕子们祈祷了那么多次。希望它们能找到内在的平静。"

彼吉特呛得咳起来，从她喉咙里发出了黛安娜的腔调。

"我们将在这一切背后画出一根粗粗的线条。"

黛安娜沉默不语。彼吉特看着水晶球中的这片虚空，重复道，问题出在人的天性上，任何政治团体或宗教都无能为力，可能只有妈妈能解决部分问题，妈妈在自己的新生儿上方弯下腰，和善地弯下腰，利润和损失都是明天的事情。

"那么你知道吗，圣埃里卡，为什么黛安娜要如此激烈地抵制这场狩猎？"

彼吉特抓住黛安娜的手。黛安娜没试图退缩。

"因为她没能拯救斑鸠，也没能拯救那个迷途的女孩，麦多娃。"埃里卡感到不解。她将黛安娜的香槟一饮而尽。

"你真的不知道吗，埃里卡？"

"不知道。"

"一切都写在这里了。"

彼吉特猛地翻过黛安娜的手掌，亲吻她的掌心。热茶溅了出来。埃里卡喝光了彼吉特未动的香槟，它还一直簌簌冒着泡。

"让她自己跟你说吧——你跟埃里卡说，我们的英格丽德用什么方式保住了自己的性命。"

"不。"

"她最后在犹太区给他们介绍姑娘。你从没跟我们说过这个。"

"她只跟我吐露过。"

"她跟纸张吐露过。她自己就是个甜蜜的怪物。"

"我现在只想谈论爱,只想谈论希望。"

埃里卡叹了叹气。"为什么雏菊、蒲公英或者燕子不是教皇呢?"

黛安娜起身,站到她们身后。她知道,鹌鹑在发出嘟嘟声。它一整天都在躲避苍鹰。它独自猎取昆虫。而昆虫猎取更小的生物。

我们之间有那么多牵绊,我们所热爱的和我们不想放弃的,那么多美好的事情,黛安娜的声音安抚着她们。

别无他法?

别无他法。

三个女人从小桌前站起身。她们在餐馆门前起飞。

一群无法被收买的燕子聚集并加入她们,这一过程持续了几个小时。

黛安娜在飞舞的雪花间购买机票,结束了高强度的瑜伽大师课。天空中飘下大片大片的雪花。窗外一群鸟儿飞过;它们紧密的队列与另一个鸟群擦肩而过。

回忆在黛安娜的思绪中闪过。黛安娜学习弹钢琴,她梦到摄影,深爱她的家人在她身后,她和爸爸无话不谈,他们一起读报，她有时去对面的大学里找他，挽着他的手，同他一起散步；她和妈妈一起去旅行，最后一次的目的地是哥本哈根。她的妈妈来自丹麦。爸爸在牛津大学教授人类学，他甚至对野蛮部落及他们的仪式也充满兴趣。在他的职业生涯中，一个同事一直排挤他，一个德国犹太人。爸爸并没有反抗，他说，德国犹太人，当然，是的，他就是这么说的。他自己把自己吓坏了。在他骨子里也有着几个世纪的偏见，那么深刻，高尚的规范什么也无法抹除；偏见是情绪化的，身体将它传递给下一代，就像无意识的滚烫的接力棒，世界观植根于文化中，父母甚至向孩子传递着关于男性和女性身体的存在意义这样已经成型的观念，从不仅仅是具体的男人和女人，每一次都是关于男性和女性，关于这些男性和女性如何被封存在这个国度、这一文化中。连根拔起吧，但究竟有多么根深蒂固？当思想处于重压之下，偏见的荷尔蒙迅速冲出体外，冲刷掉泥土，理性的思想徒劳地斗争，徒劳地、冷静地说服自己，说这是种族性的忍让，没有丝毫偏见。

爸爸因自己的骄傲受到了两次伤害。第一次，他们解雇了他。第二次是被他自身的反应所伤。他收拾起行囊，去了印度。女儿在他身边喋喋不休，她觉得，她会握住他的手，而他也会握住她的手，她没有意识到，他到这里来是因为他是英国人，在这里人们因他的白皮肤和出身对他友好以待，从他们对他的尊重中他感受到了虚弱的自尊，并找寻着丧失的崇高荣誉感，在这里他是国王，而他们是仆从，身体仅仅受益于这一简单的事实,他作为一个富有的、聪明的英国白人出生,是受到尊敬的。他去到印度,在那里他把黛安娜交给一个年轻的老师,这人曾是他自己的学生,此人现在已经不再从事人类学,转而投身瑜伽。这位老师按压黛安娜的身体,消除紧张,教她哈他瑜伽和体式。他让她睡着,这是第一次宁静的睡眠,黛安娜在一夜好眠中醒过来。

黛安娜注视着鸟群,身体在天空绘制移动的图画,小小的身体们铺撒在空中,绘画变幻着形状,复制着云朵。黛安娜注视着鸟群,她看到画家的手描绘着妈妈的巨幅肖像。天空中身体的移动。其中有莫扎特的小夜曲和嬉游曲。

黛安娜像卷起大学文凭一样卷起绿色的瑜伽垫,然后把它塞进软筒中。在筒的上部缠上长长的白色绳子,然后束紧瑜伽垫。她将课程学员的名单撕碎,扔进垃圾桶。她擦净地板,用一小块抹布擦净门把手和窗边。她出门。戴着白金戒指的手指套进麂皮手套中。

透过教室的钥匙孔她看向彼吉特,看看是否要跟她道别。

身着绿色西服和红色连裤袜的身体仍在跳跃。与往常一样,当她不在她们身边时,她会一连好几个月想念她们,想着她们,未来的一年又充满了能量,她们的信件压抑着她的句子,她则残酷无情地咒骂她们,但是她喜欢她们。因为彼吉特没有保护色,过去没有,将来也不会有。彼吉特自身有着一道深深的伤口，黛安娜过去及现在都对此无能为力。彼吉特亲自指导每一个学员，她分发修改后的文章，上面有着紫色微型字迹的圈圈点点，暗示性地、讽刺地指出他们的过人之处，并给他们分发礼物。黛安娜在傻笑声中寻找米兰卡的声音，但她并不在人群里。彼吉特拥抱一个又一个身体，他们手持吸管站在那里；他们把长长的吸管放在她的身体和心上，并吮吸。她在一开始时曾冲他们大喊大叫，你们不要在这里补充，他妈的，这毁了整个设定，你们为什么不说实话，你们为什么不说你们现在的生活并不适合自己。为什么不说你们就像套上了一件紧身的或巨大的外套，你们感到窒息，却不懂得怎么把它脱下来。

即便放置了吸管，吸光了能量，翠鸟也会想念他们，而他们亦会想念它，这些人类，如果一个人不记得自己，天和地将把他毁灭，彼吉特知道，人类是什么，而在他失去一切之前，又必须承受多少东西。彼吉特，今天是那么快乐和幽默，因为课程结束了，这是道别和终结，在结尾她引用了黛安娜再熟悉不过的话语，门上的耳朵听见了自己的原话，彼吉特在钥匙孔里引用黛安娜的话，每个生物都在无声呐喊，希望能以其他方式被读到，那么请学习阅读吧，现在就开始，不要从文字开始，从阅读手势开始。

◇

贝特逊山脚下的橙色房子与警察和寡妇联系在一起,甚至解放了他们。对他们而言,其他人的想法已经无关紧要,他们已经不在乎周遭的、偏离的、流动的时间里有什么在等待着他们。他们已经知道,没有任何事物能胜过非理性的人类生活,除了他们有形的身体,现在只有身体属于他们自己,在这一刻。警察坐在布拉格城郊的玻璃房子中,窗外结了冰,玻璃没有破碎,警察期待着降临节①的到来。他追踪着陌生的鸟群。它们在他头顶上方叽叽喳喳,一大片小小的身体,漫无目的地飞行。女人烤着甜味南瓜饼。他们喝着加了朗姆酒的滚烫的浓咖啡。警察看到了几只停在电线上筋疲力尽的燕子,还有一只燕子紧紧贴着地面飞行,鸟喙里叼着樱花,疲惫不堪。警察理解了它们所演奏的乐曲。

他说,他想娶寡妇为妻。她嘴里塞满了南瓜饼,惊讶地笑了起来。

现在立刻,还是说可以等我喝完这杯咖啡?

我会把男孩视如己出,然后我们将有其他的孩子,警察说道。再有一个小女孩就够了,女人说。我们要邀请橙色房子的老太太们参加婚礼。不,警察说。她们可能会来一场关

---

① 基督降临节,圣诞节前的四周。

于中国燕子的讲座，喋喋不休叽叽喳喳，她们可能会说，高贵的燕子们如何挤满全世界，她们可能会说，窝里的燕子不会将眼睛从暗下来的天空上移开。在二十世纪二十年代的某个偏远的地方，有一个未出嫁的女人没有名字，新郎把钱付给新娘的父母，然后像带走绵羊一样将她带走。起初她在妓院工作了很长时间，直到为他赚到了买她所花的钱。还有他们把年老的女人们送到乡下，让她们在田里如牲口一般劳作。女人看着警察，然后说，她作为女孩嫁人，是为了让父母高兴，而现在她作为寡妇嫁人，是为了让自己高兴。直到六十年代，瑞士的女人们都还没有选举权，而这，我不想再说这个。你最好告诉我，她们什么时候回来。警察起身拥抱她。

你指的是谁，我们的老太太们？

是的。

快了。

我没法对此心安理得。

对什么？

对于找出贝特逊山脚下房子的人是你这件事。基于你的调查和你的查实的证据，她们将被判刑。

那可是你的丈夫。

如果她们因为某件他没有做过的事而吊死了他，那我会第一个告发她们。

这样的设想是毫无意义的。

我没法对此心安理得。

他们做爱。警察睡着了。他紧紧抱着女人的身体,将女人的身体锁在怀里。身体是不安的梦境中的船锚。他梦到了三个老太太头戴着鸟的羽毛来到了他的婚礼上。他迅速地将她们带到平底船上,长长的船篙将她们从岸边推向湍急的河流的漩涡中,三个女人站在平底船上,平底船缓慢地打着旋,然后同水流一起消失在远方。然后他清理了橙色的房子,他点燃了被掏空的房子,房子里的一切纸张、登记册、文件夹、电脑、照片、电影胶带都着了火,黑色吞噬了橙色。他点燃了橙色的房子,女孩和女人的身体从窗子飞到空中,她们笑着,她们跳跃起来,像是乘着隐形扫帚的女巫一样飞向太阳,这些聪明的身体,甚至因为她们不想做饭和洗衣而被烧,所有的一切跃出四方形的天空,这天空如阴道一般打开。在这个阴道里,女孩和女人的身体消失了。警察在上方,同时也感到奇怪,为什么燕子们要弄出这样的大动静来,因为某个黑洞、某种黑色的空间而产生的噪音,黑洞深不见底,通过宇宙进行膨胀的暗能量将他吸了进去。阴道即为虚无。虚无无法威胁到某人或某物,为什么要挑衅虚无从而诱发这样的怨恨,被唤起的虚无会在产生恐惧的地方进行破坏、攻击和折磨,这恐惧会在双腿间刺入刀子。警察的刀子划过指间。一切都悬在一根发丝上。

他醒过来，小心翼翼地将女人温热的身体移出怀中。他到冰箱里找凉的伏特加。他喝下第一杯冰酒，再喝第二杯、第三杯。他启动休眠的显示器，小心翼翼地打开网络，以便不把寡妇和孩子吵醒。他输入三个女人的名字，他每天都会这么做，他正在每日的仪式之中，他输入有毒的老太太们曾居住过的城市的名字，在日报《甜蜜兔子》上搜寻着。他浏览当地报纸上的文章，没有错过史达瑟洛娃夫人一篇未被授权的、发着颤的采访，所提的问题都像皮冻一样发着颤。警察密切地关注着当地的时间，追踪麦多娃怪物的案子。唇枪舌剑的审理过程中充满了情人间的私怨以及令人困惑的政治辩论，在此期间没有人认罪，人们支持优素福，这个勤劳工作和缴税的人。在国外取得成功并不容易，一个在这里定居的人被这样攻击是令人作呕的、不可接受的。最后还提到了母语、宗教信仰和民族。他点击法庭庭审的照片。他把照片放大，仔细审视最后一排凳子。在睡着的阿德勒和微笑的含羞草艾伊索娃旁边是埋头看着纸张的史达瑟洛娃，看不到她的脸，她手中握着墨水瓶和万宝龙牌的钢笔。警察感到反胃，脸色变得苍白起来，显示屏扭了扭脖子。

半个鸟巢

眼睛下有圆环的燕子们在城市里徘徊,它们原本早就该飞离这里,到温暖的地方去。直到它们确定将来能够安全地返回屋檐下的鸟巢中之前,它们不会飞走。

庭审是公开的。

她坐在最后一排凳子上。

黛安娜照着便携式的小镜子,她的手藏在麂皮手套中。她向原告点头表示问候。什吉卡没有笑,她转过身去。

三个女人一直保持沉默,只有彼吉特偶尔用白色尖锐的铅笔在蓝色的笔记本上写些什么。刻苦的女学生用右手写下了什么,她左手的钢笔进行紫色的评论。彼吉特感受到了一种不确切性。

男人们的辩护律师们坚称,女孩们只不过是妓女,并且没有人强迫她们卖淫。他们非常自信地引用了优素福最初证词里的说法。胆小鬼鹈鸰想要变成猎鹰,手里拿着雪茄和威士忌。

"取悦我们本就是她们的工作。除此之外她们还擅长什么?"

什吉卡不安地挪动身体,她将白衬衫上的纽扣压在黑色西装外套下,将一条闪亮细带扣在脖子上;其中一位辩护律师的眼睛无意中滑进她胸脯间的乳沟,固定在淡黄色的蕾丝上,就好像她的脖子周围有一条不合时宜的鸟羽蟒蛇。

"那么他们可真是把卖淫引向一种奇怪的完美了。这些女孩从来没有从男人们那里拿到过一分钱。如果有人付了钱,那么恰恰相反,其他的男人们将钱付给了优素福先生和他的帮手们,他们组织并控制着整个帮派。"

他们传唤证人。他们传唤传送带上的纺车。他们传唤林莺和夜莺。嘎吱作响的句子描述了在战前都骇人听闻的性行为,但如今没有人会对此挑一下眉头,因为她们甚至能将两个人引到一块儿,或者是命运将上述者引到了一起,这有什么呢。

一个经常光顾优素福公寓的访客说,他这一方从未发生过强奸,因为他只是把手指伸到了阴道中。

在这一刻,黛安娜太阳穴突突直跳,麂皮手套里的手出着汗。她猛地抓住两个身体,紧紧抓在手上,嘘。白色的铅笔飞向空中,然后在长椅下滚动。已经决定了。黛安娜等着信号,她希望什么也别找向她,希望恶毒的语言不要抵达终点。世俗常规与宗教仪式中隐藏着多少秘辛。她们从不曾来过这里,从不曾呼吸过当地的空气,嘘。

彼吉特疲惫地弯下腰去捡滚动的铅笔,血液冲到头顶。

在监狱里，翠鸟，可别为了滚动的东西而弯腰。钢笔以紫色评论着法庭上的事件。身体害怕她们没法翻牌，害怕女孩们会被锁在教管所的铁栅栏后。身体感到恐惧，从钢笔里溢出的滚动的红色颗粒替代了紫色的墨水；项链断裂开，散落在法庭上，珠子的底下垫着字母的碎屑，谁也不想要这些字母，甚至她都不打算处理这些字母，她此生不断碰到它们，它们在墙上滚动，甚至在天花板上旋转，它们像蜘蛛一样向上爬，它们像一滴滴水银，像顺着大腿流下来的血滴。干瘪的、精力过剩的狗儿们对每一块新鲜的肉都会感激不尽。

埃里卡在脑海中执导着纪录片。她想要用两架摄像机进行拍摄，不，四架。铺着波斯地毯的餐馆和宽敞的公寓。朱莉的愤怒的妈妈的脸在公众面前表情柔弱，她的眼里有着恐惧，她不明白女儿卷入了什么事件中。她非常震惊，对女儿感到愤怒，她对每一个有兴趣聆听的公众说道，无论如何这还是个孩子，随后她改口称，这个未成年的兔崽子编造了谎言，在我们家、在这个城市里不可能会发生这样的事情，没有发生过这样的事情，我们家从未发生这样的事情，我们是一个体面的家庭，我打她几耳光，这事就过去了。朱莉妈妈的眼里有着恐惧，她害怕有人会传唤她。埃里卡看着妈妈的嘴，耳边响起了勃拉姆斯的《D大调小提琴和管弦乐协奏曲，第77号》诙谐小快板，握着弓的手是梅纽因的手；小提琴手的燕尾服是她默诵的咒语。

人们紧握双拳站起身。垃圾堆积如山。手把垃圾扔到鹌鹑、鹡鸰、紫崖燕、虎皮鹦鹉、攀雀、山雀、青山雀、山椒鸟、白腰朱顶雀、交喙鸟、斑鸠和鸽子的羽毛上。若双手可以,他们会扔石头。是时候扔石头了。垃圾和石头都是极为挑衅的词语和句子,一整套挑衅的词语和句子。这些词语和句子对受害者吠叫着。咆哮声坚称,这些强奸犯是好意,坚称是这些小鸟的身体想要的。秃顶的男女市民们在报纸上坚称,这样的事件在我们国家是不可能发生的,他们的女儿们在餐桌旁温顺地眨着眼睛,就像眨眼的娃娃一样,点点头,用勺子舀着吞下早餐。埃里卡将剪切法庭的细节镜头,她还会拍摄走廊和法庭前开阔的空间。她还会拍摄召开法庭会议的大厅,还会拍摄叫喊着口号的广场。而上述所有场景的背景音都会是一段欢快的乐曲,本杰明·戈达尔的《燕子》。

从黎明开始,法院门前便聚集了一群群年轻的身体。示威人群举着横幅,穿着马丁靴,嘴上围着三角巾,三角形围巾的角垂在下巴上。他们要求干净的家园。他们为自己的孩子们要求安全。当围巾消失时,他们张大了嘴。在他们看来,男人们利用白人女孩进行报复,因为他们在这个国家是二等公民,在示威者看来他们是二等公民。就跟白人男子有恃无恐地带走殖民地的女孩们一样,他们时至今日仍在夺走女孩们的身体,只不过现在他们师出有名,就像他们在非洲享用饥饿的黑人女孩一样,他们在泰国和在古巴的行为,尊敬的先生们、女士们，名为性旅游。

女性的身体，若是自由的，那便是不安全的。英格兰曾经征服了殖民地。而现如今他们通过这些女孩的身体征服了英格兰。

力量的独裁。

广场上黑压压的人群吓坏了黛安娜，也令她十分担忧，这么做只会把注意力从真相上分散开，然后毫无意义地贴标签和分类站队。她一生都在与这种行为做斗争——不看标签，只看身体，而这种行为却在这里重演。她感到燥热。政治化的人群被接种了什吉卡疫苗，她在网络上将注意力从自己身上移开，年轻人加入到网络中支持她。这不是黛安娜想要的，她从未希望如此。言语如同右翼，左翼在现今毫无意义。秋天离场，春天在望。

他们传唤小鸟们。女孩们站着。她们看起来很鲜活，但是她们很疲惫，眼神中有着浓重的恍惚感。

米兰卡和朱莉都没有缺席。麦多娃不在其中，她的爸爸大吵大闹，在喧哗中带走了女儿，他用夜莺的歌唱让所有人都闭了嘴，麦多娃什么都不知道，我们是不一样的家庭，我们和你们这些强盗妓女的家庭不一样，贫穷和富裕是没法隐藏的。

埃里卡对此并不惊讶，她曾追踪金色的面纱，她将麦多娃怪物看作不舒服的鞋子。这是个难题。麦多娃怪物并不蠢。麦多娃是警惕的，她从优素福那里得知，一个跛脚的老太太在街上游荡，据说她在找自己的孙女并拍摄纪录片。麦多娃学习，上钢琴课，背后是宠爱她的家庭。她和爸爸进行讨论，他们一起读报，她有时到对面的银行去找他。她和妈妈一起去旅行，最后一次的目的地是哥本哈根，妈妈来自丹麦。这是个难题，无法轻易破解的难题。

被告们坐在小鸟们后面的长椅上。他们的呼吸喷在小鸟们的背上，小鸟们感到害怕。她们说这些人是她们的男朋友、情人。是的，虽然年纪差了那么多，但为什么不可以呢，爱情是令人惊讶的，坚定不移的，阴险的；爱情在意想不到的瞬间以意想不到的方式偷偷潜入并抓住人的心，爱情和死亡有着很多共同之处。

您是想说，您和其他三十个女孩分享自己的男朋友，您不介意吗？

不，不介意，她们都是我的朋友，麦多娃更是我最好的朋友，我没有比她更好的朋友了，没有了。

您对"不忠"一词没什么要说的吗？

小鸟们的声音响起。有的焦虑得口吃，有的因恐惧而伸出舌头。她们表情僵硬，佯装自信，而那些最天真也最脆弱的女孩们则为有生以来第一次成为兴趣的焦点而开心，这一次他们在白日里拍摄她们的照片，啊，他们对即时的快乐为何物毫不在意，只要别错过了时间就好。埃里卡攥紧了脖子上镶嵌着宝石的十字架。有时她对着十字架小声说话，那么小声，她与上帝协商，而她不知道通过什么方式，她知道，上帝理解她，她向自己的上帝祷告，她的上帝有着燕子、蒲公英和雏菊的样貌。最终。

彼吉特嘲笑她，人若做计划，上帝便发笑，埃里卡在心里反对她说，在这些现象周围没有任何语言，只有雄辩的沉默和雷鸣般的寂静。那么我们在这里不停地责备什么呢。

原告提醒道，乌克苏尔斯克－贺蒙餐厅的老板是这个帮派的头目，毫无疑问就是优素福。

小鸟中没有任何一个人站出来指证他。

鸣禽被网罗于网中，挤在一个笼子里。她们没有张开鸟喙，没有歌唱。朱莉也一言不发。黛安娜看着朱莉，她曾多次被残酷地强奸，次数同黛安娜此生中为自己的小鸟们播放阿加特·巴克－格伦达尔的《燕子的飞行》一样多。她为她们播放这首曲子，替代夜晚的摇篮曲。

最终该轮到优素福被法庭传唤了。每一天，将美丽摧毁和撕碎是很有必要的，同时，还有通过摧毁它的人来滋养它，以使它保持鲜活。彼吉特捕捉到了天蓝色的句子，它在法庭上如同副歌般不断重复。

我曾想从中挣脱，但没有成功。

鸟喙们没有张开。米兰卡写的文章，被什吉卡折成了燕子形状放在身边的纸张，不能作为证据使用，只能被扔出窗外。

月神保佑。这与麦多娃庆生时有所不同。与同学们聚集在她父母的房子里喝酒，愚蠢地吹牛，跟着震耳欲聋的音乐尖叫、摇摆和跳舞时不同。

这里的墙壁不传递任何声音，只有寂静。燃烧的香烟烟雾，甚至烟灰缸里隆起的烟灰吞噬了声音的踪迹。窗户并不晦暗。在公寓门口我把手机交给了一个男孩。我并不情愿，但我别无选择。这是必须的入场规则。这是为你着想，男孩对我说，免得你把它弄丢了，我在这里就像是旅馆的保险箱，他安抚着我，对我眨眨眼睛。我们俩都被选中了。

我踩在厚厚的波斯地毯上。到处都铺着地毯，像是茂密的草坪一样顺滑地铺过门槛，在我的脚步下如同顺滑的舌头。我很期待将有专业的摄影师为我拍照，麦多娃对我承诺的，为我摆拍。

男孩将我带进一个香烟弥漫的客厅。沙发上一个男人和一个女孩在拥吻，仿佛在我面前的烟雾中浮现出古老的群雕一样。这个女孩也就十三岁。当他们彼此分开时，女孩的牙套闪着钻石般的光。在我看来他年纪很大。他们向我投来目光。他从头到脚打量我。她的视线与我的眼睛相连，她的目光纯净而空洞，我没能从中读出任何东西，然后他们又黏在了一起。在他们面前的桌子上放着两碗白色粉末。在烟和尼古丁的浓雾中我感到有些反胃，但我没有表现出来，我想要加入这个派对，我属于这个派对，我成功了。经过数周的进攻和徒劳的努力后，我成功了。我对此已经期待了几个星期，而我成功了，自我的好奇心令我激动不已。麦多娃令我兴奋不已，她以拥抱欢迎我。我咯咯直笑，这令我得到了勇气，驱散了恐惧。当麦多娃拥抱我，并令我惊讶地夸赞我的打扮时，我兴奋不已。她递给我一瓶冰凉的伏特加。在这里，大家直接就着瓶子喝。她把手搭在我的肩膀上，叫来了那个在入口收手机的男孩。她专横地同他说话，很显然，是谁统治着这里。今天的都到齐了，她对他说。我不知道，她指的是女孩们，还是手机们。男孩给我点燃一支大麻烟卷，我吸了一口，摇摇头，我把烟卷还给他。男孩把烟卷递给麦多娃，她把烟卷塞到和戴着牙套的女孩紧贴着唇的男人的手指间。

男孩点燃了一支香烟，把它塞给我。他对我很恭敬，我很高兴他是明白的。我属于她。我很骄傲，我属于她，属于这个富裕和美丽的、学校里最为跋扈的女孩，属于神秘的麦多娃。她选择了我。男孩现在放起了音乐，并不是很大声。这样的音乐中，麦多娃将手举过头顶跳起舞来，唇上涂着覆盆子色的厚厚的口红。她将头发散开。她迷住了整个房间。女孩们加入其中，将她围在中间。一切几乎是在安静中发生的，但它又是如此嘈杂、如此沉闷、如此美丽。麦多娃再次扎起头发。在隔壁的房间里，一大群人似乎收到了聚集的信号。他们并不是麦多娃承诺的男孩们。麦多娃承诺的让我盛装打扮的时装秀不会上演了。麦多娃所承诺的我们为模特经纪公司进行的摆拍也不会发生了。

　　蚂蚁们蜂拥而至，环绕在舞动的、微醺的、抽着烟的女孩们身边，他们加入其中，一起扭动起来。其中一个人摸了摸我的肩膀，我感到很不舒服，我后退了一步。他从我手中拽下那支我没有吸的香烟，烟灰掉了下来，男人用手掌接住了它。他将手握成拳，他把剩下的烟头放进嘴里，吸了一口。我看着他的眼睛，我想着他手掌中灼热的灰烬。他有一双漂亮的眼睛，黑色的。他嘴唇间爬出蛇形的烟。他离开，和麦多娃说话。他又返回来，什么都没说，抓住我的臀部。我吓坏了，他在用凸起的裆部触碰我。他带着我摆动起来，跳舞的过程中他将手掌伸进了我的内裤里，挤压我的臀部。我僵住了，我感到非常不适，但我不能在这里尖叫，他们都会笑话我的，麦多娃也不会再邀请我到这里来，我就再也没有机会感受不一样的生活了。一根手指在我的臀瓣间游走，指尖一寸寸移动。我不想这样，我挣脱开，我想离开。男人笑了笑，他离开，和一个穿着V领T恤衫的男人说着什么，T恤衫上印着阿诺德·施瓦辛格，我不知道是他在哪部电影里的造型，那个穿着T恤衫的男人，要更老一些。他们每个人年纪都很大，都超过了二十岁，比二十岁大得多。穿着T恤衫的男人没有笑，他和麦多娃耳语着这一变动，同时在小桌上备好一根白色的线。麦多娃的脸色严肃起来。这是我不曾见过的麦多娃。他们在玩传话游戏。

麦多娃不再对我笑了，她朝我走过来，愤怒地对我说，让我冷静，让我不要软弱，否则我会失去一生的机会。她把我带到小桌旁，穿T恤衫的男人在上面准备好了可卡因。吸了它，麦多娃对我说，这也属于拍摄和电影的一部分，放松些，你会喜欢这里的，你还想要回自己的手机，不，你必须好好地承受这些，别犯傻了，享受它，毕竟你还是免费得到这些的呢，臭婊子，你还能在别的什么地方免费得到这一切吗？她强迫我又喝下一口伏特加。还是说你想再来点别的？那就再来一杯。体内火辣辣地灼烧，我烧了起来，我如火炬一般，我慢慢开始喜欢上这里，我觉得身体里很热，我摇摆起来，身边的一切都在摇晃。麦多娃脱掉了我的鞋，我赤脚踩在柔软的地毯上，总有人把我举起来，我触碰到了天花板上的水晶吊灯，地毯玩笑般地在我脚心挠痒痒，草坪疯长到天花板高，头发也是如此，它们变成了蛇的形状。我在浴室里抓起一把剪刀，把蛇们剪断，我将它们的小脑袋剪掉，就像祖母在菜园里剪除蛞蝓一样，一个个剪掉，避免接触到它们，原先她会把它们集中起来，扔到盐水里。我拧开水龙头，水流过我的手掌。麦多娃身上透着昂贵香水的味道，有时她会把这个香水借给我，并且我们涂着一样的指甲油，也是她借给我的。我穿着她给我买的T恤，她是我最好的朋友,我拥抱她,她拥抱我,我们一起跳舞,为了让其他女孩看到我是谁,她把我拉到前面,我跌跌撞撞地走着,一路上总有什么东西泼到我身上。我滚烫的脑袋垂了下来,破碎娃娃的身体,我是个破碎的娃娃,我像她一样漂亮,像麦多娃一样,我们一同笑起来,在缓和的脸色、压低的嗓音和昏暗的灯光下,麦多娃把我带进了其中一个房间,在昏暗中立着几个人影。她在我面前摔上门。我开始拧动门把手,然后我感觉到有手环上腰部,缠绕在我的胸部和双腿间,章鱼挑逗着我,挠着痒痒,我咯咯笑起来。章鱼越缠越紧,我开始尖叫,抱歉,我不想这样,你是谁?我那么无意义和多余地尖叫着,在这没头没尾的混乱和恐惧中我只能尖叫,因为在这一刻它在我的体内定居和安顿了下来,我的身体将成为它的家,它将柔软的灵魂弄得一团糟,抹除了我对一切事物和一切人的信任,它强化了我,让我变得不像我,我憎恨这样的感受,但我却需要它,以使自己免于崩溃。一个人按住我,其他人轮番上阵。他们就像在魔鬼的机器上用锤子从各个方向敲击和捶打进我的体内,在敲打的节奏中我感到窒息并流出口水,然后我的嘴巴变干,身体瘫痪和麻木,在我的身体恢复疼痛感前,他们似乎给我注射了普鲁卡因①,这样的疼痛最终让我发不出声音,疼痛塞住了我的嘴,时间消散无踪。

---

① 一种麻醉药。

当我清醒过来时，麦多娃站在我上方，她看起来就像什么都没有发生过一样。你打电话叫警察。我想这么说，但这些话没能说出口，嘴唇很痛，到处都很痛，我像动物一样被撕裂。一篇文章在脑海里嗖地一下飞过，我曾经对这篇文章毫无兴趣，我们曾讨论过这篇文章，关于在印度某地发生的女学生强奸案或是性交事件。在那里，身体被带到黑公交上，同我一样被撕裂。我也正乘坐着公交车，但是这辆车没有停下来，它加快了速度，它也没有晦暗的车窗，它还在这个城市、这个国家里行驶，我生活在一个文明国家，在欧洲，我和肮脏的印度有什么关联呢，我对印度一无所知，我一点都不想了解它，我是更好的，我是被选中的，印度曾是殖民地，印度曾隶属我们，其余的我就不知道了。

转变后的麦多娃点燃了一支烟。她不再表现得像一位好友，不再表现得像我曾经那么依赖的妈妈一样。她冷冰冰地说，什么也没有发生。对此我一言不发。如果我足够明智，我还能赚不少钱。你可是米兰卡啊，很好，不。

我看着麦多娃，不敢相信自己的耳朵。我觉得她疯了，她已经疯了，而我是在做梦。不是梦，我的身体提醒着我。然后我睁开眼睛，双眼几乎瞪出眼眶。我感受到大腿间空洞的疼痛，牙齿疼痛地咬紧，伏特加再次撕扯着体内，某个人给我的脖子降温，从某处吹起来，是穿堂风，某物在我脖子上粗重地喘着气，酸味浓重，我想将这个沉重的水泥袋从身上拽起来，我想逃离，舌头塞进我的喉咙，我挣扎起来，但他把我压得更紧，我的腿动不了，我像只被压扁的青蛙，他刺痛了我，大腿正在死去，其他的牙齿闪着光，潜伏着，等待着什么，我反抗着，手指掐住我的脖子，我被触须缠着，动弹不得，无法呼吸，疼痛咬住了我，不肯松口。我张开嘴，想要大声呼叫，仙女麦多娃挂在我的上方，用食指扣住我的嘴唇，往我嘴里继续灌入冰凉的伏特加和甜味粉末的混合物，甜美的脸颊凑近我，贴着我的唇低语，这只是个考验，小鸽子，这是加盟仪式，如果你通过了，我便奖励你。伏特加流到了我的脖子上，身体变得冰凉，我尖叫和咆哮着，白色的牙齿扇我耳光，我安静下来，开始在内心里数数，我尝试着捕捉数字，这总是会结束的，我不知道我数到了几，数到三位数时终于摆脱，钳夹松开，水泥袋滑了下来，仿佛一声令下，身体们被抛到隔壁跳舞的房间。

　　我没有身体。我不想要这样的身体，这样的身体是他们的，让我感到恶心，我捶打周身，水泥袋消失了，这里一个人也没有，我没人可以捶打，只有这具身体。我套上裤子和 T 恤，把内裤塞进口袋里，我没穿内衣，我该把什么放进内衣里呢，鞋子落在隔壁跳舞房间的某处，在厚厚的地毯上，跳舞的房间里三个男人拽着女孩朱莉，我在学校里认识了她，我装作没有看见朱莉，我装作不认识她，一个男人把她的手反剪在背后，麦多娃的声音在我身后响起，你看，如果你也想胡说些什么，这就是你的下场，她在警察那里胡说八道，看起来，他们已经不打算对她仁慈了，但他们会对你好的，甚至会很温柔，时间长了以后你会喜欢这些的，等到每个人爱抚你之后，你会永远留在帮派里，我们会保护你，否则大家会嘲笑你的，他们，我，整个城市，全世界，这只是取决于你，而你真的很棒，所以欢迎加入天选之帮，如果你也能引来某个年轻女孩，我会付钱给你，你就能赚到钱。

我加入了天选之帮，整个学校都对这些被选之人窃窃私语，有时我可能弄明白了，为什么这是解脱，为什么这是天堂，为什么周围的女孩们如此不同和遥远，为什么她们能不自然地放声大笑、说话粗俗，但最终又他妈的那么幸运，因为有人做的选择决定了这些女孩应该是幸运的，为什么她们中间没有任何一个人警告过我，我永远不会再到这里来了，永不。

不？麦多娃严肃起来，你真是让我太失望了。她在我面前打开手机，播放记录。我认识这个女孩，她是模糊的，赤裸的，完全地赤裸，几乎都看不见她，一个男人四肢伸展地压在她瘦小的身体上。你最好乖乖的，不然我就把这个放到网上，没有人会相信你是不情愿的，没有人。然后她抱了抱我。最终你完全活过来了，最终还是发生了某些事，但我还是很喜欢你。我的身体同她拉开距离，针头穿过身体。麦多娃把自己的外套递给我说，我把这个借给你。她支持我。她真好。我们走下房子前的楼梯，在那里有个男人在车边等着送我回家。麦多娃是善良的。我拒绝上车。男人发动汽车，消失不见。

熟悉的街道上，我伫立在陌生的身体里。

麦多娃已经在接触另一个女孩，周围没有人对此感到惊讶。我在街上，已是夜晚，我光着脚，我把内裤扔进了垃圾桶，我在上面呕吐，我不知道，我该怎么办，我想到了被他们架到楼上的朱莉，麦多娃提到她，说她在警察那里没有任何一个人相信她，而且她名誉扫地。周围有两个人经过，一对老夫妇在遛狗，他们嫌恶地绕过我。拜托，我想说，请您帮帮我。我什么也没有说。在他们之后几个醉鬼经过，这么可爱的美女，这么可爱性感的美女，他们调笑着，我哭了起来。拜托了，谁来帮帮我吧，我想这么说。月神保佑。

我溜进家里，所有人都睡了，我把身体放进浴缸里，用妈妈的香皂搓洗它，我不想要这具身体了，我想要另外的身体，但没有别的身体，我必须待在这具身体里，我什么都不剩下了，我将在这具身体里度过一生，恐惧向我袭来。但也许有某种途径，让我可以从中走出来，比如我可以将它写出来，写出自己身体的经历，我报了这位女士的课程，我们学校明年将提供她的课程。我的身体躺着，躺在地上，它不想到床上去，因为它如行尸走肉一般，流浪的狗形单影只，它只有麦多娃，麦多娃是唯一一个对身体有善意的人。

清早爸爸敲响房门，怎么了，你怎么不起床？妈妈也围过来，我们两个都顶着黑眼圈，但她是因为别的原因，爸爸没跟她睡，和其他的女人们睡了，但她却不和他离婚，没有他她便交不起房租。于是两人纠缠在互相的依赖里，各有各的情人，多余的依赖灼烧着他们，也切断了曾触动我的记忆。他们抱怨着他们如何孤身一人。尽管他们有我和我的弟弟及妹妹。我有黑眼圈，因为我失去了童贞。必须有个人来帮帮我。首先我要摆脱这具身体。我割破它。我什么感觉也没有。它不属于我。它嘲笑我。我厌倦了它。它背叛了我。他们背叛了我。她背叛了我。恐惧喜欢我。但当我重复这一切时，当我不允许这样并进行抵抗时，当我掌控这一切后，我将对此冷漠，于是我将回到自己的体内。我的记忆被清除。燕子啊，拜托你，帮帮我。

身体曾大声哭泣。因为它曾经想要去爱，但如何在这个不友好的领土上行动，它不得而知。

第一阶段的审讯结束了。

黛安娜、彼吉特和埃里卡在泳池里锻炼。身体没有游动，在水里行走。大腿在水里慢慢移动，洗去法庭的污垢。她们互相搓背。她们屏住呼吸，沉入水里，在水面下飞行。伸展着翅膀在水里快速移动。受惊的救生员在她们之后跳进水里，穿着艳俗金色泳衣的太太抚摸他的脸颊。

她们到访一家日本茶馆。前庭模仿日本园艺装饰着石头、苔藓和小溪。入口很低。里面没有任何装饰物，只有摆着书法、樱花照片和花瓶的壁橱。花瓶里插着简单布置过的花。中间是一根细长的、未上漆的柱子。灯光昏暗。神圣的铁壶慢慢冒着泡。树冠上风声的回响。问候被限制在鞠躬上，客人们安静地坐着，没有说话。

　　日本人郑重而缓慢地将水和浓浓的绿茶混合起来。他分发一杯又一杯茶。快乐地共享，用土、水、火、风洞察"我"。女性好友间的深度和谐被重新修复，死亡时的共同体；人类的心控制着万物的状态。

　　她们用鸟类学家专用的望远镜观察麦多娃的房子，她在帮助园丁和爸爸清理秋季的花园，仿若什么也没有发生。劳动培养人，爸爸安排她换学校，民主教育的实验没有成功，他曾想让她了解社会所有阶层的孩子们，但存在着文化和社会的差异，这些是坚不可摧的。麦多娃现在将要拜访昂贵的、私立的、寄宿制的四周都是高墙的学校，而校长会热情地接收她。他理解，这个家庭正经历怎样的痛苦，可怜的麦多娃又是遭受过何种欺凌的受害者。黛安娜将望远镜放进坚硬的箱子里。夜里麦多娃同样溜出去，世俗常规与宗教仪式中藏着多少秘辛。女人们盘腿坐着，同并不在场的英格丽德说着话。我的老朋友便是我的新朋友，我是谁以及我正在做什么，一如既往。

　　女人们不讨论过程。她们打开文件夹，浏览铺散着的用便携镜子拍摄到的面部照片。纸牌游戏结束后，桌子上还留着两张牌,被污染的麦多娃和优素福。她们争论,沉默地表决。埃里卡的手指是猫头鹰的鸣叫,一再护着麦多娃的脸庞。

彼吉特在胜利者的头上挂上紫色十字,埃里卡很生气。
"男人们为所欲为。"
"你下辈子想成为男人?"
"我希望生而自由。"

埃里卡固执地播放莫扎特的《圣体颂》。她们清理公寓。她们把衣服放进蓝色塑料袋里,用绳子捆上,再将蓝色袋子扔到垃圾箱里。黛安娜穿着旧制服,头上戴着士兵的船形帽,她闭着眼睛,躺在地上,腿在身体上方交叠成盘坐的姿势。你会为了某种人们已经不再相信的东西而死吗?她曾以这种姿势躺在自己的闺房里,到了夜晚就自我保证,以后会成为一个听话的、善良的、美丽的人,会取得巨大的成就。埃里卡和彼吉特将她们在洗手盆里烧毁的一切冲进马桶里。她们彻底打扫,并把床单扔到垃圾筐里,然后把垃圾筐扔到邻居家的垃圾桶里。她们彻底擦洗厨房,撒上细细的粉末。埃里卡调制了浓稠的、乳白色的、奶酪状的鸡尾酒,并将它倒进保温瓶里。她将保温瓶立在一个她们此前一直没有打开的绿色袋子旁,只有黛安娜会将它打开。她们把黛安娜留在孤独里,她们出门散步。不捆绑的姿态,非常珍贵。

蛇身们缠在黛安娜身上,她心意已决。黛安娜没有退缩，因为除了时间的羽毛外，一切都没有改变。关于水的战争便是未来之战。她们走过雷区，走过敌人的领地，当女孩们打水回来，她们就因被强奸而受到惩罚，她们被关进棚屋里，因干渴而死，或者像女巫一样直接被烧死，这样的行为强化了自我，强化了社会，这是强有力的行为，啊是的，请继续更多细节吧。在最近的几次战争中他们还强奸俘虏，引发了抵抗、报复和愤慨的浪潮，这不能发生在男人的身体上，啊，拜托别再说任何细节了，在斯雷布雷尼察①，机枪强迫一个男人吸另一个男人的下体，身体叛逃，身体与征服者在一起，然而征服者为什么这么做呢，身体喷射，别再说任何细节了，啊不，拜托了。

主干道上的餐厅被愤怒的言语、疯狂的叫喊和侮辱包围。黛安娜走进乌克苏尔斯克－贺蒙餐厅，这些日子以来没有任何一个女孩或女人敢进入这里，警察看守着这里，他们没能看住，破晓时分，他们洗去手上的标记。在餐厅前站着一拨支持者和一拨反对者，他们相互咆哮着侮辱对方是社会弃儿。黛安娜在橙红色珠帘旁朝两个男人微笑。他们是民警。她触碰他们的胸口。

她触碰酒店老板的胸口，可怜的优素福将在不知情的情况下带走这个世界的罪恶。这将无人知晓，即便这些日子里有人知道了，黛安娜也已对此无动于衷。

---

① 波黑东部城市，1995年这里的被俘军民惨遭种族屠杀。

黛安娜将谢谢他。她将谢谢他提供的食物，并说今天发生的这些真是太糟糕了，别受这些令人作呕的流言影响，过段时间就会平静下来了，可惜我必须走了，今天您应该把餐厅交给员工，今天别工作别服务了，所有人都到这里来责骂你、诅咒你，这些恶心的种族主义者和纳粹分子，您应该休息一下，我在城里教瑜伽，我可以给您展示一些放松的练习和冥想的姿势，我也可以教麦多娃这些，只不过我得取来三块瑜伽垫。

优素福是那么愚蠢，他坐到她身边，同意了这个提议。他的精神极度紧张不安，他并不生气，他完全不明白惹到了谁，为什么他不能离开，更糟的是他找不到自己的护照了，他不明白，为什么他们在他面前像对待动物一样对待他，他是个好男人，是个善良的教徒，是个好人，他给父母寄钱，他完全不理解这个疯狂的国家，他那时为什么要到这儿来，这些女孩应该高兴的，她们能被他恰好注意到，因为她们只要享受就好，毕竟她们只是小女孩，您知道的，她们是如何撒谎的，可怜的麦多娃，您也听到了他们是怎样造谣她的，她毕竟只是个孩子，她来自良好的富裕的家庭。现在发生的这些让他精神受到重创，他将申请高额的赔偿金，因为这一切威胁甚至威胁到了他的生计以及他苦心经营的生意，他并不想要这样的广告，您若从对面看过来，这里非同一般地人满为患，这个城市里所有的男人都很喜欢到这儿来找他，他们过去常常到访。

"那么您感觉到精神受到创伤?"

黛安娜用食指指腹点点他的额头。正面，还是反面。

"我能帮助您，甚至麦多娃。"

优素福的身体疲惫不堪。黛安娜的嘴唇对疲惫的耳朵低吟今日共同度过的夜晚的祷告词。

他坐在厨房里喝第四杯伏特加。为什么恰好是我，他思索着，为什么恰好是我，每个人都只能扛起力所能及之物；警察喝下第五杯酒。就当我什么都不知道。

朝圣者再次看向夜空，他再次感受到了大腿皮肤下的一个个小针尖，内心极不平静，压力很大，他没法做出决定，于是他看着月亮，再次希望自己善良和睿智，一如童年时许愿一般。但现在他不会把愿望念出声了，现今这听起来很荒谬，连半空的酒瓶都会嘲笑这样的天真。但在内心某处却响起声音，固执的警察听到了，是的。他们之后不会住在这个玻璃宫殿里，警察的身体做出决定。他们将会结婚，他会给自己的世界铺平道路，燕子们将会陪伴他们。法医将作为他的证婚人，尽管猎鹰会抱怨，但他有勇气。他们将搬到其他的国家，其他的城市。他已经知道要搬去哪里了。

但他必须弄清楚某件事情，某件有待他查明的事情。

他给一个尚在睡梦中的同事打电话，这个同事某次曾追踪到了史达瑟洛娃。他请求同事帮他在接下来的几天里查找机场和车站的旅客名单，关注那些从某个欧洲城市来到布拉格的人。

◇

彼吉特、埃里卡和黛安娜坐在中餐馆里，带着一个绿色的袋子和几个卷起的绿色瑜伽垫。面前摆放着点心，蒸笼里摆着蒸饺和煎饺，是全虾肉和猪肉馅的，还摆着炸春卷和猪小排。埃里卡正在禁食，她愉快地做着祷告，旋花和黄色郁金香，这个也不能成为我的好友，这个敲诈者。她们一直等到天黑，然后将绿色袋子和瑜伽垫递给黛安娜。

埃里卡愉快地做着祷告，她看着自己如何坐在桌边哼着小曲，与此同时，妈妈正打算喂猪。爸爸从马厩里回来，哥哥们从牛棚里回来，燕子们在屋檐下筑巢。他们在炉子上方烤着皲裂的双手。埃里卡将大拇指和食指指尖相连，透过这个圈观察大家：混合着牛棚温热和甜甜的臭气，以及从肿胀的脚上脱下的靴子的辛辣的气味。爸爸把木材放进炉子里，他给火添着柴，直到大家围坐在油灯周围吃晚饭。他们朝着油灯进行祷告。她从一把高高的椅子上跳下来，将食物放到桌子上。她对自己颇为得意，漂着油花的热汤没有从白色的盘子里滴到地上。

年老的埃里卡愉快地做着祷告，祷告让思想麻木。昏迷状态，之前彼吉特曾这么嘲笑她。对生活和世界的热爱与宗教信仰不同，她害怕、憎恨和远离宗教信仰。信仰只具有破坏性，你明白的。几十年前，她曾看着埃里卡如何因为没有忏悔罪过而担忧不已。

"你忏悔的是这个，埃里卡，为你不忏悔罪过而忏悔。"

"嗯。"

"够了。你被赦免了。"

彼吉特和埃里卡站起身，她们拥抱黛安娜，然后去电影院。她们在买票时争吵不休，年轻的售票员无法不注意到她们。

她们总是去电影院，当天空变成紫色时。

黛安娜手上拿着绿色的袋子，腋下夹着绿色的瑜伽垫，她把耳朵贴在乌克苏尔斯克－贺蒙餐厅对面房子的大门上。黛安娜不怕有人看见她的身体。这个年纪的女人的身体对其他人而言是隐形的。她按响门铃，喋喋不休。嗡鸣器响起，门咔嗒一声响。黛安娜走进去。她沿着楼梯上楼，因为错过了电梯。

她将耳朵贴在公寓的门上。

麦多娃在哭，呜咽着说她要和他一起偷偷逃走，她会穿罩袍，她收拾好了，她爱优素福，她爱他。鹈鸰疲惫的声音推开了她，他真的不能娶她，她不是处女。

我把贞洁给了你。

你不是处女,声音拒绝着她的同时又安抚着她,黛安娜太太会帮助我们,黛安娜太太已经在路上了,黛安娜太太快到了,快起来。

上层公寓的窗上闪烁着由蜂蜡制成的冥想蜡烛的烛光。三个小时后窗上的蜡烛将会熄灭。黛安娜带着绿色袋子和绿色瑜伽垫走了出来。

她上了出租车,车上放着广播,她挨着彼吉特和埃里卡坐在后排。她摘下麂皮手套。

"您把广播关了吧,谢谢您。"黛安娜对出租车司机说,她抚摸他放在变速杆上的手。

寂静轰鸣的独唱。

◇

警察搜寻着最新的外国新闻,鸟语中的尖叫声,庭审仍在继续,女孩们身体的恐惧正在增加,很显然,没有人会被定罪;他们想再次审问优素福,但却没能找到他。

他的身体被发现吊在其住所的阁楼里,在一堆鸽子的粪便和飞舞的燕子羽毛中。鹡鸰、紫崖燕、虎皮鹦鹉、攀雀、山雀、青山雀、山椒鸟、白腰朱顶雀、交喙鸟、斑鸠、乳鸽和寒鸦从报纸上得知,他自杀了。

什吉卡从律师间得知了这个消息。这怎么可能呢,毕竟警方当时在盯着他。

存在某种比剑更锋利的触碰。决心比剑更强大，黛安娜疲惫的食指指腹轻抚过它。

他自杀了，熟识优素福的男人们得知了此事，然而自杀是一种罪过，优素福如同恐怖和恐惧一般驻扎在他们的身体里。

他和麦多娃一起自杀了，如此柏拉图式的、热烈的、宿命般的爱情，可以将它如此类比，啊是的，罗密欧和朱丽叶，不不，更像是海因里希·冯·克莱斯特的贵族精神，克莱斯特和亨丽埃塔·福格洛娃双双死在了十一月的柏林万湖岸边，几乎和此次事件发生在同一天，只不过早了二百年。于是记者们争相热情地报道这一事件，整个世界鹦鹉学舌着记者们挖掘出的言语、宇宙的无聊；鹌鹑们专业地转移着注意力。

警察看着两双充满信赖的眼睛的照片，一双是蜜棕色，一双是黑色。他有种不祥的预感，眼睛刺痛。

◇

她们挤在机场商店里。脖子上围着爱马仕围巾，唇上涂

---

① 海因里希·冯·克莱斯特（1777—1811），德国剧作家、现实主义诗人，出身于普鲁士传统军人世家，早年从军，因厌倦军旅生活退役。一生落魄潦倒，饱受才华不被认可之苦，后自杀身亡。

着圣罗兰，皮肤上搽着娇兰的面霜。她们在镜子前努着嘴，用纸巾擦掉红色的口红。彼吉特仅仅根据名字挑选香水。

羽毛做着决定。

她们在手腕上喷上香水，在耳后做测试，在空气中挥动测香试纸闻着香味。她们越来越年轻。

她们在飞机上点了三杯香槟，浏览在机场大厅购买的小报，对她们喜欢的男性的身体指指点点。

咱们在布拉格将有男宾来访，所以你们收拾一下，黛安娜说。离开机场的路上她买了一束鲜花，让店员包装了起来。并不属于这个季节的鲜嫩绿叶在太阳下舒展开来，闪着光。飞鸟有着独特的头骨构造，长长的喙从头骨前方延伸，雄鸟没有生殖器官，雌雄鸟共同或由雌鸟单独孵蛋和照顾幼鸟。鸟类大部分种类自第三纪起便为人所知。

身体即战场

祈祷日，全体船员将会在今天登岸。警察坐在极简主义者黛安娜的公寓沙发上，他在等着船长驾驶台的掌舵人。窗外，雪花间穿梭着寒冷的燕子们，它们在房子的墙外交错飞行，它们想用隐形的线绳修补房子的外墙。

很快他就将亲眼看到伟大的老太太们，很快他就将见证，她们是否真的存在，抑或只是上演了傻乎乎的电影情节。警察坐着等了几个小时，窗外鸟类身体组成的网越来越密，直指山顶。

同事播放着女人们转移的细节。她们已经抵达布拉格。她们只带了随身行李。她们上了黄色出租车。途中她们停在了理发店并购物，衣服、香料、药草、鲜花。

警察像一根绷紧的绳子，他不知道该动哪根手指，又该如何开始。

上楼的脚步声渐近，声音很大，就像一群马从放牧的山上的草场上冲了过来。脚步声在房子里破碎开来。

公寓的门被打开，脚踏入浴室，手将水注入花瓶里。

黛安娜手捧黄色郁金香花束走进来，仿佛现在不是秋季，而是永恒的春天。当她看到坐在自己白色沙发上的男性身体时，她只是微微顿了一下。她并不害怕。这无法打扰到她。她没问，这是谁，他如何进来的。黄色郁金香立在窗台上的玻璃花瓶里。燕子们透过窗子朝郁金香飞来，仿佛它们小小的黑色身体想要啄取或吸吮花中的花蜜一样。鸟喙敲打着摩斯电码，在窗玻璃上敲出了裂纹。

警察的身体站起来自我介绍。您不必介绍自己，黛安娜说，涂着蓝色指甲油的肿胀食指敲打着窗子做出回答。它们已经告诉我了。

警察注视着她的食指，注视着手指上的瘀青和溃烂的指甲。

单手将窗户打开。

警察有种感觉，仿佛这个温柔的女人用受伤的手指将他调查了一番。警察曾在这个房子清洗身体。

警察的身体开始撒谎。他声称自己在这里仅仅是因为要为上司做补充证词，他需要和彼吉特太太谈谈，因为一个被绞死的男人的案子。他出现在这里是因为有人报案称夜里有可疑的窒息声在屋子里回响。警察径自颠来倒去这些毫无意义的话语。

屋子里响起乐声。

他本该告发她。他不知道自己为何没有这样做。身体知道，它知道开口总是意味着背叛。

黛安娜站在贝特逊山脚下橙色房子的窗边。她注视着相爱的情侣。他们沿着覆满积雪的小路爬上来。他们爬贝特逊山。他们不再牵着手。他们手脚并用向上爬,他们沿着垂直的墙壁攀爬,沿着枯萎的、覆满积雪的草坪向上爬。他们被闪闪发亮的雪花所蒙蔽。冒险的山坡是陡峭的,比以往任何时候都要陡峭,尖锐而狭窄。它已经不叫圆形山了,它正刺破云层。领取养老金的老人将过期的车票和被丢弃的皱巴巴的纸张穿在长长的雨伞伞尖。鸟群在直立的山尖盘旋,小小的身体勇敢地打着急转弯。

警察刻意的干咳将让黛安娜回过神来。

贝特逊瞭望塔在摇晃。山体在橙色房子上投下阴影,并将它微微抬起。山体用力地呼吸,胸腔鼓起。房子有着坚实的根。

黛安娜站在寒冷的阴暗处。从窗外传来钢琴声。

"《蜂鸟的不安》,"黛安娜说,看起来像是对着微微抬起的山坡上的想象中的人群说话,"阿根廷作曲家和钢琴家阿尔伯托·威廉斯在1922年将乐曲献给了亚瑟·鲁宾斯坦。威廉斯没有问过蜂鸟们,没有问过它们,他是否可以偷窃它们的节奏。版权属于蜂鸟们。这是它们的不安,而这不安日益增长。它们的时间到了。"

黑白琴键的回声让贝特逊山震颤。随之而来的寂静吓到了自己。当警察深沉的声音穿透它时，寂静叹了口气。

"您对于我在此毫不惊讶？"

"您用收割后还留在秸秆上的谷物饲喂。"

"您难道不好奇，我是怎么找到这里来的吗？"

"那么您难道不害怕和我共处一室吗？"

警察清了清嗓子。

"我有一张法庭听证的照片。"

"您还有另外几百万人。给年轻人的身体以希望。关键在于这希望。"

"我知道一切。"

"是吗？"

"还有……"

"还有？"

"我暂时不会向任何部门报告。因为如果……"

"那又怎样？"

"那将是您的结局。"

"要将我们处死？"

"我不是这个意思。"

"当我们开始这样的行动时，结局便已开启。"

"我知道一切。"

"我知道您知晓。而您知道，您知晓的是什么吗？"

"你们在狩猎。你们狩猎那些犯下强奸罪的人。"

"觉察他人是一种天赋。而我们很高兴能培养这种天赋。"

黛安娜关上窗。

一群群新鲜的小鸟在褪色的天空下以狂野的尖叫写下讯息。雪花飘落,窗外阳光如在春季般普照,十二月的春天落在空中。黛安娜嘭的一声关上第二扇窗。玻璃窗将寒冷的世界、光秃秃的树木和恋人们冻伤的手隔绝在外。玻璃锃亮的窗户并没有掩上窗帘。一只流浪的、饥饿的、骨瘦如柴的、粗鄙的黑色的狗立在几只猫脑袋上。它注视着屋子,目光穿透墙壁。洋娃娃和玩偶看起来都是一样的,动起来也是一样的,它们是由一个模子设计、组装和生产出来的。它们都有两只眼睛、两只耳朵、两条腿、两只手、一个头和一个身体,都用两条腿走路。黎明在小门边吱呀作响。狗坐了下来,橙色的墙壁在它面前裂开,灯笼被点亮。狗看见了木偶剧场,四个洋娃娃和一个玩偶的小屋。狗一直坐着,因为寒冷而瑟瑟发抖,它吐出舌头,吞下雪花。它不叫,也不咬。它是时间。黛安娜没有把啃过的骨头扔给它。

黛安娜将四个女人的合照拿在手里。照片靠着黄铜烛台。青肿的食指抚摸着照片上的脸颊。她触碰着乌瑟多姆岛上温和的风,但在阿姆鲁姆岛上的,却是没有任何界限的飓风。被风刮起的不是树叶,而是衣袖、裤腿、垃圾和汽车,风刮起一切,消失在海中,只有四个女性的身体牢牢地站在岸边。

"彼吉特管这张照片叫几个有名的婆娘。"

黛安娜亲吻照片,然后将它放回黄铜烛台边。警察屏住呼吸。

"所以您不否认,您……"

"女人们都向我们寻求帮助。"

"你们就像是纳粹的施瓦策·汉德。他们也帮助并清理纳粹的痕迹。他们成群散落在巴西、智利和阿根廷。他们和十九世纪在塞尔维亚出现的秘密民族主义团体同名。"

"施瓦策尔·洪德?"

"施瓦策·汉德。"

"不。恰恰相反。我们是穿着裙子的西蒙·维森塔尔。或者至少最初是这么计划的。它有点超出了我的掌控。"

"我不是在审讯您。"

"他们没能帮到她。"

"什么?"

"他们没能帮到英格丽德。他们不理解她。关键只在于女性的身体。她们存活了下来,那又如何。他们毫不在意她说了什么,他们毫不在意,任何一个女人说的话,更别说一个女孩,一个孩子了。男性社会,纳粹主义也是一个纯粹的男性社会。他们根本不知道……有时有必要将司法掌握在自己手里。有这样一种燕子,它们的身体如若没有外在的帮助,就无法在掉落地面后起飞。"

"任何人都没有权力将司法握在自己手里。"

"对于维森塔尔您似乎并不介意。"

"他抓捕纳粹分子然后把他们送上法庭！"

"这种方式救了多少受害者的性命。这一行为拯救了他们的性命。她们帮助他者。她们以这种方式自我救赎。这让她们重获自尊。自信、自尊、尊严。我把您弄糊涂了吗？"

"是的。"

"这栋房子的内在让您惊慌失措。"

"并没有。"

"您的身体感到惶恐。因为它没有给我们找到一个对应的名字。如果是关于纳粹分子，或极端分子，抑或是群体杀手，它可能就理解了。如果我们是在同恐怖分子做斗争，它可能就理解了。

我们缺少一个对应的名字，一个能让您感到轻松的词语。若我们和某种政治团体相关，也许就够了。但是我们仅仅和受害者站在一边，这些受害者都是被强暴的身体。我们收集从空中掉落的燕子，然后再次迫使它们飞起来。我们让它们重拾被遗忘的生命的意义。战后，我们从一开始就对此达成一致。"

黛安娜用青肿的食指指着靠在黄铜烛台边的照片上三个孩子和一个年轻女性的脸庞。英格丽德、埃里卡、彼吉特、黛安娜。吹吧，风，吹吧。

"请叫它反全球恐怖主义的斗争吧。请叫它人道主义救援吧。请叫它召唤人文主义行动吧。请叫它打闹喜剧吧。您想如何称呼它便如何称呼吧。我感知那些受伤最深的人。他们往往都是孩子。"

"这是谋杀。"

"这是公正。"

"不。"

"这是复仇。"

"不。这是犯罪。"

"我们的经验塑造了我们所有人。您当然也被您的经验所塑造。我们的经历没有交叉。我和您的经验没有在任何地方重叠。我的经验便是我的真理。"

"战争又是什么呢?"

"我过分要求过那些没有经历过这些的人去了解彼此的感受吗?巧合是我的确定。我不再保持警惕。"

"你们不该飞走。"

"如果我们不飞走,我们会把她们留在铁笼子里。她们自己可能会认为,捕鸟人将她们带到自己的家里并屠杀是正常和符合文化的。女性后代们会在这样的环境中长大。这就像一场瘟疫。如果我们没有到那儿去,他们会吃掉鸣禽,在烤架上烤她们,将她们穿在烤串上,供应新鲜的肉串。每个人都认同恋童癖是一种犯罪。因为这毫无争议。然而现实中呢?每一天都是战争,战争甚至就在战争的框架里。"

"您只看到了硬币的反面,太太,或者说背面,您停滞在了战后的年代，但现在是另外的世界了。您在分配死亡，上帝啊。"

"这一切都是发自爱。"

"发自对什么的爱？真理？公正？"

"发自对英格丽德的爱。"

"啊哈。"

"燕子活过了所有水下的春天，以及对于自由、平等和兄弟情谊的呼喊。他们不想解放女性，那些最为自由的人也是如此，他们从未考虑过解放女性，女性就不该出现在广场上。她们首先应该将厨房、卧室、水槽弄得井然有序。"

"您疯了。"

"是的。"

"我只是想说，这……这是……荒谬的。"

"我生活在一个荒诞的世界里。您不是吗？"

"我——"

"因此我们不希望任何人知晓这一切。数百万人的痛苦触动了您。单一个体身体的痛苦却不能触动您。"

"我们这么说吧，在某种程度上，只是在某种程度上我理解这些……战争结束后的案子……但是其他的……"

"这是一场日常战争。同法西斯的日常战争。我正在扰乱系统。我不会把同情心浪费在那些把时间白白花费在自我反省和怀疑的人身上。他们生活在权力真空地带。对权力的依赖是无法被治愈的。而我对这些人……"

黛安娜背靠着窗台。即使是在白天,警察在窗框上也只能看到黑暗。

"她们都是我的女儿。"

"那么彼吉特太太呢?"

"她怎么了?"

"她怎么看待这一切?她来自捷克。"

"我对于她的身体来自哪里不感兴趣。"

"彼吉特太太没有……被强暴过?"

"没有。"

"那么您怎么?"

"彼吉特是因强奸而出生的孩子。她并不知道这一点,但她的身体知道。"

黛安娜转身背对警察。警察嘴里发干,黛安娜的轮廓在发生变化,在窗框上变成了雄鹰,嘘。燕子们在乡村屋檐下的燕窝里用力地起飞,有几只掉在了地上,黑狗围着橙色房子跑动,它有一场盛筵。在稀疏的燕群后面竖起了贝特逊山的手指,没有人意识到这一点。黛安娜对着窗后的燕子们说话。

"我做这一切是出自对她们深刻的爱。这是种深深的爱。死亡无法将我们的爱分离,这是一种人类对于这个世界运行的反抗,您尽可嘲笑这一切,您想如何都可以,这不是一种幼稚的、单方面的乌托邦的幻觉,而是一种比死亡更强大的爱。"

黛安娜转过身，颤抖的手直指靠在黄铜烛台上的四个女性身体的照片。警察很尴尬。老太太们扰乱了他的思维，他违背了自己的意志喜欢上了这位老太太，这个由花岗岩做成的女人，他可以将她归入照片中那张成熟的面孔。花岗岩做成的女人，曾出现在彼吉特的书里，她蔑视热爱和平的罗丝·肯尼迪。

"有人……在帮助您。"

"即便我向您透露名字，也不会有任何作用。没人会相信您。"

"我知道一切。"

"您喝咖啡吗？"

"不。"

"我也有绿茶。龙井。"

"不，如果您允许的话，我只想和彼吉特太太谈谈。"

他觉得很荒谬，他竟以哽咽的声音请求得到这个女人的许可。

"当然，年轻的男士。您是自由之人。"

警察离开房间。黛安娜再次打开窗户。它们还没有飞走，它们稀疏地排成一列。最终。

警察敲响二楼的房门，走进去。彼吉特放下座机听筒。她走向书桌。托盘里盛着温泉酒和两个白色的小酒杯：一个盛着矿泉水的白色水罐和两个玻璃杯。她让警察的身体坐在墙对面的沙发上,墙上挂着壁画。一只手在画中揪着红色的小球,将它们穿进绳子里。手穿过一座有着石桥以及河上方矗立着城堡的城市,这个城市是布拉格,小球同石桥上的雕塑交织在一起,仿佛想将它们缠绕起来。字母从被揪下来的,或是被人踩碎的,或是在空中断裂开的小球里散落出来。

"我本想将这幅画赠给您,但遗憾的是行不通。"

"为什么?"

"没人能把它取下来,就算是您也不行。"

彼吉特倒着淡黄色的温泉酒。警察站起身,走向那幅画。他用指甲刮了刮。这幅画是直接画在墙上的。画作的边缘被破坏了,掠夺者的爪子想要抠下泥灰,将它带走。

"干杯。"

他们碰了碰杯。彼吉特将黄色液体一饮而尽,咂了咂嘴。警察没把嘴唇沾湿。彼吉特起身从桌子上拿过天蓝色笔记本。

"那么我至少把这个赠予您,您可以自己将它写完。"

彼吉特倒上又一杯酒,她朝画走去。

"若您没有灵感——"

她用指甲轻弹墙上的小球,锯末从球里撒出。微型字母和微型文字,从世界各地的字母表中撒出。

"我只有……几个私人的问题。"

"我知道。温泉酒是不是太凉了,这是一种女性的饮品。

我有威士忌和伏特加，这个您应该会喜欢。"

"我们发现一个男人吊死了，而您可能是最后同他说过话的人之一，他到您那里上创意写作课，并且……"

"是的，他到过我这里。"

"您给我们寄的信里说，你们没有见面。"

"那封信是寄给您的同事的。黛安娜希望我和您说实话。"

"他在这里时是几点？"

"下午。我们一起浏览手稿。然后我和埃里卡去了电影院。"

"他为什么在这里？"

"他打算去爬山，但我对他说，但愿他扔掉这些垃圾。但愿他写出真相，并且补偿那些他折磨过的前女助理们。虽然他声称上帝会原谅他，他可以再次这么干。他飞驰而来，他是如此热血的、有影响力的信徒。"

"他为什么而来？"

"他勃然大怒。他想退回整个创意写作课的钱。就连埃里卡特意为他放的音乐他都不想听完。我不喜欢有人冒犯埃里卡。她是脆弱的，很容易受伤。"

"他在几点钟离开？"

"黛安娜把他带走了。黛安娜懂得身体的语言。她会舒缓的运动。她会催眠身体，让身体入睡。"

彼吉特饮尽第二杯酒。

警察没再坚持，他喝掉小杯里的温泉酒，又贪婪地喝光了玻璃杯里的水。

"我感觉，这不是一起……自杀案。"

"您是个聪明人。这是个漂亮的捷克词。"①

"啊哈。"

"还有不少漂亮的捷克词。做爱。交媾、操、性交、上床、插入、切开、顶某人。语言自我辩护并混淆着，啊，多混淆不清啊——顶某人，这是多么可怕啊，您不觉得吗？"

"但是我……"

"那些强奸犯是不会自杀的。自杀的是受害者。身体是个婊子，身体背叛了受害者。身体喜欢一些事物，甚至是被屠杀等事。身体享受这些。"

"从确切的角度来看……您……可能……我……抱歉，我已经精疲力尽。"

"我们不想让任何人知道这些善行。我所做的一切都是出于对她们的爱。黛安娜是个人文主义者。"

"……女谋杀犯……"

"对她而言，个体的价值是第一位的。尊重每个个体，因为每个个体都有灵魂。这是一种激烈的个人主义。道德的尺度。"

---

① "聪明人"原文中为 kabrňák，指的是强壮、健康、硕大的鲤鱼。指一个人精神上和身体上都非常优秀、聪明、有能力、强壮。可以说是个非常好的捷克词或者含义非常漂亮的词。

"我真不觉得在这个屋子里能够讨论道德。"

"在童话故事里,您必须惩恶,才能扬善,韩赛尔和格雷特①必须把老巫婆放在铲子上并扔进火炉里。"

"您不能以恶制恶。"

"您得用毫不妥协来消除邪恶。这是一个人权问题。一群人曾处于不利地位。若是女人们强奸和奴役男人们,我们会为男人们辩护。我非常喜欢男性。我很喜欢和男人的性爱。这是最大的欢愉。但您无法总是仅靠挑起战斗就获得权力的。首先您得建立起一个空间,然后成为双面间谍。您得将一切联系起来。不能有任何残酷无情的老板和不引人注意的麻雀。这是几十个悲剧、几十次偏离。人类历史上还从未出现任何性革命,任何一个世纪都没有发生,即便是二十世纪六十年代,也没有发生。是时候扔石头了。"

"这是荒谬的。我能否问问……"

"随意提问,年轻人。"

"为什么用纸质文件?"

"纸张比较好烧掉。"

音乐在房间里响起。两分钟的乐曲《献给阿丽娜》。两分钟的乐曲在这个唱片里重复了好几次,在变调、变奏后几不可察地回到最初的版本,就像惹人喜爱的女人多变的面孔。钢琴,还有小提琴、大提琴,再次回到小提琴。这三种

---

① 电影《女巫猎人》中的主人公。

乐器不断地重复和交织。

每一次重复都会产生微小的差别，每一次又都不尽相同。或者是乐器间产生了不同的反应，它们不再互相忽略，一方强，第二者便弱，而第三者则沉默。乐曲接近尾声，生命亦接近尾声。

"这是曲子《献给阿丽娜》。"

"我们叫它《献给英格丽德》。您正在恋爱中。"

"抱歉？是的，我在恋爱，疯狂地。"

彼吉特抚摸他。

"我们时常想摆脱这种局面，但没有成功，您知道的。"

"是的。"

"依偎着某人，仅仅是拥抱着，便是最大的欢愉。若您能重返天真无邪的年纪，比如孩童时期，在您的灵魂深处，您是否相信人是善良的呢？"

"是的。"

"然而现实证明这是错的。"

"只有部分现实证明这是错的。"

"现实，现实的生活。这与人们的状态有关。"

"不存在多余的暴力。"

"存在暴力。这是事实。"

"现实没有吓到我。吓到我的是您对于现实的看法。"

"这栋房子里所有的画作都是画在墙上的。在这些画作下有字母。这是黛安娜的主意。我们用画覆盖了我的主要作品中的一些章节。您应该在这里将它们通读一遍，直到我们离开这里。世俗常规和宗教仪式里，亲爱的，藏着多少秘辛啊。"

彼吉特拥抱警察并亲吻他的唇。

警察手里拿着一本天蓝色的笔记本摇摇晃晃地站起来。另一只手抓住了他，递给他一杯浓稠的、乳白色的、奶酪状的鸡尾酒。警察拒绝了。

"您会需要它的。"

警察摇了摇头并道了声谢。

"随您便吧。"

"黛安娜太太肯定也给您打过电话了。"

"是的。"

"我感到……在这个房子里……很内疚。"

"为何？"

"因为我是男人。"

"事实上我们并不是在反对男人，只是反对罪犯。您要知道，我真诚地爱了一个男人一辈子。"

"古尔德、佩尔特、梅纽因。"

"喏，这些当然也算。"

警察突然不知道该说些什么。他是真的累了。埃里卡将鸡尾酒推向他。

"谢谢，年轻人。"

"谢什么?"

"谢谢您没有那么做。"

"您怎么知道我没有做什么呢?"

三人都披上鸟的羽毛,与此同时,她们想起了海龟。它们在海边漫步,熟知大海和海洋深处的秘密,寿命绵长。

他必须加速了。他看着黛安娜的耳垂,她在自己工作室的照片上留下了指纹。

"我将不得不……告发您,黛安娜太太。我无法再假装什么都不知道了。我已经承受不了了。"

"您可以的。这叫作团结。"

"不。这叫作共犯。"

"请准予我们一次出游吧。"

"多长时间。"

"三周。"

"不,我不知道,这……"

"一周。"

"好吧。"

"我们的生活在某种意义上是难以解决的。为什么您不直接告发或逮捕我们呢?"

"我自己也不知道。我不知道,我会怎么做。"

警察跌跌撞撞地离开了贝特逊山脚下的橙色房子,他退缩了,他呜咽着,他明白,被吊死的男人的案子已经以自杀结案。

彼吉特坐在桌旁,她没有在警察的照片上画上紫色十字。

埃里卡首先播放耶胡迪·梅纽因的小提琴音乐会。

黛安娜站在窗边,看着黄铜照片和竖直的贝特逊山。瞭望塔的顶部坍塌了。

她们将获得自由,她们终将获得自由,从身体中解放,重获新生,出生在另一个善意的、轻松的世界,那将是美好的生活,全新而纯净,她们将能够重新开始,重获新生,在新的、鲜活的、开明的身体里自由地呼吸。

这样的身体里包裹着平静的、平和的灵魂。

我们将解放自己,像"地精"① 和"父权制"这样的词语将会消亡,爱将留存。独立不应该是被派生出的,否则这就不是独立。

她们坐在埃里卡的公寓里。她们啜饮榆树鸡尾酒,听着音乐,想着蜂鸟。其他时候总在不停抱怨的埃里卡,此时正注视着黛安娜和彼吉特。

"这是威尔海姆·富特文格勒②的唱片。我拍摄关于他的

---

① 原文为 kobold,是德语神话传奇中的一种妖精,在现代已经少有人知。

② 威尔海姆·富特文格勒(1886—1954),德国指挥家。

纪录片时，可真是独特。他对我说，音乐是河流而指挥必须遵循它，并通过海湾、堰和暗流小心地引导它。他毫不刻板，毫不在意节拍器，毫不在意方式。音乐中有不安、敏感和感性，以及因不确定带来的谦逊。他是我最喜欢的指挥家，因为他保留着儿童的天真情绪。这是最大的馈赠，甚至超过了天分。我曾亲历这样的音乐会。管弦乐队与富尔特文格勒间存在着心灵感应。当阿尔图罗·托斯卡尼尼①听到'心灵感应'这个词的时候，他只是嘲笑我。"

彼吉特没有提醒，也许在其他时候她会立刻脱口而出，在她看来纳粹分子富尔特文格勒应该坐在铁栏杆后。黛安娜注视着彼吉特和埃里卡。她没有提醒她们，在战后她们本该停止这么做。她们本不该卷入一个不属于她们的世界。

她们失去了对偏移的正义的感觉。她们清理了自己所理解的世界，她们处理了个人的旧账：成年人间的旧账、身体未被卷入时期的旧账。在那个时期她们未被卷入。

她们将回到各自的公寓中。她们准备出发，前往遥远的地区。音乐在房中响起。

警察坐在方向盘后。他叫亚当。他有一张蓝色的脸。寡妇名叫夏娃。她有一张黄色的脸。她解开了用流苏头绳扎起的金色头发。后座上的小男孩在砰砰作响，饶有节拍地抛着

---

① 阿尔图罗·托斯卡尼尼（1867—1957），意大利指挥家。

红色的小汽车和中国毛绒娃娃。女人从包里拿出用塑料袋包着的文书，再次研读起来。这是工作合同。一份上面印着燕子的图案，来自斯沃洛公司；另一份上面是鹌鹑的图案，来自葵欧公司。女人撕掉了工作合同，然后扔出窗外。

男人踩下油门，将这个城市留在身后。

城市中部坐落着山坡，人们称这个山坡为贝特逊山。每一对情侣在这里开始和确认恋爱的状态，获得了必要的徽章和确认后，不再回到这里，到别的安静之处呼吸和约会。下山时他们途经一栋橙色房子。它矗立在贝特逊山脚下。

今天情侣们张大了嘴，呛得咳嗽。从橙色房子里升起浓浓的紫烟，刺鼻的烟雾中一群群蜂鸟飞出烟囱，仿佛一个个毛茸茸的圆球，其中燃烧着如火柴一般的纤细蜡烛。最后一只燕子的鸟喙里没有叼着樱花，而是导火索的末端。

房子被吹了起来。

它们互相追捕。尽管如此，它们过着各自的、独立的生活。大自然不懂何为悖论，我们的大脑懂得。

燕子们终于飞走了：我们没有相同的世界观，但这并不意味着，你们的世界观是正确的。

彼吉特写完。彼吉特将这些文字放在心里。但她不想再分享这些文字了。一旦她分享这些文字，它们便开始失去忠诚。它们和其他人调情，对其他人说一些彼吉特没有听过的或是出乎她意料的话。春天，远景。春天会再回来，会再次成为它的见证人,而它将不得不再次以某种方式幸存,直到英国城市中慵懒的杨树上开出花穗,直到天空变黑。

然而燕子们需要勇气吗?它们依靠自己为生,否则就无法生存。同时,它们也是那么的脆弱。胡言乱语和谋杀游戏。她必须跟随自己内心坚定的无声节拍起舞。就像那些坚强的、飞走的燕子一样。作品已经完成,她们空手离开。

尾声

拜日式，问候太阳。在酒店套房的玻璃墙后，太阳从寒冷的波罗的海中升起。寒冷的夜晚过后，骨头暖了起来。它从怀抱中挣脱，从金属光泽的闪耀中挣脱。它艰难地破壳而出，毫不害羞地赤裸裸地舒展身体。周围的一切都因羞耻而变红。它在东方破壳而出，然后逃到西方。

手背上有黄褐斑。涂红的指甲。皱纹，笑纹。乳房不再圆润，像空钱包一样垂着。三个身体赤裸着。她们不害怕被窗后的阳光看到。虽然没有男人躺在她们膝盖上，她们没有用肘弯或乳房的曲线揉揉眼睛，柔软的绵软环绕。

三个身体姿态各异地运动着，却保持着同样的节奏。不断提速。身体闪闪发亮。酒店泳池里的水滴粘在她们身上。宽大的床上摆着三件白色的浴袍。紧握的双手摆着著名的印度问候手势，统一的象征：双手合十，和平与尊重的手势。她们没有向窗外的光明致敬。她们致敬内在的光明。弯腰，向大地上的生命致敬。她们举起手。她们趴向地面，手指，甚至赤裸的双腿牢牢地压在地板上，有着银色鳞片皮肤的动物的四肢和脊柱伸展开来。

骨头咯吱作响。温暖的空气不着痕迹地拉伸着她们闪闪发亮的皮肤，亲吻着太阳，太阳通过大开的窗户挤了进来。一秒又一秒。永恒的分秒。用鼻子深深地、几不可闻地呼气和吸气。房间是水族箱，身体在这里兴奋地游动。这些身体与离开布拉格的身体不同。其中的一个，跛行的那个身体，以右膝跪地结束了这出哑剧。她低下头，闭上眼睛，手掌紧贴。瘦骨嶙峋的手指痉挛地紧扣，指甲陷进皮肤里。身体感到恐惧。低语扰乱了寂静……在天堂里，净化你的名字吧……另外两个身体忽略了惊恐的低语。她们轻快地拱起背部，伸展脊柱。她们开始穿衣。闭眼跪着的女人身后有队列跑过。这是一次艰难的奔跑。你无法了解羽毛所覆之下的究竟是怎样的一个人。埃里卡的生活以禅宗的方式安顿下来，无家可依。雷鸣般的寂静。现在她只读日本诗人。他们喜欢樱花，还有花瓣下掩藏的蠕虫。

"过来听听它的语调，彼吉特，过来。"

"你从不开玩笑的。"

"玩笑在于，蛹中的蠕虫不发出任何声音。它就待在茧中然后变成蛾子。"

她们没有错过阿尔贝克·霍夫酒店的早餐。亲爱的，世俗常规与宗教仪式中隐藏了多少秘辛。黛安娜指着一瓶康普茶。她站在香槟旁的冰桶边。埃里卡点点头。女服务员为她们倒上两小杯。

"这已经不是我们的世界了。"

"这是我们欠英格丽德的。"

"我们不欠任何人任何东西。"

"我们欠。"

黛安娜安静地将白色的餐巾平铺在大腿上。埃里卡感到恐惧,她走来走去,疯魔一般。她不想在燃着火焰的、每晚在边境烧着相同的身体的国家暂告段落。她想起来,布拉格的房子墙后的文件夹里有什么东西在堆积和膨胀,她们仍可能多次踏进同一条河里。埃里卡提高了音量,这些孩子出事了,而这些孩子并不知道,她们身上究竟发生了什么,她们也不懂得,她们应该反抗,因为大人们不断告诉她们,他们喜欢她们,并且这么做是为她们好。必须有人来终止这一切,必须有人来迫使这个星球上的每一个国家修改法律,因为大部分人需要法律,需要担负着重担。或者她不再去想那些值得信任的人和不会反抗的人了,她已经不想再读那些唱诗班指挥们的陈述了,那些陈述里叙述着这些小仙女们用夜莺般的嗓音挑逗了他们,并且……

黛安娜和彼吉特安静地吃着早餐,她们没有理会埃里卡的咯咯声。

"好吧。"

黛安娜喝着玻璃杯里的鲜榨胡萝卜汁和菠萝汁。

"我们最终会在这一切之后一笔勾销。"

埃里卡粗鲁地将三文鱼卷、腌渍的生鱼、盛着鱼子酱的银色小勺、蔬菜和黑橄榄放进盘里。在盘子中间盛上一小块缀着化开的白色黄油和香葱的煎蛋。小刀切下一小块黄油。煎蛋的小丘黄灿灿的，她们面前的太阳。阳光纠缠着、抓挠着窗玻璃和插着玫瑰的玻璃花瓶；饥饿的狗请求得到注意。埃里卡吃着盘子里的太阳。女侍者嗡嗡飞来，将奶酪和水果放在她们面前。她回到餐台，将盛着香槟的玻璃杯和酸奶油三文鱼小煎饼放到托盘上。另一只蜜蜂将报纸放在彼吉特的手肘边。

彼吉特摸索着，凭记忆从小包中掏出白色皮革眼镜盒。从眼镜盒中取出眼镜。半边眼睛无法从报纸的版面上挪开。版面催眠着她，但没有发出任何声音。所有二百七十六名被告均因证据不足被判无罪。法院在原告的坚持下传唤了所有的女孩。没人能理解这一洋娃娃的队列。孩子们都很漂亮，一个接一个顽固地沉默不语。据说她们年幼而愚蠢。一些女孩为优素福穿着丧服，所有人都为麦多娃穿着丧服，她们宣称她是神圣的。一些女孩绝望地哭泣，感觉对两人的自杀负有共同责任。一些女孩坚称，她们爱这个男人。没人能理解这一洋娃娃的队列，因为在医疗文件中有她们青紫的脸颊和手臂的照片。二百七十六名男性被告均因证据不足被判无罪，他们的角色发生了转变，他们成了受害者，因为如今没有人看这些行为，他们只看肤色，只看民族，只看国籍，只看宗教，只看职业，只看家庭出身和财产，所有国家的主要政客、所有国家的说客、所有国家的神职人员都对审判进行评论，所有的男人都试图达到政治和语言的正确，尤其是要正确。我们不能够因为肤色而伤害和霸凌某个人。选举临近，我们是民主的国家，在这里法律面前人人平等，我们不允许白手套和独裁思想这些旧的意识形态卷土重来，我们来通读一下彼吉特·史达瑟洛娃夫人那些具有启发性的、绝对政治正确的书籍吧。

彼吉特将报纸叠起然后扔到地上。她看到了镜头之外转动的眼睛，还有那些说着"是的"的嘴，这太荒谬了，她们支持了某个人，这太荒谬了。而他们把被选中的女学生带进秘密的卧室里。

黛安娜喝完果汁，往茶里加入蜂蜜。手翻动带有凹槽的木质小棍。它消失在小茶壶上方的热气中，迷了路，涓涓细流掉落到沸腾的深处。手加快了速度，小棍愉快地打着圈并左右晃动。彼吉特抬起眼睛。她没有抬起头。她注视着蜂蜜黄色的细流。

黛安娜的手僵住了。时间被封住了。蜂蜜飞奔着消失，变薄，红色的头发消失在丰满的白色小茶壶中。

黛安娜唤时间进来。

带着陶瓷柄的盖子牢牢地盖在了小茶壶上。蜂蜜流着泪。最后一滴眼泪滴在了盖子上。黛安娜将木质的小勺放回蜂蜜罐里，拿起茶壶的盖子。

她舔掉了蜂蜜的眼泪。

二〇一一年秋天,三个女人在波罗的海边上的德国乌瑟多姆岛上住了一周。她们选择了最好的五星酒店——阿尔贝克·霍夫酒店,房间号323,在里面傻待着。她们之所以选择这个酒店,是因为她们此生都曾经来过这里,在战后,她们曾在这里度过愉快的时光。她们曾站在海边,手牵着手,风吹进头发里,吹起裙子。风,强劲而年轻,吹吧,你这个疯子,大海波涛起伏,摇荡着希望,风吹散头发,强劲的牙齿将宽大的裙子撕开。身体们,那时还如此年轻,她们眯起眼睛,被阳光的魔掌抓住。乌瑟多姆岛上的风并不狂野,只有丹麦附近的阿姆鲁姆岛上的风是狂野的,她们在过去的十年间常到那里去,那里的飓风卷起垃圾桶、被连根拔起的松树、汽车。

这个酒店不是男士,而是一位精致的女士。女士充满活力,这是位拥有几个年轻情人并乐于寻找发现的女士,这位女士学习新的语言,尝试新款口红和服装品牌,对他人十分友好。

女人们也充满活力,为空气而生,燕子们。为飞行而生。她们选择在这个酒店进行最后的聚会。她们互相拥抱,感谢此生、此爱,此种敏感,她们喜爱溶解掉油腻的翅膀沉淀物的那几分钟,还有射击想法的那几分钟,只是那么一会儿，每一个阴险的想法就被杀死了。

酒店职员们很喜欢她们，因为她们友善，平易近人，聪明幽默并且支付高额的小费。三人中的一人托酒店前台小姐将一个巨大的包裹寄到出版社的地址。手册上写着《男性游戏》四个字。是时候清理桌子和擦掉袖子上的粘着泥土的鸟喙了，她对年轻的前台接待员说。

三个女士中最年长的那一个只对着大海说话，她对它说，不存在边界，不存在国家，不存在民族，不存在宗教，也不存在更高等的性别。

存在人、燕子和空气。

不存在口述语言。

存在肢体语言。

在这个无人记得的春天的和十二月的初秋的每一天，她们都到海滩上参加当地音乐节的晚间音乐会。云层屏障守卫着大海。云层倒映在水面上。大海如一条缠绕在岛屿周围的窄窄的丝带般闪闪发亮。沙子复制并环绕着变成了薄冰的水带。两条丝带在掌心中温暖着整个岛屿。

岛屿中间有一条废弃的长椅，我坐在上面，眼睛环视着两条丝带，眼睛注视着远处三个女人的轮廓。

生活从头开始。那些她们曾一起走过几十年的轨迹，已无法再踏上，已经结束了。至少我觉得结束了。就像北海上的桥梁湖桥，船只在那附近停靠。就像乌瑟多姆岛上的旧桥,就在她们居住的阿尔贝克·霍夫酒店对面。桥梁往往从一端延伸向某处。这座桥却金鸡独立。它没有延伸到任何地方。它通向虚无。结束在海中,在真空里。

酒店经理很快乐。然后某一天,年轻的保洁员打开房门进行清洁,鱼儿们眼中流出眼泪。当她晚上来房里拉上窗帘、铺好床并在雪白的枕头上放上写着"晚安"的巧克力方块时,她发现房间整洁如初。第二天她向酒店经理报告,"晚安"巧克力方块完好无损地放在枕头上。衣柜里空空如也,个人证件放在两个手提包和一个红色皮革小背包里,一个绿色的女士手袋,里面放着小提琴琴弦,一段灰色的绳子,绑在一起的泛黄的信件,一条卷起的男式领带。经理没有通报三位客人的失踪。

最后的线索通向夜晚。一位每天傍晚都在沙滩上跑步的男性看见了四名女性的身影,她们手牵着手走在水里。尽管水温在夏季就比较凉,更遑论在十二月,他却在水面下雕塑般的阴影闪现之处、深色子弹流动之处看到了她们,几只在水下飞行的燕子。

水很浅,女人们看着就像行走在水面上一样,满月在她们面前编织了一条长辫一般的月亮之路,她们走在月亮天桥上。在这充满希望的瞬间,鸟儿眨眨眼睛,她们飞了起来,在风把她们刺穿之前。

"我知道,这听起来很奇怪。"男人坐立不安。

337

"四个？我们失踪了三个人。"酒店经理说。

"不，她们肯定是四个人。她们穿着衣服，抓着卷到膝盖上方的裙摆，她们全都看向水中，似乎在寻找脚下的某种东西，然后她们放下裙摆，牢牢地牵着手。然后只是看着前方。"

最后一条线索。幻象。飞吧，燕子，飞吧，在他们抓住你之前，我亲爱的。

受过训练的男性身体在沙滩上跑着。世俗常规和宗教仪式中，亲爱的，隐藏着多少秘辛。

几支蜡烛在世界的墓地里亮起，一秒钟内便如璀璨的烟火般照亮了墓地，秋深了，忽略了四季；为新生的过去干杯。

乌瑟多姆岛，阿尔贝克·霍夫酒店，二〇一一年九月。

阿姆鲁姆岛，奇韦特之屋，二〇一四年四月。

一只燕子的飞行。

备注

埃里卡·艾伊索娃的唱片清单并不出名。根据警察的证词,在黛安娜·阿德勒的公寓里发现了这些唱片:

二〇一九——路易斯-克劳德·达坎①:《杜鹃》
二〇二〇——本杰明·戈达尔:《燕子》
二〇二一——莱奥什·扬纳切克②:《燕鸣》(出自《在杂草丛生的小路上》)
二〇二二——爱德华·麦克道威尔:《雄鹰》
二〇二三——爱德华·麦克道威尔:《致蜂鸟》
二〇二四——贝德里赫·斯美塔那③:《母鸡》
二〇二五——亚瑟·维尔纳④:《鸟的歌唱》
二〇二六——瓦尔特·尼曼⑤:《相思鸟》
二〇二七——克莱门特·斯拉维茨基⑥:《孤独的鸟儿》

---

① 路易斯-克劳德·达坎(1694—1772),法国作曲家。
② 莱奥什·扬纳切克(1854—1928),捷克著名作曲家。
③ 贝德里赫·斯美塔那(1824—1884),捷克著名作曲家。
④ 亚瑟·维尔纳(1881—1959),捷克作曲家。
⑤ 瓦尔特·尼曼(1876—1953),德国作曲家。
⑥ 克莱门特·斯拉维茨基(1910—1999),捷克作曲家。

二〇二八——米哈伊尔·格林卡①：《夜莺》

二〇二九——乔纳斯·柯柯林②：《鸟》

二〇三〇——奥利维埃·梅西安③：《歌唱的旅鸫》

二〇三一——奥利维埃·梅西安：《鸽子》

二〇三二——西里尔·斯科特④：《天堂鸟》

二〇三三——米卡劳尤斯·康斯坦提纳斯·丘尔利奥尼斯⑤：《夜莺》

二〇三四——罗伯特·舒曼⑥：《巢中杜鹃》

二〇三五——阿道夫·亨泽尔特⑦：《若我是只鸟儿，我愿飞向你！》

二〇三六——让－菲利浦·拉莫⑧：《鸟儿的叫喊》

二〇三七——马克斯·雅各布⑨：《林中鸟》

二〇三八——阿尔伯托·威廉斯：《蜂鸟的不安》

根据寡妇的证词，在彼吉特·史达瑟洛娃的公寓里发现

---

① 米哈伊尔·格林卡（1804—1857），俄罗斯作曲家。
② 乔纳斯·柯柯林（1921—1996），芬兰作曲家。
③ 奥利维埃·梅西安（1908—1992），法国作曲家。
④ 西里尔·斯科特（1879—1970）英国作曲家。
⑤ 米卡劳尤斯·康斯坦提纳斯·丘尔利奥尼斯（1875—1911）立陶宛画家、诗人、作曲家。
⑥ 罗伯特·舒曼（1810—1856），德国作曲家。
⑦ 阿道夫·亨泽尔特（1814—1889），德国作曲家。
⑧ 让－菲利浦·拉莫（1683—1764），法国作曲家。
⑨ 马克斯·雅各布（1876—1944），法国艺术家、诗人、作曲家。

了琼尼·米歇尔、琼·贝兹、比利·哈乐黛、妮娜·西蒙、艾迪特·皮雅芙和加利福尼亚巧克力豆乐队的唱片。

埃里卡·艾伊索娃的电影版权归葵欧和斯沃洛电影、发行及传媒公司所有,这两家公司的纸质档案在布拉格二〇一一年的一场大火中烧毁殆尽。

彼吉特曾在一个个夜里阅读堆积成山的笔记节选,泉水从中涌出,仅仅涌向黛安娜·阿德勒和埃里卡·艾伊索娃。彼吉特写的关于爱德华·贝奈斯的《男性游戏》一书没有出版,它打开了一个对性冷淡者隐私的过大的窥视孔,考虑到它的作者已经失踪,无人能回答那些被出版社胆怯地提出的问题。

选自彼吉特·史达瑟洛娃的
《男性游戏》一书

世俗常规与宗教仪式中,亲爱的,隐藏了多少秘辛。啊,这甜蜜的六月。

一九三八年六月是丰收的月份。爱德华·贝奈斯获得又一个新鲜的博士学位:六月二十一日,普日布拉姆矿业大学。在布拉格城堡举行了隆重的矿业科学博士毕业典礼。

六月三十日,捷克理工大学授予他商务荣誉博士。他承诺,将把自身的能力和经验造福广大民众,并致力于扩大和巩固人类的和平合作。他最爱穿学士服和戴学位帽。

战争早就开始了。一个个个体领导着它。战争在餐桌旁、在田野上、在学校的课桌边、在邮局里打响。一个极端分子反对另一个极端分子。以在赫日比山脉为例。什维赫拉老师没有孩子。他和妻子一辈子都生活在赫日比山,他是个受过教育的人,他收集甲虫。他也是一名社会民主主义者,这一宗教对他而言无比神圣。在近五年中,围绕着他形成的圈子逐渐扩散,离他而去。甚至那些和他有着相同想法的人,也悄悄地变成了大多数,以便获得宁静。他们松了一口气,朝汉莱因①的支持者们微笑。

什维赫拉老师同样觉得自己已经获得了宁静。但是孩子们在家里叽叽喳喳。他们学会了在字里行间侦查和吞食,捕猎奸诈的词语。他们学会了获取利益。

他们通过观察成人来学习领会。他们交易并从事政治活动。几种面貌的一代人正在淬火和塑形,他们将决定战后的世界秩序。孩子们在夜晚的桌边聊着天。他们飞快地眨眨眼,无辜地噘起嘴。他们将注意力从破碎的窗户、破烂的裤子、五分钱、打架和小偷小摸上转移开来。父母们张着嘴坐着,吞咽下语言。他们将一个勺子放在桌子上。一些孩子用勺子在桌上猛敲。

爸爸们在酒吧里谈论,妈妈们在女裁缝那里和顾客们聊天。他们建立起联系,并在生活了多年的紧张中找到了团结的出口。家长协会和教师团体决定这个老师不能再教孩子了,他们暂停了他的职务并提出了记录处分。高层终止了这个程序,他的教师职务得到了恢复。他可以继续教课了。这一切都发生在一九三八年的六月。

什维赫拉老师走进教室,公文包里装着书本。当老师到达时,孩子们站了起来,他们离开了教室。他们已经有自己的指示了。他独自坐在黑板前,偶尔从马甲的口袋里掏出怀

---

① 康拉德·汉莱因(1898—1945),捷克斯洛伐克苏台德德意志人党党魁。该党鼓吹法西斯思想,效忠德国纳粹主义,受到希特勒政府的支持。原文"henleinovce"意为"汉莱因的支持者们"。

表。他在黑板前坐了好几天,手放在桌子上,手指交缠。他在祈祷,然而却不知为什么而祷告。

校长再次召集会议,家长们和全体教师齐聚。他们没有邀请什维赫拉老师。时至今日,无人知晓这次会议的内容,也将永远不得而知。能够确定的是,在会议后的那天,没有任何一个孩子来到学校。取而代之的是所有的父母们:他们要确保什维赫拉不能进入学校并将他赶走。赫日比山分成了两个阵营:什维赫拉与人民。什维赫拉给扬·马萨里克①写信,他不知如何是好,凭着直觉行事,扬·马萨里克是他想到的第一个名字。

"你为什么不给总统写信呢?"

他老实地回答妻子说:"我不知道。"

甚至区长和学校督查都来了。他们寻找解决方案。他们邀请什维赫拉接受医学检查。结果证实他很健康,并可以教书。

针对汉莱因支持者们阴谋的抗议活动将演变成全校罢工。瓦尔恩斯多尔夫②的众议员罗斯勒亲自对校长宣布。什维赫拉老师没有让步。正是这样的毫不妥协激怒了人们。若是他肯低头,便可能是另一番景象。

"你为什么不退一步呢?"

---

① 扬·马萨里克(1886—1948),马萨里克总统的儿子,时任捷克斯洛伐克驻英国大使。

② 捷克城市。

他老实地回答妻子说:"我不知道。"

什维赫拉是一位拒绝了希特勒的德国老师。他指出,在学校的体育馆里有人将我们两位总统的画像塞到了跳箱后。并没有开展针对罪犯的调查。什维赫拉用化名给报社写信。民主的公众,捷克的,甚至德国的,被区政府的做法激怒了,它不但没有保护德国的民主教师,这位教师没有违反任何规章,而且对于得到了校长支持的挑衅行为无动于衷,而校长本应确保他所负责的机构的秩序。

在报纸报道了这一案件的当天,爱德华·贝奈斯正接受矿业大学的荣誉博士,他浏览报纸,报纸上将这一行为评价为,包括总统的巨大努力在内,矿工们的生活水势必得到调整。你好!① 眼睛盯在某一行上。他读到自己的画像在一个汗水蒸腾的省体育馆的跳箱后被找到。没有人做任何调查。他被冒犯了。他永远也忘不了这件事。他与教育部部长弗兰克博士、副校长斯托切斯博士、校长巴勒马博士以及学位授予典礼主持人伊琴斯基博士在城堡共进午餐,鳟鱼冻、烤阉鸡配沙拉和米饭、黄油芦笋、草莓酱、奶酪条以及多汁的樱桃。是的,这个六月。

贝奈斯剥下有问题的地方,就好像捷克地区是一个洋葱一般,剥掉火成岩的表皮,获得宁静。远离恼人之事,把自己密封在宁静里,在风平浪静的地区。摆脱要求斯洛伐克自

---

① 此处原文为 Zdař Bůh,矿工专用的招呼用语。

治的人民党。摆脱一切将他的画像塞到体育馆跳箱及跳马后面的人们。世界重返清晰和秩序。将画像放回原处。扭转混乱。

世俗常规和宗教仪式中，亲爱的，隐藏了多少秘辛。

他很清楚，桌旁的另一个人在想些什么。他利用每一个漏洞。他对什么都没有兴趣。他只想维持权力。沙俄的专制君主制。他喜欢自己。他是总统。

裁缝为他量制新的西装，这次是白色的。当给他测量长度时，裁缝的手腕处绑着棉布条，上面插着一些金属针。他看起来就像个角斗士。一根金属针从他嘴角伸出。总统是和蔼可亲的，但他看着远方。他不能忍受看到牙齿间咬着金属针的画面。他不能忍受这根金属针将要刺进他的白布的感觉。等到裁缝把做好的西服交给他，总统会命人将它彻底清洗，因为一想到沾着口水的金属针他便觉得反胃。

裁缝在白色西服的口袋上增加了小手帕，与领带的颜色配套，一切都在丝绸之上。他熨烫好新的衬衫，并与鞋匠商量好，哪一款名牌皮鞋与之最相衬。总统让人给自己修理胡子并梳理头发。他对理发师十分友好，但他看着远处，他与镜中的理发师，或者自己的膝盖交谈，在他低下头的时候，理发师用剃刀清理他的后颈。理发师近距离地注视着后颈，轻轻地呼吸，好像想要亲吻皮肤一样。温热的呼吸吹拂在后颈上，毛发飞走，脖子抗拒地伸直，身体突然站立起来。他是总统。

他并不总是总统。

以下内容选自爱德华·贝奈斯的女口译员的日记。

我们不能争论。不存在任何与爱德华争论的可能。他不想分析任何个人的事物，他会立即变得很强硬。因某事责备他也是不可能的，他会转向，与对方对抗一切，低调地。在这一点上任何语言都帮不了我。我甚至已经不知道我到底会多少种语言了。他们都叫我多语使用者。一切始于我的祖国瑞士，在那里我学会了德语，不久后又学会了法语、意大利语和罗曼什语；在初中又增加了英语、拉丁语和希腊语。我那时十四岁，那时我们本该在假期里到葡萄牙去，但最终我们去了土耳其，在伊斯坦布尔我重复着所学的第一个词汇，那是我至今最喜爱的语言，它是那么的精确，不存在任何例外。与任何一门新语言相比它都更简单，我曾在日内瓦大学教授土耳其语言学，但是我无法忍受"中立"这个词，甚至在个人的生活里我也无法忍受这个词，更遑论在政治中。我离开日内瓦去往伦敦，我为情报部门提供自己的知识，我已经不知道自己究竟会多少门语言了，肯定超过了三十种，甚至是斯瓦希里语和阿塞拜疆语，最后是捷克语。我接受了总统夫人的口译员一职。我取得了她的信任，我成为她的知己。

我的知己是爱德华。捷克语较土耳其语而言完全是个异数，正如爱德华一般。他对于自己有着固有的观念，认为自己是聪慧的、开放的和友善的。他不喜欢冲突。他更愿意做个例外。

"可能我最不缺的就是同理心。"他说。

也许他最缺乏的便是同理心。

他再次逃避话题，然后他仔细地盯着我。我吃着，吃下这羞辱。他笑了，然后在切下一块羊排之前，他静静地说："我能和你说件事吗？"

"当然。"

只需要三个单词便能点燃我的热望。向我道歉，现在。我们开诚布公地谈谈，现在。他说，我对他而言意味着什么，现在。

"我不想给你建议，但是你没有正确地握住叉子。没受过教育的人和中产阶级发迹者才那样吃东西。叉子的尖端必须朝下。"

我没把叉子拿在手里。我同样也不会将满满一口食物塞进嘴里。既不像一个受过教育的鱼叉，又不像一艘扬着帆和尖弓的船。他仍有优势。我想象着，我能用叉子从什么方向扎到他身上。在这一点上古思·雅尔科夫斯基和他的《社会的教理回答》给不了我建议。我所知的所有语言让我在精神上放松下来。这个世界不存在给予女性的公正。

夜里我常常围着长满常春藤的房子转悠。我得关注着爱德华。并且我知道，他的妻子在关注着我。

他是个永远充满惊讶的男孩，眉毛尖儿挑起。他喜欢那些不会对他造成威胁的男孩们。他是个小的、迷你的、花岗岩做成的侏儒。他不是拿破仑，很遗憾。他是个善良的男孩。

扬·马萨里克要将他带在身边。

贝奈斯不会尝试可卡因。舞女亦然。

爱德华感到不安，他坐着，一整天只是坐着。爱德华不知道他该做些什么。书房里有三万五千本藏书。但只有其中一本里有他需要的内容。一把小左轮手枪。哈娜·爱德华女士找到他时，他正坐在书房的桌后，那张有着桃花心木的桌子后，手指抚摸着上面的年轮，他坐在黑色的皮椅上，家具的边缘上装饰着很多小金属头串成的小珠串，他用食指拂过它们。哈娜女士明白的。她也曾经历过一次相似的情况。爱德华有着柔软的神经，如蛛丝一般，几乎看不见，并且有时会缠在一起。哈娜女士是个和善的人，但在她的内心某处，她坚信一切都只是自控和意志的问题，尤其是政治家，更应该练习控制软弱的艺术。哈娜女士会处理这种情况。她伸手去够左轮手枪。

"我想把它带在身上。"

"你不必担心我。"

"我不是担心你。我是担心自己。没有人会相信我，若你开枪自杀了,他们很可能会逮捕我。有时你真的极其自私,爱德华。"

哈娜太太将左轮手枪塞进身后一排排满是灰尘的某本书中。

"我同样更喜欢音乐或是绘画。"哈娜太太说道。她喜欢社会,而非与昂贵书籍相伴的孤独。在音乐会和画展上她处在人群中,看着别人,也被别人看见,她自成一幅愉快的图画。

当他们必须快速清理房子并打包行李时,哈娜太太叫来了几个学生帮忙。她向他们展示了总统先生想要随身携带的书籍的书单,她微笑着向他们表示赞赏和感谢。年轻人们沿着书籍的高墙徘徊,像甲虫一样趴在梯子上。当一个年轻人抽出上排架子上的一本书时,从书中掉出一个物件,猛地砸在了木地板上。

哈娜太太迅速将武器捡起。

"防贼。"她说。她微微一笑。世俗常规和宗教仪式中,亲爱的,藏着多少秘辛啊。

贝奈斯在美国平静下来,然后返回英国;另一个贝奈斯。身体的不安随着信息范围的扩大而增加。在他眼前的是一个粗壮的小个头男人,他正舔着油腻的手指,将唾液擦到白色的桌布上;他将桌布一角拉得那么用力,以至于酒杯翻倒,红色的葡萄酒浸染了白色的桌布。

当贝奈斯独自一人时,他尝试着舔舔手指,然后他感到恶心。他在镶着金色冲水手柄的马桶上呕吐。

若是他留在英国,他将是幸运的。可是总统怎么能移民呢?等他下台时,他将被视作战时的叛徒。他将不再担任总统。出任总统带来了诸多好处。

当晚上哈娜太太给他唱催眠曲并将被子盖到他下巴处时,他将自己的噩梦告诉了她。

"这些不过是谣传罢了,亲爱的①。大家都在谈论关于俄国的这些事,但你看看,赫伯特·乔治·威尔斯②到过那里,他是那么积极,尤利乌斯·伏契克③也到过那里,他是那么热情,他谈论俄国时就像谈论一个明天已变成昨天的国家④。"

"我活在当下,亲爱的。关于苏联俄国的消息都不是那么乐观。"

"但倘若没有俄国我们赢不了这场战争,这是你说过的。"

"我是这么说过。而这恰恰是可怕之处。"

在槌球游戏过程中,贝奈斯再次提及,他和哈娜太太应

---

① 此处为哈娜太太说的话。
② 赫伯特·乔治·威尔斯(1866—1946),英国著名小说家和政治家。
③ 尤利乌斯·伏契克(1903—1943),捷克无产阶级革命家、作家、新闻工作者。代表作《绞刑架下的报告》。
④ 出自伏契克《在明天已变成昨天的国土上》一书,意为俄国当前发展速度非常快,人民生活得到了极大改善,明天转瞬即变成了昨天。

该考虑一下他们的战后生活了。

"战后我们会在拉尼庄园①和布拉格城堡，亲爱的②。"

"没人知道战后将会如何。你看看约瑟夫吧，亲爱的。"

"一切都会回到原来的轨道上的。"

"一切都回不去了。"

哈娜太太领着贝奈斯来到他的工作室里，指着世界地图。

"这里是苏联俄国。这里是剩余的世界。没有机会。美国不会允许。"

"他舔了自己的手指。"贝奈斯说，他大哭起来。

他没有说出来他不想回捷克。他想留在规则清晰的英国的宁静中，英国离他那么近，内心如此亲切，因为一切都隐藏在昼夜里不断进行的仪式的保护之下，在眼睛注视着激进问题的仪式之下；在黑暗中摸索问题，看不见的问题。世俗常规和宗教仪式中隐藏着多少秘辛啊，亲爱的。他喜欢王室、工业家和贵族家庭，喜欢殖民地的氛围。他成为代理人，爬到更高的位置，与底层的人民脱离开。白手套。

他寻求权力。又有谁不喜欢权力呢。一个对权力毫无兴

---

① 捷克总统的私人官邸。
② 此处为哈娜太太说的话。

趣的人，我对自己说，我翻译着其他人的想法。我期待着某一天有人能重写我的想法。

政客们也是人。我将剥下国籍、教育及职业的标签，只留下核心。通常撕去标签后便空空如也，就像网球。我将撕下包装，索然无味。或者我将撕下包装，一个富饶而出乎意料的宇宙嬉闹起来，深邃而软弱。观察人们的情况，观察除去包装后的个人。头衔、专业、职业、母语和国籍皆如包装纸。揭露出它们所包裹之物。包装着空虚，包装着饱满，我的他生于一八八四年五月二十八日①，我的五月男人。在捷克王国科什拉尼镇。那里信奉天主教。他在奥匈帝国时期上过学。那时的高校里还没有女孩。在这个国家，教育曾是某种样子。

布拉格捷克斯洛伐克商学院。在一九○九年到一九一三年间，他在这里做代课教师，然后担任助教；教授法语。

他曾任外交部部长及民族议会议员。他有议员车票，可以免费乘坐陆上及水上交通工具。

我有些发晕。他最新的职务在国际联盟。一九三四年他与苏联建交，一年后他签下了《捷克斯洛伐克与苏联的互助条约》。同年十二月十八日，他被选为共和国总统。《慕尼黑协定》后的一九三八年十月五日，他被迫辞去总统职务。一九三九年三月他开始组织捷克斯洛伐克海外抵抗运动，就如

---

① 此处指爱德华·贝奈斯。

同在第一次世界大战期间，他曾在巴黎组织秘密移民反政府团体并出任捷克斯洛伐克民族议会总书记，并于一九一八年至一九三五年间出任外交部部长。一九三九年十月，他在巴黎创建捷克斯洛伐克民族委员会，并组织在西方的军事小分队。一九四〇年七月他在伦敦创建流亡政府，他本人再次出任总统一职，那时我第一次与他相遇。一九四三年他离开伦敦去往莫斯科，以签订《苏捷友好互助与战后合作条约》。当他会见捷克斯洛伐克共产党的莫斯科代表，就共和国的未来组织谈判时，我担任他的翻译。一九四五年的春天，我们再次来到莫斯科，商讨建立民族阵线政府及其名为"科希策"的纲领。他觉得一切都已成熟，他期待着成为总统。一九四六年六月十九日，他再次当选总统，啊，这甜蜜的六月。解放后他已经签署了一系列革命法令，对国有化睁大了眼睛。哈娜太太将我从他身边推开，我当时处境危险，返回了伦敦。然后我去到日内瓦，为了离他更近些，当他在一九四八年二月接受了政府辞呈后。一九四八年六月七日，他辞去共和国总统职务，啊，这甜蜜的六月。

"类人猿"行动①是克服了所有恐惧的一次政治成功。瓦

---

① 捷克斯洛伐克流亡政府与抵抗运动组织制定的刺杀纳粹德国党卫军上将莱因哈特·海德里希的暗杀行动。

涅克①是一名国内反抗斗士,他让想要实施反抗的发热的头脑们冷静下来,他尊重每一个生命,并在现实中艰难前进。

他没想过这一切。伞兵库毕斯和加比奇克②应该在他的索科尔③小组附近找到庇护所。他没想过这一切,他联系他们的上级,他努力升任流亡政府总理,他更希望扬·马萨里克能够低头,但没有成功。他没有和贝奈斯总统先生谈话,后者什么也不知情,他也宁愿别人不要告诉他,他(贝奈斯)更希望用外交的方式处理所有问题,懦夫,他们悄悄地说。

当瓦涅克的更高的影子努力成为贝奈斯先生时,已经晚了,瓦涅克的影子一如既往地直言不讳,贝奈斯通过对话变得更强,通过言语的冲突变强,他是打嘴仗的大师,而在肉对肉的搏斗中他却要躲在山毛榉木板之后;他将同瓦涅克先生的影子一起赢得友好互助与战后合作条约。拉基斯拉夫·瓦涅克究竟是谁,竟敢用这样的语气?戏剧性的时刻出现了,此时爱德华·贝奈斯的身体竟突然出现在中间,但同时他却没有立即陷入危险中。他希望以胜利者和新任解放者总

---

① 拉基斯拉夫·瓦涅克(1906—1993),索科尔(雄鹰)体育组织的领导者之一,二战期间捷克斯洛伐克抵抗运动组织领导成员,被捕后被迫与盖世太保合作,曾公开反对刺杀海德里希的行动。
② 简·库毕斯,约瑟夫·加比奇克,两位"类人猿"行动刺杀小组成员。
③ 索科尔(雄鹰)体育组织。

统①的姿态回国。瓦涅克的影子恳请他停止行动。

"我不能停下。抵抗敌人是我们神圣的职责。"

"还有其他的斗争形式。纳粹的报复行动将牺牲更多的数千人的性命。"

贝奈斯坚持己见。

"我们需要展现出,我们是战斗民族。"

"但是这个行动是多余的,只会带来恐怖。刺杀海德里希无济于事。"

"您害怕了。这是可以理解的。"

希特勒将对这样的行动勃然大怒,你知道的,啊,是的,这样的抵抗会毁了他,愤怒的瓦涅克在自己的妻子面前发泄着怒火。

他害怕这行动可能带来的恶果。

贝奈斯看起来就像个军事领袖,他感觉自己再次成为秘密反政府团体的领导人,一战期间秘密组织的领导人。他神圣化了刺杀行动。刺杀海德里希为流亡政府带来了"战斗"政府的评价,而"战斗"政府则代表了"战斗"民族。贝奈斯没有向瓦涅克的影子解释,暗杀,神气活现的、精英主义的步伐,其实并不是为希特勒准备的剧目,而是为苏联人准备的,这些苏联人在向流亡政府施压,以使流亡政府在平静

---

① 扬·马萨里克被尊奉为解放者总统。

的捷克地区推进坚实的步伐。仁慈的爱德华·贝奈斯坐在英国的一家会馆里,抽着烟斗。

利迪策①消失了,例如。

贝奈斯博士先生决定了这个村庄的命运,拉迪斯拉夫·瓦涅克朝自己的妻子喊道。

你在胡说八道些什么,妻子平静地说。

希特勒对此勃然大怒,这样的抵抗会毁了他。

海德里希死了。报复是可想而知的。

在伦敦的先生们搓着他们戴着白手套的手。这些天以来,注意力都集中在布拉格,还有流亡政府之上。

"您知道的,纳粹分子都是什么样的人,"贝奈斯在午餐时谈及利迪策,"整个世界都在谈论这件事。"

"他们在苏联烧掉的村子,可比这多得多。"苏联客人在他身旁坐下。

"但是没人知道这些案子。"贝奈斯靠近他坐下。

他很满意。他很满意我能留在他身边。我得到一个小礼物:果干甜面包。

"你很满意。"

---

① 纳粹为报复刺杀海德里希的行动在捷克利迪策进行了大屠杀,枪杀了村中所有的173名15岁以上的男子。妇女和儿童被押送集中营。利迪策村所有房屋遭到烧毁。"利迪策惨案"后来成为国际儿童节的由来。

"主要是苏联人很满意。他们曾向我们施压。"
"这是你想出来的。"
"这是一次政治的成功。"
"你的政治的成功。"
"这是举足轻重的一步。"
"在这样的一步之后希特勒一定会被摧毁。"

他拿起果干甜面包，生气地将它扔进铺着绸纸的盒子里。他将头转向窗户。这意味着，我该离开了。墙板上映着另一个爱德华，颧骨凸起，脸上的肌肉起伏着。我走出门外，下到二层，取过大衣。我绕着房子走。我抬头看向窗户，窗后站着一个身影。我得带上一个梯子，以便朝他爬上去，然后我就能和他面对面站着了。他还是老样子。我必须承认，他是上帝。这样我们才能相谈甚欢。

他仍旧喜爱学士服，喜爱学位头衔，就像奥匈帝国的每一个人都曾喜欢一样。世俗常规和宗教仪式里，亲爱的，藏着多少秘辛。

他习惯了精确的规章、安排好的仪式以及议程，坐在怎样的车里，和谁一起同行，谁在什么时候会叫他的名字，谁将等候总统先生的配偶和套房。解放者总统托马斯·加里格·马萨里克的继任者。响亮的短曲和国歌。庆祝的致辞。院长们站着同坐着的他说话。女士们和男士们分隔开，女士们是装饰品。

院长们清一色都是男人。有人将在这里跟我夸夸其谈。某个人。关于这些男性的游戏。当我说我在写一本名为《男性游戏》的书时，所有的人立即建议我在正确的框架下将书更名为《男性和女性的游戏》。也许在正确的框架下我应该已经说过了，表面之下隐藏着蠕虫。生命或是命运往往都不是正确的。

他出生的区域是什么样的？我出生的区域又是什么样的？是什么塑造了当地人的心理？我们像动物一样相互认识，靠闻闻嗅嗅。离不开捷克的民族意识。

国籍会渗透到基因中去吗？母语已经铭刻在每一个词汇上了吗？它是通过潜意识代代相传的吗？

贝奈斯欣赏英国。贝奈斯欣赏法国。英国已经作为殖民国家多长时间了。法国已经作为殖民国家多长时间了。

为什么我总认为，在对捷克这一地区的理解上，贝奈斯比马萨里克和哈维尔都更重要？

在法国学习期间，他唯一欣赏一点：语言和举止的贵族化。爱德华·贝奈斯是贵族。这是他的选择。

贵族。

一六二一年六月，捷克的贵族们被处决，啊，那个六月。白山战役是奇怪的。那么这是他的国家，他没能从这里的斗争中逃脱。但是他们并不参与到战斗中来，他们只是假装在战斗。为什么他们不在这里站出来说，他们想要保持中立。

就像瑞士。他们离瑞士人很近。他们把花园们围起来，然后观察。

这捷克语，是如此年轻和正值青春。它如此灵活，从德语、法语和英语中吸收精华、句子和短语。他希望能活到将来德语、法语和英语吸收捷克语单词的时代。共和国的建立这一奥地利名是如何被迅速翻译的呢。莫扎特的萨尔斯堡是萨尔诺堡①。

他脱离了捷克地区，他在伦敦创建了精英的社群。我翻译他睿智的言语。虽然他偶尔在花园里闲逛，但他严格地遵守着仪式与常规：五点吃早餐和喝茶，然后处理信件。理发师、裁缝和完美白色西装的到访共同将他围住，但紧身胸衣包裹着的是会塌陷和变形的血肉。爱德华好一会儿都看不到这么做的意义何在。因为这个本该为他熟知的并融入的世界已经崩塌了。

"你不必当总统。"

他用阴郁的眼神看着我。

"哈娜责备我没有在她年轻的时候更多地关注她。一切都怪我。"

"她有些紧张，并且她正在更年期。"

---

① 早先萨尔斯堡 Salzburg 的捷克语译法是 Solnohrad。现代捷克语为 Salcburk。

"她已经过了更年期了。她有一天突然责备我很少和她一起睡了。过去我们总是在一起。"

"离开她吧。你可以留在英国,在大学里教书。"

他看着我,就好像我已经疯了一样。若是他不害怕绯闻,他会告知我,然后我们分手。他有些紧张,因为没人知道未来会如何。除了统治,他什么也不会。他也不想掌握其他技能。他想成为一个仁爱的国王,他想成为一个仁爱的科学家,他想成为一个仁爱的大学教授。这些都是完善的体系,他喜欢在其中安心地移动。但突然某一天,他目前的生活似乎充满了不确定性,就好像他正为目前的形象感到羞愧,他不知道自己是谁,自己又该成为什么样子。

他多大年纪了?个人的危机与外部的危机联系在一起。他不想离开哈娜太太,他被这样的想法吓到了,他永远没有这样的勇气,人们是离不开妈妈的。他已经到达了最高的位置,而这个位置正危机四伏。因此他接受了一些条例,以加强自己的独特性。总统在伦敦避风处的便利条件下接受了一些英勇的条例。

他周围的每个人都在谨慎地谈论,他这么做一定是为了其他的于我们民族更重要的任务。

"您应该保护您自己的。"

他不太习惯别人同他如此直白地讲话。他过去也不习惯。这让他紧张并使他分心。所有的陈词滥调缠着他不放。

我的亦然。

"一九四四年,你很好奇在伦敦的政府会不会给你颁发荣誉勋章。"

"那些是我应得的。"

"多少?"

"你听过的那些。一九三九年捷克斯洛伐克战争十字勋章,捷克斯洛伐克英雄奖章还有捷克斯洛伐克一等功勋奖章。"

"战争十字勋章?"

"你听过的:作为捷克斯洛伐克军队的总司令,他在最关键的时期以自己的卓越远见与不懈努力将军队从法国转移到了大不列颠,为进一步的战斗奠定了基础。"

"那个英雄奖章呢?"

"你听过的:他在一九三九年战争爆发之初便投身其中,并在此期间展现出个人的英勇无畏。"

"那功勋奖章呢?"

"你听过的:因其为捷克斯洛伐克军队在海外的建设所做出的突出贡献和不懈努力,以及其对于该军队的道德状态及物质装备的持续影响力及一贯支持。"

他头脑混乱,不知道自己的生活该如何是好。若是在和平的条件下他应该知道的。他可能会继续收集学位头衔并聆听仪仗短乐。这个男人发现自己身处政治和社会的混乱之中，这个社会学家很生气，并拒绝考虑现实。现实没有渗透进威斯敏斯特教堂。白西装、手套、熨烫好的裤子、哈娜太太的帽子以及他们散发的微笑一如既往地更为重要。沾沾自喜仍未消散，只不过被恐惧所填满。他感到愤怒，因为他的决定没有得到应有的回应。我告诉他，作为一名社会学家，他应该转换主题，写一本副标题为《混乱中的个体》的书。然而他的人生主题很坚定，就是通过奥地利的法律建立健康的、交错的社会。

爱德华在自我葬送。他认为，等到生命的尽头，他应该能让马萨里克在他的上方伸出保护的手。就好像他是儿子，而不仅是合作者。马萨里克将选择并把他纳入家庭之中。实际上他一直都被保护着，因为他曾身处一个资产阶级人道主义的法律和法规生效的社会。在这些法规解除和消失的时候，他便迷了路，感到软弱和胆怯。也许他能做的只有一样：在可能无法生存的形势下自保。

爱德华想要宁静，于是他逃到疾病里。

他一直是个儿子。终其一生是哈娜太太的儿子。他们的关系从来不是伴侣，而是完美的母性关系。美丽的关系。

在这样的关系里，孩子是没有空间的。这是依赖的关系。

他的外貌和完美的衣着，一切都令我困惑。他的内在是个敏感的男人。他缺少一种基本的品质：男性气概。哈娜太太却不缺这一点。

　　爱德华仍是精英主义者。一个享乐主义者、一个功利主义者是绝不会允许他过上困难的生活的。他不是个行动主义者。他身体困惑,从哈娜太太那里获得力量。这毫无疑问。他们关于思想观念、艺术、宗教和哲学的兴趣,一切都是市民阶层的兴趣。墙上只有些不会引起争议的画,是传统守旧的样式。

　　然而他发现自己身处一个麻烦的世纪,他的立场自有其好处,他将具体的感官感受同对精神目标的尊重结合起来,他从不陷入任何形式的狂热。他的字典里同样没有"禁欲主义"一词。

　　这么多年以后,我的记忆应当如何讲述这些时刻呢,当我们相遇时,当我的身体尚且年轻,当我对他仍有抵抗力,仍能反抗他的时候。我将爱上爱德华,而这是不被允许的。可他是有修养的、温柔的、聪明的。直到这样欺骗的幻想被揭穿,他仍努力使这一切不至于崩散。爱德华曾超越自己的时期。现在他活在当下,活在今天,在二十一世纪,一个无人关注过去的时代。未来也同样无人问津。只有现在。在过去,他总是能够处理好现在的。

　　爱德华摆脱了劣等人。爱德华摆脱了乌克兰人,因为在他看来他们都是野蛮人,只要看看他们的脸就足够说明一切了；他还摆脱了德国人，因为他们正处于历史名声狼藉的时刻，因此他们是下等人，在这个时候，没有人敢抗议，因为这么做无异于给自己增加嫌疑，为纳粹辩护者，自身肯定也是纳粹。

爱德华上小学的时候，第一次警告出现于世。这是一种名叫颅相学①的理论。这一理论是所有带有种族色彩的伪科学以及其他可怕理论之母。这种理论从人的头颅形状评判一个人的性格，将额头和口鼻退化者归入动物世界。那是十九世纪末期。文森特·梵高和亨利·德·图卢兹·罗特列克②此时正在巴黎喝着苦艾酒。混合着水的酒液呈现出黄绿色。这是十九世纪末最受欢迎的药酒。机构里充斥着失去了思想的梅毒病人，他们大脑空空。

优生学。看起来是在净化人类，消除导致残障人士出生的不良影响，并优化人类的遗传基因。

爱德华与那些思考着解决人类衰退可能性的人们建立了联系。他接受了这一理论。而一旦这样的理论被接受以后，一个人就无法靠禁止它来摆脱它。爱德华思考着优化人类的可能性：通过将两个聪明的、受过教育的人进行配对。这是个诱人的假想，就像培育公园里的玫瑰一样，就像培育公牛一样。他不是唯一持有这种观点的人，在欧洲这么想的人很

---

① 也称骨相学，通过研究头颅形状来判断一个人的性格和能力，流行于19世纪。

② 亨利·德·图卢兹·罗特列克（1864—1901），法国后印象派画家。

多，例如尼古拉·特斯拉①。他们认真地对此进行辩论。这一精英主义的立场从未完全消失。因为它一直在他们的脑海里徘徊，并对人口进行绝对分类。这是些看不见的种姓，在印度，种姓明显地支配和摧残着生命，而这在欧洲换了个称谓，因为欧洲感觉自己超越了人类，是一朵被培育出来的玫瑰。而这一种姓制度将会扩大，并以一种温和的、和平的方式挑选出那些十岁时要上寄宿和精英学校的人，而其他人将很难接受到教育。

爱德华及抱有这种想法的人们震惊了。纳粹分子吸收了这些培育贵族灵魂的观念并将之付诸实践。观念变成了现实，而现实并未出其不意。疯子和麻风病人被清除，残疾和残废的人被清除。漂亮的女人和健壮的男人应该结婚。但情况并不那么乐观，因为聪明和智慧并不总是自动占领身体。他们给了身体优先权。

身体们获得优先权。

纳粹分子从爱德华及与之志同道合之人那里偷走了一个理论。他们永远不能够将这个理论说出来，回味亦不被允许。爱德华和他的志同道合者们本考虑解决人类衰退的可能性，并在英语沙龙上进行讨论。当这些在战前谈论过此事的人们相聚时，他们感觉到，他们将团结在一起，不会相互背

---

① 尼古拉·特斯拉（1856—1943），塞尔维亚裔美籍发明家。

叛或伤害。他们看着彼此扼住了喉咙。他们必须建立起堡垒。而这个堡垒必须以明确的行动来创建。若是有任何人提醒到爱德华和他的志同道合者们曾支持优生学，但鉴于他伟大而勇敢的行为，这似乎是种荒谬而疯狂的说法。

爱德华是精英主义者。而精英主义者们是一个最为团结的团体。他们自然而然地喊出口号并主导实施。他们认为历史上所出现的问题都是暂时性的。他们坚信他们懂得更多，而世界属于他们。他们团结一致，站在人群上方。而人群是无足轻重之人的混合物、废物、人的垃圾。垃圾就应该被清理干净。

人类将永远被这些思想阻塞和毒害。世代相传社会弱势群体都是劣等人。吉卜赛人是劣等人，因为宗族理论携带着这样的使命；犹太人是劣等的。是的，女人也是。

女人是劣等人。究竟又有谁不是劣等人呢。空洞的外壳，只要包装一番就好。通过什么学位头衔、昂贵布料的制服、量身定制的鞋子、贵族的血液。爱德华，你为何如此害怕，为何如此绝望地盯着我，为何沉默不语，那么和我说话吧，求求你了，和我说话，你究竟在害怕什么，别走，别逃，和我说话，你听见了吗？

是的，爱德华·贝奈斯成长于那个时期，那时他的首都还是维也纳,王位的继承人本该是弗朗茨·费迪南①。在维也纳,有一本书广为流传。世纪之交的维也纳,许多捷克人都到那里去工作,它就像布拉格一样,本身便是一个美观的、情色的、知识分子的世界。在华尔兹的节奏中,西格蒙德·弗洛伊德的精神分析诞生了,奥地利人读着一本书,读着一项很有争议性的研究。在这项研究里,作者进行了更广泛的探索,预言了更黑暗的环境,那是奥地利即将热切欢迎希特勒的时刻,甚至德国纳粹将会残酷地驯服奥地利的同僚们。奥托·魏宁格②描写了他所成长的世界,以及他那本充满议的名为《性与性格》的书。这位哲学家生于一八八〇年,在此书出版不久后,他于二十三岁的年纪自杀。在这本书里,他宣称,女人和犹太人只是性的生物,缺乏个性。这本书成了畅销书,如同将武器送到了原始人手上。

爱德华知道这本书。

"这是一本不成熟的灵魂的书。"

"你藏书里有这本书。你读了它。为什么?"

"没有被读完的一本书就像一条未竣工的道路。"

"但你没有写任何反对它的话。那么多捷克人到维也纳去。"

"捷克的石匠们修建了维也纳,厨娘们带来了煎饼和李

---

① 弗朗茨·费迪南(1863—1914),奥匈帝国皇储。在萨拉热窝被刺杀,此事成为"一战"导火索。
② 奥托·魏宁格(1880—1903),奥地利哲学家。

子馒头片。"

"这就是维也纳的终结，捷克人捏碎了它。"

他生气了，而我想让他生气。

"书籍存活着，一直。你们总是为希特勒准备好了一切。你看看，他从空气中吸入了什么。你曾讨论过优生学。"

魏宁格的故乡维也纳将这本书给了他。它是《我的奋斗》一号，希特勒的《我的奋斗》只能排第二。他摆脱了犹太人，却没法摆脱女性。

学习的女性、离婚的女性、有批判性思维的女性。根据爱德华的理论，这些都是破碎的人类，过着被截肢的生活。我有时候觉得，他可能会优先把她们送进集中营。爱德华是富有见地的，对待女士们极其专心。但严格来说，他无法将我视为平等的伴侣。在他的世界里，女人达不到这样的地位。于是他紧张起来，如关注一只奇怪的甲虫一样关注着一位女士。一只他可能会培育的甲虫。一个女人在他的世界里有着仆人、妻子、母亲、姐妹的形态。不存在其他的形态。

"爱德华，我懂超过三十种语言。"

"你是个例外。"

"我不是。"

我活了多久，爱德华便死了多久。又有什么发生了改变。我感觉很奇怪。每一个团体都认为自己是二十世纪最大的受害者。在这里,一千年后,一半人类仍不能够自由地活着、自由地思考、自由地移动。是谁想出的主意,又是谁接受了它,谁允许它发生?谁在头脑里赞成这场席卷全球的以宗教背书的种族灭绝?它甚至被女性们确定无疑地接受。产房中分发着嘴套。你将出生。而世界便将如此看着你,而你对此无能为力。

彼吉特在夜里写下的这些笔记被撕毁和丢弃,同一个主题的变体,因埃里卡所选的音乐而增强。

他们在伦敦的一家酒店迎接他。这座城市每晚都遭到轰炸,但体面仍坚守着这里。这里配置着红木家具,抛得光亮的巨大胡桃木板,勾勒着深色线条以及圆弧的小花纹,还有如雏菊一般的珍珠花纹。窗台由白色大理石制成。地毯仅仅弱化了脚步,一块块绣着黄色玫瑰图案的短短的深蓝色地毯为轰炸而准备,图案就像一张相互连接的玫瑰的网。墙上贴着蓝白色的织布墙纸。黑色皮革扶手椅以及罩着蓝色带金椅罩的小椅子,书桌上摆放着很多收纳小盒以及带金把手的小抽屉,就连台灯也是金色的,上面有两只金色的猎犬。床边的台灯有着圆润的金色身子和白色带顶的灯罩,带着金色花朵的黑色铁艺品将卧室分隔开。在巨大的窗子后也装饰着同样的铁艺品,窗帘以金色为底,上面绣着金色花朵以及双耳细颈罐的图案。房间的中央有两根通体黑色的柱子。浴室铺着墨绿色大理石,两个洗手池彼此相邻,独立的浴缸和独立的淋浴。雪白的毛巾。在金色四脚小玻璃桌上摆放着一个玻璃花瓶,瓶中插着美丽的花朵:黄色的玫瑰与菊花。

秘书敲着门。

"一切都还好吗,总统先生?"

"我申请了和太太分隔的卧室,我要工作到深夜。"

"我试着去安排。"

秘书试着去安排一切,却无功而返。他将酒店经理带了过来。这个人不是自己人,他并不知道他们想要什么。

"抱歉,总统先生。这是我们最好的套房了。"

"我需要两个套房。"

"很抱歉,我们已经满房了。冒昧地提醒您,现在是战时。"

总统控制住自己,他是和蔼的,但他将目光移到了远处。他消失在卧室里。哈娜太太立即顶上他的位置。当哈娜太太清楚而坚定地向他说明必须这么安排时,经理脸上的肌肉一动不动,啊,是的,直到他们在伦敦之外的住所得到解决之前,一切都只是在过渡期,这不仅关系到他们两人的安全,而且会关系到这场战争的未来,他们在努力阻止这场战争,但遗憾的是英国、法国和意大利不合理的干涉将事态推向了不良的发展轨道。在经理无动于衷的同时,一些客房服务员在地下车库里奔跑,她们将床单撕成布条,以便进行包扎并制成绷带。其中一间洗衣房变成了供伤者使用的临时房间。肥皂是稀缺品，若想要使用，只有在对伤口进行消毒时。经理站着，睫毛都不眨一下。当他退出房间，下到前台浏览住客名单时，一位客房女服务员飞快地戴好帽子，上楼来到最好的套房里。她敲敲门，房门打开，哈娜太太将挂在衣架上的白色西装递给她。

"请您今晚将它清洗干净。"

客房服务员屈了屈膝，她跑到洗衣房里，试图寻找两块肥皂以及汽油来清洗衣物。

战争的气氛笼罩着酒店。太太们在沙龙里建立了一个支持伤者的小组，当一个与儿子独自居住的美国女人想要加入她们时，她们吓了一跳。绅士们聚集在吸烟室的地图上方。

下午茶的时候哈娜太太加入了她们，她们已经在等着她了，她面带微笑。她总是微笑着。她们争相向她奉上名字、头衔和邀请函，而她的名字刚刚出现在创始人名单中，这个组织名叫"帮助战争受害者妇女协会"。美国女人走进活动室里，太太们都不出声了。哈娜太太立刻明白过来，她将要站在哪一边。她中立地和十岁的小男孩打招呼。美国女人开口说道：

"我只是想跟您打个招呼，我觉得英国人还有我们美国人牺牲了你们是非常懦弱的行为。"

太太们都惊恐起来。美国女人继续说：

"但愿这些紧身衣们不会令您窒息。"

她转过身,带着在角落里转动地球仪的儿子离开。

"她离婚了。她写诗。"其中一位太太同哈娜女士解释道。

酒店经理正在前台处理一个棘手的情况。美国女人走近,她脱下手套,想要一条毯子,还想要发个电报。她听到了两位男士的低语,酒店经理和前台先生的低语。

"如果能帮到您的话,我可以让出自己的套房。"

"女士,我们只有一间高层的空房了,是个单人间。"

"有行军床没有?我对除了受害者与罪犯这组二元论之外的人们充满兴趣,他们能够脱离这样简单的人类学环境。"女人有些神秘地说道。

十九世纪末,英国总督住在同样的酒店里,在他执政期间,印度有三千万人死于饥饿。三千万印度人,他们当中没有一个英国人。他不愿碰他们。他脱下西装外套,拿着它远离身体。

"饥荒爆发了。"

"我无能为力。"

"码头有补给。"

"那些补给当然是留给英国的,上帝请保护维多利亚女王,汉诺威家族的英国女王。"

"我们可以……"

"这是令人悲伤的,但是上帝也不想这样。大自然亦是如此。您没听说过达尔文先生吗?"

"听说过,先生。"

"只有那些最强者才能生存下来。"

他将遗忘这场大屠杀。世界大战在印度做好了准备,以及在乌克兰,在纳米比亚。第二次世界大战在全人类范围做好了准备。极权制度也被彻底搜寻并向完美迈进,通过宗教教会。但同样存在着非教会的宗教。是的。为什么一个人实际上需要信仰一个教会?为什么他认为教皇比雏菊和海鸥更懂上帝?让它们轮流做教皇吧,让雏菊或海鸥成为教皇吧。

他很清楚,桌边的另一个人在想些什么。他利用每一个漏洞。他对什么都没有兴趣,他只想维持权利。沙俄的专制君主制。他喜欢自己。他是英国总督。

裁缝为他量制新的西装,这次是白色的。当给他测量长度时,裁缝的手腕处绑着棉布条,上面插着一些金属针。他看起来就像个角斗士,一根金属针从他嘴角伸出。英国总督是和蔼可亲的,但他看着远方。他不能忍受看到牙齿间咬着金属针的画面,他不能忍受这根金属针将要刺进他的白布的感觉。等到裁缝把做好的西服交给他,总督会命人将它彻底清洗,因为一想到沾着口水的金属针他便觉得反胃。

裁缝在白色西服的口袋上增加了小手帕,与领带的颜色配套,一切都在丝绢之上。他熨烫好新的衬衫并和伦敦来的最好的鞋匠商量着。英国总督让人给自己修理胡子并梳理头发。他对理发师十分友好,但他看着远处,他与镜中的理发师或是自己的膝盖交谈,在他低下头的时候,理发师用剃刀清理他的后颈。理发师近距离地注视着后颈,轻轻地呼吸,好像想要亲吻皮肤一样。温热的呼吸吹拂在后颈上,毛发飞走,脖子抗拒地伸直,身体突然站立起来。他是英国总督。

他并不总是英国总督。

又到了六月,啊,这甜蜜的六月。世俗常规和宗教仪式中,亲爱的,隐藏着多少秘辛。

隐藏的蠕虫。

过来吧,来愉快地听听它的语调。

"蓝色东欧"译丛(部分书目)

第一辑

- **《石头城纪事》**(小说)
  【阿尔巴尼亚】伊斯梅尔·卡达莱 著　李玉民 译

- **《错宴》**(小说)
  【阿尔巴尼亚】伊斯梅尔·卡达莱 著　余中先 译

- **《谁带回了杜伦迪娜》**(小说)
  【阿尔巴尼亚】伊斯梅尔·卡达莱 著　邹琰 译

- **《石头世界》**(小说)
  【波兰】塔杜施·博罗夫斯基 著　杨德友 译

- **《权力之图的绘制者》**(小说)
  【罗马尼亚】加布里埃尔·基富 著　林亭、周关超 译

- **《罗马尼亚当代抒情诗选》**(诗歌)
  【罗马尼亚】卢齐安·布拉加等 著　高兴 译

第 二 辑

- 《我的疯狂世纪（第一部）》（传记）
  【捷克】伊凡·克里玛 著　刘宏 译

- 《我的疯狂世纪（第二部）》（传记）
  【捷克】伊凡·克里玛 著　袁观 译

- 《我的金饭碗》（小说）
  【捷克】伊凡·克里玛 著　刘星灿 译

- 《一日情人》（小说）
  【捷克】伊凡·克里玛 著　高兴、杜常婧 译

- 《终极亲密》（小说）
  【捷克】伊凡·克里玛 著　徐伟珠 译

- 《等待黑暗，等待光明》（小说）
  【捷克】伊凡·克里玛 著　杜常婧 译

- 《没有圣人，没有天使》（小说）
  【捷克】伊凡·克里玛 著　朱力安 译

- 《花园里的野蛮人》（散文）
  【波兰】兹比格涅夫·赫贝特 著　张振辉 译

- 《带马嚼子的静物画》（散文）
  【波兰】兹比格涅夫·赫贝特 著　易丽君 译

- 《海上迷宫》（散文）
  【波兰】兹比格涅夫·赫贝特 著　赵刚 译

- 《父辈书》（小说）
  【匈牙利】瓦莫什·米克罗什 著　许健 译

第三辑

- 《乌尔罗地》（散文）
  【波兰】切斯瓦夫·米沃什 著　韩新忠、闫文驰 译

- 《路边狗》（散文）
  【波兰】切斯瓦夫·米沃什 著　赵玮婷 译

- 《第二空间——米沃什诗选》（诗歌）
  【波兰】切斯瓦夫·米沃什 著　周伟驰 译

- 《无止境——扎加耶夫斯基诗选》（诗歌）
  【波兰】亚当·扎加耶夫斯基 著　李以亮 译

- 《捍卫热情》（散文）
  【波兰】亚当·扎加耶夫斯基 著　李以亮 译

- 《索拉里斯星》（小说）
  【波兰】斯塔尼斯瓦夫·莱姆 著　赵刚 译

- 《遗忘的梦境——查特·盖佐短篇小说精选》（小说）
  【匈牙利】查特·盖佐 著　舒荪乐 译

- 《流星——卡雷尔·恰佩克哲理小说三部曲》（小说）
  【捷克】卡雷尔·恰佩克 著　舒荪乐、蒋文惠、程淑娟 译

- 《神殿的基石——布拉加箴言录》（箴言）
  【罗马尼亚】卢齐安·布拉加 著　陆象淦 译

- 《十亿个流浪汉，或者虚无——托马斯·萨拉蒙诗选》（诗歌）
  【斯洛文尼亚】托马斯·萨拉蒙 著　高兴 译

第四辑

- 《耻辱龛》（小说）
  【阿尔巴尼亚】伊斯梅尔·卡达莱 著　吴天楚 译

- 《三孔桥》（小说）
  【阿尔巴尼亚】伊斯梅尔·卡达莱 著　施雪莹 译

- 《接班人》（小说）
  【阿尔巴尼亚】伊斯梅尔·卡达莱 著　李玉民 译

- 《绝对恐惧：致杜卞卡》（小说）
  【捷克】博胡米尔·赫拉巴尔 著　李晖 译

- 《严密监视的列车》（小说）
  【捷克】博胡米尔·赫拉巴尔 著　徐伟珠 译

- 《雪绒花的庆典》（小说）
  【捷克】博胡米尔·赫拉巴尔 著　徐伟珠 译

- 《温柔的野蛮人》（小说）
  【捷克】博胡米尔·赫拉巴尔 著　彭小航 译

- 《无常的夏天》（小说）
  【捷克】弗拉迪斯拉夫·万楚拉 著　张陟 译

- 《赫贝特诗集（上、下）》（诗歌）
  【波兰】兹比格涅夫·赫贝特 著　赵刚 译

- 《垃圾日》（小说）
  【匈牙利】马利亚什·贝拉 著　余泽民 译

第五辑

- 《壁画》（小说）
  【匈牙利】萨博·玛格达 著　舒荪乐 译

- 《鹿》（小说）
  【匈牙利】萨博·玛格达 著　余泽民 译

- 《两座城市：论流亡、历史和想象力》（散文）
  【波兰】亚当·扎加耶夫斯基 著　李以亮 译

- 《另一种美》（散文）
  【波兰】亚当·扎加耶夫斯基 著　李以亮 译

- 《思想的黄昏》（随笔）
  【罗马尼亚】埃米尔·齐奥朗 著　陆象淦 译

- 《着魔的指南》（随笔）
  【罗马尼亚】埃米尔·齐奥朗 著　陆象淦 译

- 《乌村幻影》（小说）
  【罗马尼亚】欧金·乌力卡罗 著　陆象淦 译

- 《裸浴场上的交响音乐会——罗马尼亚20世纪小说精选》（小说）
  【罗马尼亚】诺曼·马内阿等 著　高兴等 译

- 《我行走在你身体的荒漠——立陶宛新生代诗选》（诗歌）
  【立陶宛】阿纳斯·艾利索思卡斯等 著　叶丽贤 译

- 《魔鬼作坊》（小说）
  【捷克】雅辛·托波尔 著　李晖 译

第六辑

- 《简短，但完整的故事》（小说）
  【波兰】斯瓦沃米尔·姆罗热克 著　茅银辉、方晨 译

- 《三个较长的故事》（小说）
  【波兰】斯瓦沃米尔·姆罗热克 著　茅银辉、林歆、张慧玲 译

- 《挑衅》（小说）
  【阿尔巴尼亚】伊斯梅尔·卡达莱 著　李焰明 译

- 《娃娃》（小说）
  【阿尔巴尼亚】伊斯梅尔·卡达莱 著　张雯琴、宋学智 译

- 《天堂超市》（小说）
  【匈牙利】马利亚什·贝拉 著　余泽民 译

- 《秘密生活》（小说）
  【匈牙利】马利亚什·贝拉 著　余泽民 译

- 《蓝色阁楼寻梦》（小说）
  【罗马尼亚】阿德里亚娜·毕特尔 著　陆象淦 译

- 《两天的世界（上、下）》（小说）
  【罗马尼亚】乔治·伯勒伊泽 著　董希骁、【罗马尼亚】梅兰（Mara Arion）译

- 《生命边缘的女孩》（小说）
  【罗马尼亚】米尔恰·格尔特雷斯库 著
  张志鹏、林惠芬、陈进、李昕 译

- 《希特勒金钱》（小说）
  【捷克】拉德卡·德内玛尔科娃 著　姜蔚茜 译

第七辑

- 《致爱丽丝》（小说）
  【匈牙利】萨博·玛格达 著　舒荪乐 译

- 《对欢乐史的贡献》（小说）
  【捷克】拉德卡·德内玛尔科娃 著　覃方杏 译

- 《患病的动物》（小说）
  【罗马尼亚】尼古拉·布列班 著　陆象淦 译

- 《送给头儿的巧克力》（小说）
  【波兰】斯瓦沃米尔·姆罗热克 著　茅银辉、方晨 译

- 《去往巴巴达格》（游记）
  【波兰】安杰伊·斯塔修克 著　龚泠兮 译

- 《伊莎贝拉的中国情人》（小说）
  【斯洛伐克】爱莲娜·西德维格优娃 著　荣铁牛 译

- 《木屋旅馆》（小说）
  【阿尔巴尼亚】迪安娜·楚里 著　陈逢华 译

- 《迟来的莫扎特》（小说）
  【阿尔巴尼亚】巴什金·谢胡 著　李玉民 译

- 《弗拉迪米尔·霍朗诗歌精选集》（诗歌）
  【捷克】弗拉迪米尔·霍朗 著　徐伟珠 译

- 《瓦斯科·波帕诗选》（诗歌）
  【塞尔维亚】瓦斯科·波帕 著　彭裕超 译

· 部分书名为暂定，以出版时为准 ·